Laughter and Tears:
A Novel

一日三秋

刘震云 著

SPM
南方传媒 花城出版社

中国·广州

图书在版编目（CIP）数据

一日三秋 / 刘震云著． -- 广州：花城出版社，
2022.7（2025.7 重印）

（刘震云作品选）

ISBN 978-7-5360-9660-8

I. ①一… II. ①刘… III. ①长篇小说－中国－当代
IV. ① I247.5

中国版本图书馆 CIP 数据核字（2022）第 097152 号

一日三秋
YI RI SAN QIU

刘震云 / 著

出 版 人	张　懿
特约策划	金丽红　黎　波
责任编辑	陈诗泳　欧阳佳子
特约编辑	张　维
技术编辑	凌春梅
封面设计	别境 Lab
内文制作	张景莹
责任印制	张志杰　王会利
媒体运营	刘　冲　刘　峥　洪振宇
数字平台统筹	高　梦
法律顾问	梁　飞
版权代理	何　红
出版发行	花城出版社
经　　销	全国新华书店
印　　刷	天津盛辉印刷有限公司
开　　本	787 毫米 ×1092 毫米　32 开
印　　张	11　6 插页
字　　数	195,000 字
版　　次	2022 年 7 月第 1 版　2025 年 7 月第 15 次印刷
定　　价	368.00 元（全 6 册）

刘震云

汉族，河南延津人，北京大学中文系毕业，中国人民大学文学院教授、博士生导师。

曾创作长篇小说《故乡天下黄花》、《故乡相处流传》、《故乡面和花朵》（四卷）、《一腔废话》、《我叫刘跃进》、《一句顶一万句》、《我不是潘金莲》、《吃瓜时代的儿女们》、《一日三秋》等；中短篇小说《塔铺》、《新兵连》、《单位》、《一地鸡毛》、《温故一九四二》等。

其作品被翻译成英语、法语、德语、意大利语、西班牙语、瑞典语、捷克语、荷兰语、俄语、匈牙利语、塞尔维亚语、土耳其语、罗马尼亚语、波兰语、马其顿语、希伯来语、波斯语、阿拉伯语、日语、韩语、越南语、泰语、蒙古语、哈萨克语、维吾尔语等多种文字。

2011 年，《一句顶一万句》获得茅盾文学奖。
2018 年，获得法国文学与艺术骑士勋章。

根据其作品改编的电影，也在国际上多次获奖。

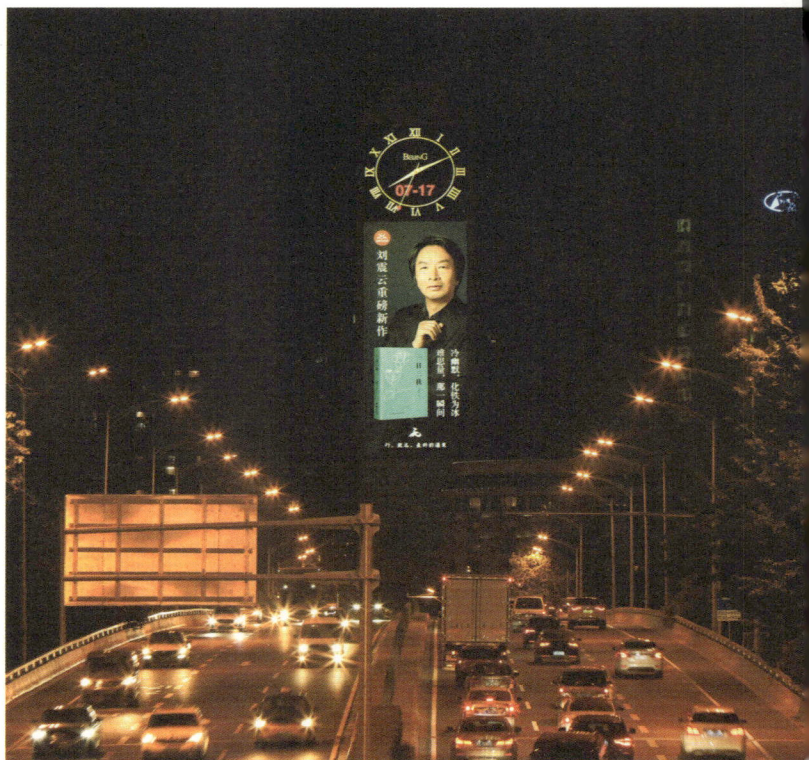

2021 年 7 月，《一日三秋》在北京三环路
与纽约时代广场

刘震云

目 录

Contents

前　言

六叔的画

写完这部小说，回过头来，我想说一说写这部小说的初衷。

为了六叔，为了六叔的画。

六叔曾在延津县豫剧团拉弦子。因在家中排行老六，他年轻时，人称小六，或六哥；上了年纪，后辈称他六叔。我八岁那年，延津县豫剧团招收学员，我也曾去考过。上台刚唱了两句，就被团长轰下了台。天才呀，杀鸡一样，想学这么难听的嗓门都难，团长说。当时我妈在县城东街副食品门市部卖酱油，六叔去打酱油时对我妈说，刘姐，你家孩子上台时，我尽力了，弦子的调，定得最低。我妈说，烂泥扶不上墙。六叔在剧团除了拉弦，也画布景。

后来各家买了电视机，无人看戏了，剧团便解散了，六叔去了县国营机械厂当翻砂工；后来机械厂倒闭了，又去县棉纺厂当机修工。上班之余，六叔再没摸过弦子，倒是拾起当年画布景的手艺，在家中作画。春节之前，也写春联，拿到集市上卖，补贴家用。

　　一年中秋节，我回延津探亲，在街上碰到六叔，说起当年我报考剧团的事，六叔说，幸亏当年没考上，不然现在也失业了。两人笑了。六叔问，听说你现在写小说？我说，叔，误入歧途。又问他，听说你现在画画？六叔说，你婶天天骂我，说我神经病。又说，神经就神经吧，没个抓挠消磨时间，心里就烦闷死了。我说，可不，写小说也是这样，就是为了解个烦闷，不是什么经天纬地的大事。两人又笑了。后来我送他几本我写的小说，他邀我去他家看画。久而久之，成了习惯，每年或清明，或端午，或中秋，或春节，我回老家探亲，都去六叔家看画。他断断续续画，我跟着断断续续看。六叔主要是画延津，但跟眼前的延津不一样。延津不在黄河边，他画中的延津县城，面临黄河，黄河水波浪滔天；岸边有一渡口。延津是平原，境内无山，他画出的延津县城，背靠巍峨的大山，山后边还是山；山顶上，还有常年不化的积雪。有一年端午节，见他画中，月光之下，一个俊美的少女笑得前仰后合，身边是一棵柿子树，树上挂满了灯笼一样的红柿子，我便问，这人是谁?六叔说，一个误入延津的仙女。我问，她在笑啥?六叔说，去人梦里听笑话，给乐的。又说，谁让咱延津人爱说笑话呢?又见一幅画中，画着一群男女的人头，聚在一起，张着大嘴在笑。另一幅画中恰恰相反，一群人头，面目严肃，闭着眼睛。大笑的我能理解，延津人爱说笑话，闭着眼睛严肃又为哪般?我问六叔。六叔说，被笑话压死的。又说，有喜欢笑话的，就有喜欢严肃的，或者说，被严肃压死了。另有一幅画中，是个饭馆，一人躺在桌下，众人围拢一圈，桌上残羹剩汁，其中一只盘子里，就剩一个鱼头，鱼头在笑。地上这人怎么了?我问。六叔说，他正在吃鱼，旁桌的人说了一个笑话，他一笑，被鱼刺卡死了，或者，被笑话卡死了。我看画的名字是：公共场所，莫谈笑话。我说，六叔，你够后现代呀。六叔摇摇手，这些名词我也不懂，就是随心画开去。我说，随心画开去，是个境界呀。六叔摇头：词不达意，词不达意。这天六婶在旁边。六婶年轻的时候也在剧团唱戏，唱刀马旦;剧团解散后，去县糖果厂包糖纸。六婶插话说，既然想画画，咋不画些有用的?六叔问，啥叫有用?六婶说，画些花开富贵，画些喜鹊登枝，画些丹凤朝阳，哪怕画些门神，像春联一样，也能拿到集上卖去。又说，笔墨纸砚，各种颜料，你可花出去不少钱。六叔没应六婶，我也没居中解释。这事解释也解释不清楚。一年端午节，又见一幅画中，一个女子在黄河上空起舞，如仙女飞天，如嫦娥奔月。我问，这女子是谁?这天六婶没在旁边，六叔说，一个鬼魂。我问，谁呀?六叔低声说，过去也在剧团唱戏，与叔，也算个红尘知己，后来嫁了别人，后来因为一把韭菜上吊了，前些天来我梦中，就是这么在河上跳舞。又说，跳哇跳哇。又悄声说，别告诉你六婶。一年中秋节，又见一幅画中，一个男人肚子里，装着一个女人，在上火车。我指着肚子里那女人，谁呀?六叔说，也是一个鬼魂。我问，为啥跑到别人肚子里去了?六叔说，附到别人身上，是为了千里寻亲人呀。一年清明节，又见一幅画中，六叔画出的地狱，众小鬼，有正在被割鼻子的，有正在被剜眼睛的，有正在被锯成两半的，有正在被架到火上烤的，有正在被扔到刀山上的，隔着画，我都能听到鬼哭狼嚎，却见画中的阎罗在笑。我问，这么血腥的场面，阎罗为啥笑?六叔说，一个小鬼，临死之前，说了一个笑话，阎罗问，你是延津人吧?听六叔这么说，我也摇头笑了。六叔又说，总体上说，延津还是以笑为主。又见一幅画中，一个道婆模样的人，嘴里念念有词，正在用钢针，把一些用纸叠成的小人往木板上钉，画名是：无冤无仇。我问，无冤无仇，钉人家干吗?六叔说，是个职业。我明白了，背上起了一层冷汗。六叔也画日常生活中的人，如北关正卖羊汤的吴大嘴，西关正卤猪蹄的老朱，东街正在算命的瞎子老董，还有正在十字街头扫大街的郭宝臣，等等。这时笔法又非常写实，还原成素描。六叔指着吴大嘴，整个延津县，羊汤数他熬得好，可惜刚过四十就死了。又说，吃得太胖了。又说，整天不苟言笑，满腹心事，还是被心事压死了。六叔指着算命的老董，这个老董，胡说了一辈子。又说，有眼人解决不了的难题，只能找瞎子了；又说，正经解决不了的问题，只能找胡说了。指着郭宝臣，老郭这辈子是个扫大街的，老董说，他上辈子却是个总理大臣，上辈子杀人如麻，这辈子把自个儿打扫打扫。又说，老郭一脑子糨糊，他的儿子，却去英国留学了，这就叫负负为正。六叔也画过一幅两米见方的大画，也是素描，画中，全是当年剧团的同事，在画中各具神态。六叔指着画中的人，这人叫陈长杰，剧团解散之后，他老婆喝农药死了，他就去了武汉，在武汉机务段当司炉；这是孙小宝，当年唱丑生的，后来去了大庆，在大庆油田当钻井工；又指着图中一个四五岁的小孩，这是陈长杰的儿子，叫明亮，小的时候，天天在后台玩，长大之后，因为说不出口的原因，从延津去了西安。又指着画中一个女的，悄声对我说，她，就是在黄河上跳舞的人。我会意，这就是六叔当年的红尘知己。凑上去细看，说，果然漂亮。六叔说，往事不堪回首。又说，这画上的人，有七八个已经没了。又说，画这幅画的时候，把许多人都忘了，没画上去。这年春节，又见一幅画中，一个孩子沿着铁路奔跑，天上飘着一只风筝，身后跟着一头老牛。我问，这个孩子，咋跑在铁路上？六叔说，他把火车坐反了。我看这幅画的名字就叫"坐反"。我说，这孩子，也太大意了。六叔说，在生活中，我们把车坐反的事还少吗？我明白了，点点头。六叔还画过一幅十米的长卷，如《清明上河图》一般，也是工笔素描，画的却是延津渡口的集市，但画上的人，穿的全是宋朝人的服装；黄河波涛汹涌；岸边柳树下，有吹横笛的，有拉弦子的；河中有渔夫站在船头打鱼，网上来的，不是黄河鲤鱼，也不是草鱼、鲫鱼或胖头鱼，而是一条美人鱼；推车的，挑担的，赶牲口的，熙熙攘攘，走在渡口的桥上；桥下一家店铺的门头上，挂着一幅匾，上书"一日三秋"四个字。我指着这匾说，六叔，店家的门匾，无这么题字的，都是"生意兴隆"或"财源茂盛"。六叔笑了，那天喝醉了，把门匾地方留小了，放不下"生意兴隆"或"财源茂盛"这么稠的字，只能"一日三秋"了，"一日三秋"笔画少。六叔还工笔画过一些动物，如狗，如猫，如狐狸，如黄鼠狼，各具神态；其中一只猴子，身子靠在渡口柳树上，双手抱着肚子睡着了，脖子上套着铁环，铁环上拴着铁链，铁链拴在柳树上，余出的铁链，耷拉在它身上；头上和身上布满一条条伤痕，还没结痂。我问，看它屁股和脚掌上磨出的茧子，有铜钱那么厚，怕是岁数不小了吧?六叔说，这是我的自画像。我指着猴子头上和身上的伤痕，咋还挨打了?六叔说，把式玩不动了，不想玩了，可玩猴的人不干呀，它可不就挨打了。

前年中秋节回去，听说六婶得了忧郁症。去六叔家看画，发现果不其然。别人得了忧郁症是不爱说话，六婶是滔滔不绝，说尽她平生的不如意事;不如意事的桩桩件件，都与六叔有关。六叔低头不说话，只是指着画，看画。滔滔不绝之中，我哪里还有心思看画?随便看了两三张，便说中午家里有客，走出六叔的家。

去年春节回去，听说六叔死了，心肌梗死。已经死了一个多月。去六叔家看望，六叔成了墙上一张照片。与六婶聊起六叔，六婶说，那天早上，六叔正在喝胡辣汤，头一歪就断气了，接着开始叙说，如何把六叔拉到医院抢救，也没抢救过来，临死连句话也没留，接着如何通知亲朋好友，料理六叔的丧事，等等;听六婶说起这些话的速度和熟练程度，像唱戏背台词一样，便知道这些话她已经对人说过无数遍了。我突然想起一件事，打断六婶的话:

"六叔的画呢?"

"他死那天，当烧纸烧了。"

我愣在那里:"那么好的画，怎么烧了呢?"

"那些破玩意儿，画些有的没的，除了他喜欢，没人喜欢。”

“婶，我就喜欢。”

六婶拍了一下巴掌：“把你忘了，早想起来，就给你留着了。”

又说：“人死不能复生，纸烧成了灰，也找不回来了，也只能这样了。”

也只能这样了。六叔的画的灰烬，如今不知飘到哪里去了。当天夜里，我梦到了六叔，延津渡口，漫天大雪，岸边，六叔白衣长衫，扭着身段，似在唱戏，漫天飞舞的大雪，又变成了漫天他的画，他对我摊着手在唱："奈何，奈何？""咋办，咋办？"醒来，我再睡不着。一个月后，我下定一个决心，决心把六叔化为灰烬的画重新拾起来；我不会画画，但我可以把六叔不同的画面连接起来，写成一部小说。或者，不能再见六叔的画，只好写了这部小说，以纪念我和六叔的过往，以留下六叔画中的延津。

但是，真到做起来，把画作改成小说，并不容易。一幅一幅的画，是生活的一个个片段，其间并无关联，小说必须有连贯的人物和故事；还有，六叔有些画作属于后现代，人和环境变形、夸张，穿越生死，神神鬼鬼，有些画作又非常写实，画的是日常生活的常态，是日常生活中人的常态，是日常生活日复一日的延续；二者之间，风格并不统一；画是一幅一幅的，可以这么做，而一部小说描写手法和文字风格必须统一。我写了两章之后，曾想放弃，但又想到，我本一介书生，手无缚鸡之力，不过用写作给人解个烦闷，心里曾默许六叔，要用自己的一点技能，把朋友已经被人忘却的情感和心事捡起来，不能重诺轻信，半途而废，还是勉为其难地做了下来。

在写作中，我力图把画中出现的后现代、变形、夸张、穿越生死、神神鬼鬼和日常生活的描摹协调好；以日常生活为基调，把变形、夸张、穿越生死和神神鬼鬼当作铺衬和火锅的底料；大部分章节，以日常生活为主，有些章节，出现些神神鬼鬼的后现代，博人一笑，想读者也不会认真；在主要人物的选择上，我从两米见方的剧团人物群像素描中，挑出几个人，让其贯穿小说的始终；当然女主角之一，少不了六叔的红尘知己；所以这么做，是考虑这些人物离六叔更近。这些人物中，又以离开延津的人为主，因为只有离开延津的人，才能更知道延津；而六叔的画作，一直画的是延津；这是小说和绘画的区别；这方面跑出了画外，请六叔不要怪罪。同时，把场面拉开，也是给小说的辗转腾挪腾出空间。还有，因六叔的画作已经灰飞烟灭，对六叔画作本身，也都是对过去的记忆，对记忆中的六叔的画的记忆，仅重现画中的情形，也难免差之毫厘，谬以千里，难以回到六叔画中的境界；如果画虎不成反类犬，也请六叔不要怪罪。总而言之，该小说中，有忠于六叔的地方，有背叛六叔的地方，这是我开始写起时没有想到的。但赤子之心，天地可鉴。六叔说过，延津还是以笑为主，就当也是个玩笑吧。

　　谢谢每一位读了这本书的朋友。我也代六叔谢谢大家。

第一部分

花二娘

花二娘是个爱听笑话的人。人问，花二娘，从哪儿来?花二娘说，望郎山。人问，干吗去?花二娘说，找笑话。人问，眉毛上咋还挂着霜?花二娘说，望郎山上有积雪。花二娘胳膊上扎一篮子，篮子里装满灯笼一样的红柿子。

　　花二娘找笑话不在白天，在夜里。

　　花二娘本不是延津人。她不远千里来延津，是到延津渡口等一个人。这人叫花二郎。但等了三千多年，花二郎还没来。花二娘逢人便说，约好的呀。不知是花二郎负约变了心，还是三千多年来，兵连祸结，花二郎死在了路上。花二娘在渡口站累了，也坐在河边洗脚，边洗边说，水呀，还是你们讲信用，说来，每天就准时来了。水说，二娘，你昨天见到的不是我们，我们也是今天刚到这儿。花二娘叹息，好在河没变，不然我就没地方去了。水说，二娘，水不同，河也就不同了。天上飞过一行大雁，花二娘说，大雁呀，还是你们守时呀，去年走了，今年准时回来了。大雁说，二娘，我们不是去年那拨，去年那拨早死在南方了。大约等到宋朝徽宗年间，几只仙鹤飞过，又几只锦鸡飞过，花二娘明白等人等成了笑话，这天夜里，突然变成了一座山。这山便叫望郎山。

后来大家明白，花二娘本不是人，是块石头，后来才能变成一座山。石头本该铁石心肠，谁知花二娘柔情似水。是柔情害了花二娘。从宋朝到现在，千把年又过去了。倒是因三千多年的思念和不忿，成就了花二娘长生不老；不但长生不老，还青春永驻；三千多年过去，如今看上去，仍是十七八岁的俊俏模样。

也有人说，花二娘等人等不来，是哭死的，复活之后，便见不得眼泪，想去人的梦中听个笑话。

世上并不是人人都会讲笑话。花二娘去你梦里找笑话，你笑话讲不好，没把花二娘逗笑，她也不恼，说，背我去喝碗胡辣汤。谁能背得动一座山呢?刚把花二娘背起，就被花二娘压死了。或者，就被笑话压死了。你把花二娘逗笑，花二娘便从篮子里，拿出一个红柿子给你吃。

也有浪荡子弟，笑话说得好，把花二娘逗得开怀大笑；

笑过，吃过柿子，两人本该一拍两散，但花二娘笑起来，脸上像抹了胭脂，俯仰之间，比平日更加俊俏；因是梦中，这子弟胆儿比平日肥些，便挑逗花二娘，想跟她做苟且之事。想跟一块石头做这种事，本身是一个笑话，花二娘又笑了；高兴之余，便答应这人。二人宽衣解带，身体刚一接触，因痛快非人间所比，这人顷刻间便化了。第二天早起，家人发现，这人赤身裸体趴在床上，已气绝身亡；搬开身子，床单上一片精湿；拉到医院检查，跟床单精湿没关系，心肌梗死。当然，并不是延津所有心肌梗死的人，都跟花二娘有关。有的心肌梗死，就是心肌梗死。

另有胆大的人，讲笑话把花二娘讲笑了，接着问，二娘，你尽让人家讲笑话给你听，你能否也讲个笑话给我听一听呢？二娘刚笑过，心情正好，便说，可以呀。接着讲，我最近给我家改名了，"望郎山"从宋朝叫到现在，也该改一改了。人问，改成个啥？花二娘说，就改了一个字，把"望"改成了"忘"，像石头一样望了三千多年，该把他个龟孙给忘掉了。这人说，花二娘，此言差矣，口口声声说把谁忘掉的人，恰恰在心里还记着这个人呀。花二娘说，那你说可笑不可笑？这人笑了。以后，花二娘会主动问人，你给我讲了笑话，要不要我给你也讲个笑话？大家知道她又要讲"望"和"忘"的故事，便说，二娘，不劳您老人家费神。

也有不用长篇大论，就用一句话便把花二娘讲笑的人，花二娘花容大悦：人才。接着会赏给他两个红柿子，及全家三年免说笑话的权利。当然，三千多年来，这样的人才并不多见。

也有人说，花二娘，世界大得很，你别总待在延津，也到别处走走。花二娘说，说晚了，世界很大，我也想出去走走，没变成山之前，我能离开延津，现在变成了一座山，不管是"望郎山"或是"忘郎山"，撼山难，移山也难，我也只能待在延津了；我不是赖在延津不走，是困于延津呀；目前的情形，只能立足延津，望延津之外的世界，或立足延津，忘延津之外的世界了。

因有生命之虞，延津大部分人，成年之后，个个怀揣几个笑话，睡觉之前默念几遍，以防不测。这是延津人幽默的来源。夜里都幽默，遑论白天？也有粗心大意者，平日不备笑话，想着延津五十多万人，何时才能轮到自己？人多，让人大意；正是因为这样，花二娘在梦中突然降临，这人顷刻间便没了性命。谁让他大意呢？

也不是没有喘息的时候，逢年过节，花二娘也让所有延津人休假。端午节、中秋节、春节等，延津人可以不讲笑话。延津人过节很严肃，大家走在街上，个个板着脸；相遇，冷峻地盯对方一眼，并不代表不友善，恰恰是亲热的表示；冷峻就是亲热，严肃就是轻松，源头也在这里。

也就是去年冬天，作者回故乡探亲，也曾与花二娘在梦中相遇，花二娘也逼作者讲个笑话。作者毫无思想准备，有些手忙脚乱；急切之中，便说，离开延津，常有人把笑话当真，算不算个笑话?花二娘：譬如呢?作者：有人说水中有个月亮，便有人拼命去捞……花二娘打断：老掉牙的笑话，不就是猴子捞月吗?接着板起脸来，千万别糊弄我，糊弄我，就是糊弄你自己……作者急忙辩解：笑话是老掉牙，可接着有人说，还会有人去捞，你说可笑不可笑?花二娘这回笑了，作者逃过一劫。感谢延津之外，爱把笑话当真，救了在下的命。接着花二娘又问要不要给我讲个笑话，我听人说过，花二娘一讲笑话，就是"望"和"忘"，也是老掉牙的故事，便说，不劳二娘费神。唯一让人不解的是，别人笑话讲得好，花二娘会赏他一个红柿子，我把笑话讲完，花二娘却没有给我柿子吃；又想，也许我笑话讲得刚及格，没让我背山，就算便宜我了；身上又起了一层冷汗。正是：

　　　梦里依稀花二娘

　　　清晨犹喝胡辣汤

　　　一日三秋苦日短

　　　泪洒衣襟两相忘

第二部分

樱　桃

陈长杰从武汉来信，说他又要结婚了，让李延生去武汉参加婚礼，"七月八号前务必赶到"，"余言面叙，切切"。

十年前，李延生和陈长杰都是延津县风雷豫剧团的演员。剧团最拿手的戏是《白蛇传》，李延生扮许仙，陈长杰扮法海，女演员樱桃扮白蛇也就是白娘子。至今想起来，这出戏能演好，全凭陈长杰一句话。他说，《白蛇传》的戏眼，是下半身惹的祸。一句话又引出一番话，陈长杰说，你看，一条蛇修炼千年，终于成仙，人间所有人死了都想去仙界，葬礼的灵棚上都写着，早登仙界，这条蛇已经成了仙，又来人间变女人，与男人缠绵；它不但想那方面成仙，还想这方面成仙，这就叫得寸进尺；跟人间何人缠绵，它事先也有考虑，一不能找穷人，在码头扛大包的人，不懂风月；二不能找富人，富人家里妻妾成群，谁会在乎路边一个野女人呢?于是看中了白面书生许仙；许仙一是读过书，二是长相好；他白天去中药铺当学徒挣生活，夜里一个人对着孤灯煎熬，如今天上掉下个美人，岂不似干柴遇到烈火?读过书的人，也懂风花雪月；这条蛇果然料得准；再说法海，法海是个和尚，与人间所有的女人都不能缠绵，或者说，是男人而不是男人，如今发现一条蛇也来人间作祟，能不心生嫉妒?便把这个女人打回原形，用一座塔压在了它身上，我不好，也不能让你好；你们说，是不是这个心思?是不是这些心思?李延生觉得陈长杰说得在理，樱桃也觉得他说得在理。三人有这句话和这番话垫底，在舞台上，每场戏都演得真切动人，每句台词都说得发自肺腑；不但真切动人和发自肺腑，还显得有弦外之音；本是一出很色的戏，又演得悲悲切切和波澜壮阔；唉，一个人和一条蛇竟然情深似海，此情只应戏中有，人间能得几回闻?戏中法海对许仙唱道：

你爱她是因为她美貌如花
谁知道骨子里它是条毒蛇
……

许仙唱道：

　　爱她时不知它是条毒蛇
　　到如今不想爱我心如刀割
　　……

白娘子对法海唱道：

　　我与你远也无仇近也无冤
　　为何你害得我夫妻难圆
　　……

法海唱道：

　　我害你并不为个人私怨
　　为的是分三界人妖之间
　　……

三人摊着手共唱：

　　奈何，奈何

咋办，咋办

……

《白蛇传》成了风雷豫剧团的拿手戏。由这出戏，三人也成了延津的名角。但演戏也落下病根，三人在生活中遇到难题，也爱说"奈何，奈何？""咋办，咋办？"。

戏里，樱桃是李延生也就是许仙的老婆；现实中，樱桃后来嫁给了法海陈长杰。樱桃水蛇腰，瓜子脸，杏核眼，说话之前，爱先瞟你一眼；生活中天天在一起，舞台上又耳鬓厮磨，李延生也对她动过心思，但看陈长杰在后台老跟樱桃说戏；说戏之余，还跟樱桃说笑话；说一个，樱桃"滴滴"笑一阵；说一个，樱桃"滴滴"又笑一阵；就知道樱桃非嫁陈长杰不可了：他能用话说动一出戏，还能用话说不动一个女人吗？后来，李延生娶了在县糖果厂包糖纸的胡小凤。胡小凤厚胸脯，大眼睛，包糖纸之余，喜欢看戏，喜欢李延生扮演的许仙，一个俊朗的白面书生。一天晚上，演出结束，李延生在后台卸过妆，走出剧院后门，胡小凤在门口站着；见他出来，从口袋掏出一把糖：

"吃糖。"

又说："不是一般的糖。"

"咋不一般了？"

"细看。"

李延生细看，一把糖，每个糖纸上，都用笔画了一个红心。

胡小凤："这就是在糖果厂包糖纸的好处。"

李延生："心意领了，可我的槽牙被虫蛀了，不能吃糖呀。"

"那你现在干吗去？"

"唱了一晚上，困了，想回家睡觉。"

"唱了一晚上，不饿呀？饿着睡觉，对胃不好。"胡小凤又说，"十字街头的老胡，还在卖胡辣汤，咱们去喝胡辣汤吧。"

"我的嗓子还是热的，不敢吃辣的东西呀。"

"北关口吴大嘴家的羊汤馆还开着，咱们去喝羊汤吧。汤不硌牙。"

断断续续，羊汤喝了个把月。每天，胡小凤都换一身新衣服。这天晚上，两人喝着羊汤，胡小凤：

"延生，我说话直，你不会怪罪我吧？"

李延生用戏里的台词："赦你无罪。"

"你愿意跟人谈恋爱，还是跟蛇谈恋爱？"

李延生从羊汤的热气中仰起脸："那是唱戏。如果在生活中，谁去西关城墙根找蛇谈恋爱，那不是疯了吗？恋爱，当然得跟人谈呀。"

胡小凤放下勺子："跟人谈恋爱，你就找我。"

"为啥呀？"

"我比白娘子好呀。"

"好在哪里？"

"白娘子没胸，我有胸。"

李延生一想，樱桃妖娆是妖娆，但是平胸，胡小凤粗壮一些，但是大胸；往对面望去，两只圆球，将衬衫的口子快撑破了。李延生"噗嗤"笑了。

结婚头两年，夜里，胡小凤爱让李延生画脸，画成戏里的许仙。李延生：

"你是喜欢我，还是喜欢戏里的许仙？"

胡小凤在上边扭动着身子："弄着现在的你，我就成了白娘子。"

原来她想变成一条扭动的蛇。

后来，家家户户买了电视，没人看戏了，风雷豫剧团就解散了。剧团百十口人，树倒猢狲散，大家各奔东西，五行八作，看各人能找着的营生。李延生、陈长杰和樱桃，一块儿进了延津县国营机械厂。机械厂的厂长叫胡占奎，喜欢看戏，喜欢看《白蛇传》，便收留了《白蛇传》的三名主演。李延生当了翻砂工，陈长杰当了钣金工，樱桃在食堂蒸馒头。赶上节假日，或厂里来了客人，胡占奎便让他们三人唱《白蛇传》。没人操弦打鼓，三人只能清唱；没有群演，三人无法唱整本戏，只能唱折子戏；三人常唱的，便是"奈何，奈何？""咋办，咋办？"一段。三人在台上"奈何，奈何？""咋办，咋办？"，胡占奎在台下摸着自己的光头，哈哈大笑。后来，机械厂倒闭了，三人彻底告别了许仙、法海和白蛇，各人寻各人的活路。陈长杰和樱桃去了县棉纺厂，陈长杰当了机修工，樱桃当了挡车工。李延生去了县副食品公司，在东街门市部卖酱油醋和酱菜；卖酱油醋和酱菜的柜台左边，是卖花椒大料酱豆腐的柜台；卖花椒大料酱豆腐的小白，后来随军，跟丈夫去了甘肃，花椒大料酱豆腐也归李延生卖。

因在不同的地方上班，李延生和陈长杰不像往常一样天天见面。有时在街上碰到，两人站下聊两句天；或相约，一起去西关"天蓬元帅"饭馆吃个猪蹄。过去在县剧团和机械厂，两人常去"天蓬元帅"，就着猪蹄喝上一口。过去天天在一起，说去就去；如今在不同的地方上班，吃猪蹄就要约。一开始一个礼拜约一次，后来一个月约一次，后来家里柴米油盐，吃喝拉撒，事情越过越多，相约的心就慢了。想吃猪蹄，往往一个人去"天蓬元帅"，买个猪蹄拎回家吃。陈长杰的孩子过百天的时候，两家大小倒聚到一起吃了个饭。陈长杰和樱桃给儿子起了个名字叫翰林。李延生明白，当年在《白蛇传》里，白娘子生了个儿子就叫翰林，后来考上了状

024

元，现在让孩子叫这个名字，是盼着孩子将来像戏里的翰林一样有出息。陈长杰指着樱桃说，这名字是她起的。李延生和胡小凤忙说，起得好，起得好，看翰林的额头，天庭饱满，长大错不了。这次聚会之后，两人见面又成了断断续续。长时间不见面，对方的消息，都是听别人说。听别人说，陈长杰和樱桃的儿子翰林一岁了；听别人说，翰林会说话的时候，老说眼前黑，他奶便给他改了个名字叫明亮；转眼两年过去，又听别人说，陈长杰和樱桃关系变糟了，两人天天打架。偶尔，李延生和陈长杰也在街上碰到，长时间不在一起说心里话，一下子又把话说不了那么深，不好打探对方家里的私事。有一天，李延生突然听说，樱桃上吊了。上吊为了啥？为了一把韭菜。为了韭菜，樱桃和陈长杰在家里起了争执，陈长杰说，有本事你死去，说完出了门。没想到樱桃在家里真上了吊。樱桃丧事上，李延生前去吊唁，延津有丧家矮半头的习俗，陈长杰见了李延生，跪下磕头。李延生忙把他扶起来。陈长杰拉着李延生的手哭了：

"一言难尽。"

李延生只好安慰他："人死不能复生，现在说什么都晚了。"

"当初我不该找樱桃，我们不是一路人，找她就是害她。"

"也不能这么说。"

"怎么不能这么说?我们在戏里就是对头,她演白蛇,我演法海。"

"戏里跟生活中,还是两回事。"

这时李延生看到,樱桃灵棚上,写着"早登仙界"四个字。樱桃遗像前,站着三岁的儿子明亮。明亮一身孝衣,一边吸溜鼻涕,一边张着眼睛看李延生。李延生对陈长杰说:

"以前的事就别提了,先把孩子养大吧。"

"如今全县的人,都知道我把老婆害死了,我在延津没法待了。"

"就你这么想,别人没这么想。"

"咱从剧团到机械厂,天天在一起,我是什么人,你心里还不清楚吗?"

"我当然清楚。"李延生又说,"以后心里有想不开的时候,你就找我,我们还一块儿去'天蓬元帅'吃猪蹄。"

陈长杰点点头:"能在延津说心里话的,也就剩你一个人了。"

让李延生没有想到,樱桃丧事过去一个月,陈长杰就彻底离开了延津。他有一个舅舅在武汉机务段当扳道工,陈长杰带着三岁的儿子明亮,去武汉投奔了他的舅舅。临走时,也没跟李延生打个招呼。

转眼三年过去,陈长杰来信了,他在武汉又要结婚了,让李延生去武汉参加婚礼。信寄到了延津县副食品公司东街门市部。李延生在门市部读罢陈长杰的信，想起当年和陈长杰在剧团的时候，在机械厂的时候，两人一起吃猪蹄的时候，诸多往事，不看信全都忘了，一看信全都想起来了，武汉不能不去。晚上下班回到家，便与老婆胡小凤商量如何去武汉的事。这时胡小凤不但胸厚，整个身子也厚了一圈；夜里，不再让李延生画脸扮许仙了，自己也不扭动身子了。没想到她听说李延生要去武汉参加陈长杰的婚礼，就吐出两个字：

"不去。"

"老朋友了，不能不去，他在延津死老婆的时候，还跟我说，在延津能说心里话的，也就剩我一个人了。"

"他死老婆娶老婆我不管，我只问你，你去武汉，路费谁出？"

"当然是我出了。"

"你去参加婚礼，给不给份子钱？"

"当然得给份子钱了。"

"武汉离延津可不近，你一个月才挣六十多块钱，车票加上份子钱，不得你两个月的工资？这两个月我身子一直发虚，站着一身汗，坐下还是一身汗，我都没舍得花钱去看病，啊，自己的老婆你不管，倒管别人娶不娶老婆了？"

没想到一件事引出了另一件事；结婚几年后，这种一件事引出另一件事的事越来越多；李延生怕胡小凤越扯越多，赶紧打住话头：

"去不去，这不是跟你商量嘛。"

又说："邀不邀请在他，去不去在咱。"

第二天上班以后，李延生托右边柜台卖烟酒的老孟替他照看卖酱油醋酱菜和花椒大料酱豆腐的柜台，他先去找了几个过去在剧团一起唱戏的同伴，又去找了几个过去在机械厂一起工作的同事，问他们知不知道陈长杰在武汉结婚的事，有没有人去武汉参加陈长杰的婚礼。一圈问下来，没有一个人知道陈长杰在武汉结婚的事；有的人已经把陈长杰给忘了："陈长杰，谁呀？"经提醒："哦，哦，他呀，逼死老婆的那个。"看来陈长杰在武汉结婚，全延津就通知了他一个人。既然是一个人，李延生不去，也没有什么特殊；但正因为是一个人，不去就显出来了；显不显得出来不打紧，既然只通知他一个人，可见把他当成了在延津唯一的朋友，不去就显得不仗义了；何况，信中还写着"余言面叙"四字，这"余言"会是什么呢？可去，明显过不了胡小凤这一关呀。他打听了一下，去武汉来回的火车票一百多块钱；参加陈长杰的婚礼，随礼起码得五十块钱；加起来快二百块钱；而李延生每月的工资才六十五块钱；去一趟武汉，两个月的工资都不够，胡小凤说的也是实情；奈何，奈何？咋办，咋办？李延生兀自叹了口气。

　　为了不节外生枝，李延生给陈长杰写了一封回信。先说了些对陈长杰结婚祝贺的话，又说："本应前去为兄道喜，无奈上个礼拜崴了脚，无法下地。"最后写道："来日方长，余言后叙。"一句瞎话，把事情打发过去了。

· 二 ·

　　延津县城北关口，有家"吴大嘴羊汤馆"。李延生和胡小凤谈恋爱时，在吴大嘴羊汤馆喝过一个多月的羊汤。延津县城的羊汤馆有五六十家，数吴大嘴家的生意好。吴大嘴羊汤馆除了卖羊汤，也烤羊肉串，打羊肉火烧，也卖涮羊肉、羊肉烩面等。别的饭馆是白天开张，晚上关门，吴大嘴的羊汤馆是白天关门，晚上开张，一直开到第二天凌晨。到了凌晨四五点，顾客仍络绎不绝。大家来，图他家的羊汤鲜，羊肉嫩；因为他每天杀的是活羊。

　　吴大嘴杀羊是在白天，每天下午三四点左右。吴大嘴矮胖，圆脑袋，大肚皮，脸上无胡，从羊圈里扯出一只羊，这羊"咩咩"叫着，其他的羊在羊圈里"咩咩"叫着。吴大嘴把这只羊摁到案子上：

"别叫了，叫也白叫。我不杀你，落到别人手里，也照样杀你。"

又说："我开饭馆是为了赚钱，买你又花了钱，你总不能在我这里养老吧？"

"不怪你，也不怪我，谁让你托生成一只羊呢？"

"晚上就要用到你了，早断妄念，往极乐世界去吧。"

"落到我手里，也是缘分呀。"

一刀下去，这只羊不叫了，羊圈里的羊也不叫了。羊脖子里"汩汩"涌出的鲜血，"哗啦啦"落到案板下的铁盆里。羊血，也是顾客常点的一道菜。

天天白刀子进红刀子出的人，吴大嘴除了杀羊时对羊说一番话，平日嘴紧，不喜欢油嘴滑舌。陈长杰和樱桃谈恋爱时，也常到吴大嘴羊汤馆喝羊汤。喝羊汤时，陈长杰嘴不停，不断给樱桃讲笑话。讲一个，樱桃"滴滴"笑一阵；讲一个，樱桃"滴滴"又笑一阵。吴大嘴瞪他们一眼，转身到后院去了。后来李延生和胡小凤谈恋爱，也来这里喝羊汤，吴大嘴不大理李延生，以为唱戏的都是油嘴滑舌的人；岂不知靠嘴吃饭的人，也个个不同，爱说话的是陈长杰，不是李延生。

在十字街头扫大街的叫郭宝臣。郭宝臣虽然是个扫大街的，但跟吴大嘴是好朋友。两人能成为好朋友，是两人都嘴紧，讨厌饶舌。事情知道了就行了，何必说呢?事情干就是了，何必啰唆呢?世上有什么好笑的，整天嘻嘻哈哈的?别人来羊汤馆吃饭，吴大嘴不理，就是收钱;郭宝臣来了，吴大嘴便陪郭宝臣喝酒。一般是四个菜，一个水煮花生米，一个凉拌荆芥，一个槐花炒鸡蛋——延津槐树多，一个手撕羊肉——羊肉是让郭宝臣吃的，吴大嘴已经不吃羊肉了。旁边吃饭喝酒的桌子人声鼎沸，吴大嘴和郭宝臣两瓶酒喝下去，说不了几句话，都是举杯示意对方，喝。别人以为他们喝的是闷酒，他们一场酒喝下来，却通体畅快。此桌无声胜有声，李延生在吴大嘴羊汤馆喝羊汤时，倒说过这话。

这天夜里，郭宝臣又过来和吴大嘴喝酒。无声之中，两人又喝了两瓶。第二天早起，吴大嘴家里人发现，吴大嘴死在床上。拉到医院，心肌梗死。

吴大嘴的二姐，在延津糖果厂切糖块;她切糖块，胡小凤包糖纸，两人虽不在同一个车间，但是同事。吴大嘴的丧事，二姐通知了胡小凤。吴家办丧事这天，胡小凤让李延生一块儿去吴家吃丧宴。李延生问:

"去吃丧宴，随不随份子钱?"

胡小凤:"当然得随了。"

李延生想起前几天陈长杰婚礼，胡小凤不让他参加的事，嘟囔:

"你的朋友有事可以去，我的朋友有事不能去。"

胡小凤知道李延生说的是陈长杰在武汉结婚的事，立马急了：

"那能一样吗?你的朋友娶老婆在武汉，吴大嘴坐地死在延津。"

又说："再说，婚礼的份子钱，跟丧礼一样吗?"

当时延津的规矩，婚礼份子钱重些，五十；丧礼轻些，二十。李延生怕越说越多，便截住胡小凤的话：

"我就是那么一说，你倒认真了。"

又说："你不就是怕送了二十块钱，一个人吃不回来吗?"

胡小凤倒"噗嗤"笑了。

吴家的丧宴，就摆在"吴大嘴羊汤馆"。吴家邀请的客人不少，共有十七八桌，每个桌上十个人。与李延生胡小凤同桌的，有认识的，有不认识的。但三杯酒下肚，就都认识了。大家边吃，边七嘴八舌议论吴大嘴猝死这事。一人指着：

"那天晚上，他跟郭宝臣喝酒，就坐在那张桌子前。"

"看不出来，身子多壮实啊，说心肌梗死，就心肌梗死了。"

"还是喝得太多，和一个扫大街的，喝了两斤。"

"吃得太胖，也是个原因，一米六，二百多斤。"

一人悄声说："还是杀生太多，报应。"

这时吴大嘴的弟弟吴二嘴代表丧家过来敬酒，对大家说："都别瞎喳喳了，你们说的话，都让我听见了。"又说，"明告诉大家，我哥不死在心肌梗死上，也不死在报应上。"

众人："死在哪里？"

"死在笑话上。"

哥哥吴大嘴平日不苟言笑，弟弟吴二嘴爱满嘴跑火车；大家说，哥哥的话，都让给弟弟了；吴大嘴生前，常骂吴二嘴"二百五"；吴二嘴在饭馆打杂，远远看吴大嘴过来，忙停下嘴，忙手里的活计；现在吴大嘴死了，吴二嘴有些悲伤，也显得有些兴奋；哥哥死了悲伤，没人管他说话了，有些兴奋。

众人一愣："死在笑话上？你的意思是……"

吴二嘴打断众人："这意思很明白呀，我哥遇到了花二娘啊。"又说，"那天晚上，我哥是和郭宝臣喝了两斤，像往常一样睡着了。过去两人喝两斤没事，这天咋突然有事了？他没想到夜里花二娘会到他梦里来，跟他要笑话；我哥那么古板的人，哪里会说笑话？花二娘恼了，让我哥背她去喝胡辣汤，转眼之间，我哥就被一座山给压死了。"

花二娘已在延津待了三千多年；在人的梦中，花二娘用笑话压死人的事，每年在延津都会发生几起，大家倒见怪不怪；只是每年延津猝死上百人，这人是自个儿猝死的，还是被花二娘和笑话压死的，一时不好分辨；众人便问：

"何以见得?"

"你咋断定是花二娘干的?"

吴二嘴抖着手:"我哥是个圆脑袋对吧?把他往棺材里移时,脑袋是扁的;我哥是个大肚子对吧?现在成了一片纸;可见是被山压的。"

又说:"我把这事说给了司马牛,他来这里勘察一番,看了我哥的遗体,也认定是花二娘干的。"

司马牛家住县城南关,是延津一中的化学老师,教化学之余,喜欢魏晋南北朝的志怪小说;花二娘不远千里来到延津,在延津待了三千多年,司马牛教学之余,便立志写一部《花二娘传》;据他说,他写这书,不光为了写花二娘在延津的行状,还旨在研究因为一个笑话,花二娘与延津所起的化学反应;花二娘在延津的所作所为,点点滴滴,他已经收集了三十多年;或者说,他是研究花二娘的专家;如今他判定吴大嘴是花二娘压死的,那就无可怀疑了。

吴二嘴又补充:"那天半夜,我听到院里起了一阵小旋风。"

又说:"平时老说我是二百五,自己咋不防着点呢?"当然说的是吴大嘴了。

又说:"天天对谁都板着脸,不知道笑话的重要性。"

说完,劝大家喝酒,又去了另一桌。

众人纷纷点头："既然司马牛说了，这事是花二娘干的，肯定不是一般的猝死。"

又开始议论花二娘找笑话这事。

"二娘也是，明知大嘴是个古板的人，还偏偏找他。"

"这就叫公平，摊上谁是谁，天塌砸大家，否则成故意挑人了。"

"花二娘在延津待了三千多年，硬是像狗皮膏药一样，揭不下来了。"

"这就是延津的命，祖祖辈辈，只能跟她活在一起了。"

"话又说回来，有花二娘在，也有好处，被花二娘逼着赶着，延津人才这么幽默。"

"不幽默，让你去喝胡辣汤。"

"大嘴临死时，也该对花二娘说，二娘，别去喝胡辣汤了，到我家喝羊汤吧。"

众人笑了，胡小凤笑了，李延生也笑了。

又有人说："二嘴说得也对，还是怪大嘴大意，身为延津人，临睡时，也不备个笑话。"

"谁让他平日讨厌笑话呢?这也叫报应。"

众人笑了，胡小凤笑了，李延生也笑了。

"以后，我们都得防着点。"众人又说。

七嘴八舌间，李延生起身去后院厕所撒尿。厕所旁边，是吴大嘴的羊圈。一群羊在羊圈里低头吃草，好像什么事都没有发生。看到这些羊，李延生感叹，吴大嘴平日杀生无数，没想到自个儿死在了花二娘手里；吴大嘴平日严肃，没想到死在笑话手里。李延生平日睡觉，花二娘倒没到他的梦中来过。像吴大嘴一样，李延生平日也不爱说话，如果花二娘来到他的梦中，他的下场，不会比吴大嘴好到哪里去；为防万一，他需要赶紧学几则笑话，记在心中；又想，平日他不会嘻嘻哈哈，突然心里装满笑话，也把人别扭死了；没被花二娘和笑话压死，先自个儿把自个儿别扭死了，倒成了笑话；又想，延津五十多万人，花二娘是一个人，她出门找笑话，一时三刻，哪里就轮到了自己？不可大意，也不可草木皆兵，如果整天提心吊胆，没被花二娘和笑话压死，先自个儿把自个儿吓死了，也成了笑话。就像羊圈里的羊，一只羊被吴大嘴杀了，其他羊惊恐一会儿，"咩咩"叫几声，又会安静地低头吃草。或者，自个儿没被抓之前，只能安静地吃草，怕也没用。这也是延津。又想，吴大嘴死了，不知吴二嘴能否把羊汤馆接着开下去。就是开下去，一个不爱说话，一个嘴不停，羊汤的味道肯定不一样了。如果开不下去，以后吃饭，只能去"天蓬元帅"了。

· 三 ·

　　有七八天了，李延生心头老一阵一阵烦闷。当时延津流传一首歌，叫《该吃吃，该喝喝》，歌里唱道："该吃吃，该喝喝，有事别往心里搁；人的命，天注定，胡思乱想没有用；天不怕，地不怕，天塌下来砸大家；该吃吃，该喝喝，你还能把我咋着？……"大家爱唱，李延生也爱唱；有什么烦心事，唱上一曲，烦心也就过去了，人也高兴起来了；但这回连着唱了七八天，还是高兴不起来，心里越来越烦闷。想想有什么原因，也没什么原因，每天去副食品门市部上班下班，一天在家吃三顿饭，和过去的日子没任何区别。近日既无跟胡小凤吵架，也没跟同事闹别扭。用旁边柜台卖烟酒的老孟的话说，是自寻烦恼。但这烦恼表现得十分具体，李延生过去话就少，现在更少了，一天说不了三句话，爱一个人在那里愣神。上班的时候，顾客来买东西，他常把酱油打成醋，把花椒称成大料；在家，饭吃着吃着，放下筷子，望着窗外愣神。胡小凤：

"李延生，想什么呢？"

李延生打一个冷战，回过神来，忙说："没想什么呀。"

夜里，胡小凤一觉醒来，常发现李延生在床边坐着，耷拉着腿，望着窗外的黑暗愣神。还有一回，胡小凤被"咿咿呀呀"的声音惊醒，醒来，看到李延生望着窗外的黑暗，在小声哼唱《白蛇传》中的唱段："奈何，奈何？""咋办，咋办？"……唱着唱着，还一个人哭了。胡小凤：

"李延生，你要吓死我呀？"

胡小凤带李延生去县医院检查身体，量了血压，抽血做了化验，测了心电图，五脏六腑做了CT，一点毛病没有。又带他去县精神病院做检查，精神也很正常。胡小凤：

"明明有毛病，实际没毛病，可把人愁死了。"

李延生："我也不想这样，可我管不住自己。"又说，"小凤，以后是死是活，你不用管我了。"

胡小凤哭了："你还这么吓我，你想在你死之前，先把我吓死，对吗？"突然想起什么，问，"你是不是在梦里，遇到了花二娘啊？"

李延生摇头："如果遇到她，我跟吴大嘴一样，笨嘴拙舌的，早被她和笑话压死了，现在还能跟你说话吗？"

胡小凤又突然想起什么："要么这样，你想着今天晚上，花二娘就会到你梦里来，你不得赶紧准备笑话？心里背着笑话，也许就不烦恼了。"

李延生又摇头："别说笑话，我连《该吃吃，该喝喝》的歌都唱了，没用。"

"那到底因为什么呀？"

"如果我知道了，也就没病了。"

由于发愁，胡小凤爱出虚汗的毛病倒让李延生给治好了。

再后来，李延生的饭量明显减少了。一个月过去，人瘦了一圈，眼眶突出，脸上的颧骨都露出来了。门市部卖烟酒的老孟说：

"延生，你不能这么发展下去呀。"

李延生："老孟，越来越烦闷，到了不想活的地步。"

老孟："这种情况，你只能去找老董了。"

又说："你去不去？你去，我可以跟你去。"

· 四 ·

　　老董是延津一个天师。据老董说，他是睁眼瞎，从小生下来，眼就是瞎的，没看到过这世界长啥模样，也没看到过人长啥模样。人的模样，是他给人算命时，摸骨摸出来的。但据人说，老董瞎是瞎，但不是全瞎，模模糊糊，能分辨出眼前走过的人是男是女；有人说，他见过，老董用竹竿探着路在街上走，突然下起雨来，只见他把竹竿夹到胳肢窝里，一路小跑往家赶。当年李延生在机械厂当翻砂工时，一次和陈长杰去"天蓬元帅"吃猪蹄。正吃间，老董敲棍进来，坐在他俩旁边，也要了一只猪蹄啃起来。李延生和陈长杰把猪蹄啃完，老董只啃到猪蹄的一半。陈长杰和老董开玩笑，趁老董仰脸吮指头的时候，把老董啃了一半的猪蹄拿走，把自己啃完的猪蹄架子，放到老董盘子里，老董拿起陈长杰的猪蹄骨头就啃，边啃边嘟囔，今天吃得有些快，记得没啃完呀。耳听为虚，眼见为实，李延生相信老董是全瞎。

不管老董是全瞎或是半瞎，眼睛不瞎的人，遇到在这个世界上解（jiě）不下的事，解（xiè）不下的事，都去找老董帮忙。家里的猪狗丢了，拖拉机丢了，或是人丢了，找老董问它（他）们的去处，看能否找回来；家里有人患了癌症，或孩子要考学，看这病能否治好，这学能否考上；做生意的，做官的，身陷泥淖，看生意能否起死回生，这官能否躲过牢狱之灾……总而言之，凡是来找老董的人，都是身上有事的人，没事无人找老董；就好像去医院看医生的人都有病，没病无人找医生一样。来人见过老董，把他要问的事说过，老董便问这人的生辰八字，给他掐算；掐算不出来，便给他摸骨。所谓摸骨，即摸着人身上二百零六块骨头，组接出这人一辈子的命和运。据老董说，几十年下来，他也摸过几千人；骨头摸来摸去，让他摸伤了心。因为几千人摸下来，没几个人身上是人骨头，大部分是些猪啊羊啊，背对着天在街上爬。人问，这么多人在街上爬来爬去，就没有一个上辈子是有造化的人吗?老董说，有，在十字街头扫大街的郭宝臣，上辈子祖坟上冒烟，是民国初年的一个督军，后来当到总理大臣；上辈子杀人如麻，这辈子给延津扫大街来了，同时把自己身上也打扫打扫。

除了掐指和摸骨，老董还会给人传话，即现世的人，想给已经死去的人捎话；或想让死去的人，给活着的人捎话；来人把生者死者的生辰八字和死者的离世时辰告诉老董，老董作法之后，便能在二者之间传话。这时给人说的是鬼话，给鬼说的是人话。除了传话，还可直播，即让活着的人见到死去的人。老董供奉的是赵天师，到了直播阶段，老董需祭拜赵天师；赵天师显灵之后，会让死去的人附到老董身上，活着的人，就能跟死者见面了。一些刚死了爹娘的人，想跟爹娘重新见上一面，说些生前没说的话，或问存折到底藏到哪里了，便找老董直播；"没想到我们还能见面"，这人拉着老董的手也就是他爹娘的手哽咽；或急赤白脸地喊："爹，到底把存折弄哪儿去了？"

也有人想算来世，老董摇头拒绝，一次也没算过。老董说，天机不可泄露；不能泄露不只是算命的规矩，也为了来算命的人好，这辈子让你知道了，下辈子也让你知道了，活着还有什么意思呢？都说要活个明白，真让你明白了，你也许就不想活了。

大家也知道老董是在胡说。老董，你看都看不见这个世界，咋能看到大家看不到的东西呢？老董：正因为我看不见这个世界，我便能看到你们看不见的东西。这话也是胡说。但人遇到正经解不开的事，只能找胡说了。没有老董的胡说，延津会有许多人被憋死；延津的忧郁症患者，也会增加三分之一。

老董给人算命，也不求人非信。爱信不信。给人算完命，老董总要补上几句：虚妄之言，就是一说。老董给人算命的屋子叫"太虚幻境"，老董：虚，太虚，就是个幻境，不必认真。

他家大门的对联也写道：

人间能解之事莫入此门
瞽者虚妄之语不必认真

门头上横批：

解个烦闷

老董在延津，花二娘也在延津，也有人问："老董，你啥也看不见，睁眼是夜里，闭眼还是夜里，花二娘到你梦里找过笑话没有？"

老董："她找的笑话是胡说，我算命也是胡说，胡说也就不找胡说了。"

又说："这就叫负负为正。"

又说："这就叫井水不犯河水。"

这话也许也是胡说。如果不是胡说，靠着胡说，瞎子老董，便是延津唯一能躲过花二娘笑话之灾的人了。

· 五 ·

李延生决定去找老董，让他算一算自个儿命里运里，事到如今，遭遇了什么烦心事，使他到了不想活的地步。跟所有人一样，正经解不下来的事，只能找胡说了。去找老董的时候，他没有让门市部卖烟酒的老孟跟着，也没让老婆胡小凤跟着。按说，找人算事，有人跟着也没什么妨碍，去医院和精神病院，胡小凤就跟着他。但自有了去看老董的念头，李延生就想一个人去找老董；如果老董能算出他的心事，他不想旁边有人。

老董家住延津县城东街蚱蜢胡同。老董是个盲人，按说不好找老婆，但他凭着算命、摸骨、传话和直播，每月的进项，比李延生这样的卖酱油醋和酱菜的职工的工资还多好几倍，便不愁没女人想嫁给他。当然，不瞎不瘸的人还是不愿嫁给老董，嫁给老董的女人叫老蒯，一只眼睛瞎，一只眼睛不瞎，是个半瞎。半瞎比起全瞎，老蒯还算下嫁。后来，老蒯给老董生了一女一男，女儿和儿子都不瞎。李延生是第一次找老董算事，也是第一次到老董家来。进了老董家，先碰到老董的女儿，看上去七八岁了，拿根棍子，在院子里撵鸡玩；看到李延生，她停下脚步，愣着眼睛问：

"干吗？"

"找你爹问个事。"

"事先挂号了吗？"

原来到老董这里问事，像在医院看病一样，得事先挂号，李延生："事先不知道，没有挂号。"

"那不行，今天先挂号，改天再来。"

"我的事情很急呀。"

"想加塞问事，得交加急费。"

李延生不禁笑了。突然想起，这是一个多月来，自个儿第一次笑。又觉得，自进了老董的家门，就觉得这个地方亲切，便知道来找老董找对了，便对这孩子说："你说交加急费，我交加急费就是了。"

接着看到，老董家堂屋屋檐下，已经排着十来个人，有蹲有站，还有一个坐在树桩上，望着天发呆，便知道这孩子此言不虚，也知道等着听老董"胡说"的人还真不少。又想，看来正经解不下的事情有很多呀，不止自己一个人有烦闷的心事。李延生走过去，自觉排在这些人的后边。

太阳从东方移到正南，排在李延生前边的人一个个进屋，一个个从屋里出来离去，李延生身后又排了四五个人，终于轮到李延生进屋了。待进屋，看到屋子正中墙上，挂着一位天师的画像。李延生听说，老董供奉的天师姓赵，大概这就是赵天师了。赵天师身穿红色法衣，手举钢鞭，骑在一头麒麟上。画像上方写着四个字："太虚幻境"。画像前的八仙桌上，摆着香炉，里面燃着三炷香。老董坐在八仙桌旁，一男人站在老董面前，抖着手说："这事怨我，那件事也怨我吗？"老董的老婆老蒯，看李延生掀帘子进来，忙上前把他拦住，指指那人，小声说：

"再等会儿，他又加问了一件事。"

李延生会意，忙又退出屋子，在屋檐下等候。留心屋内，听到屋里那人的说话声，老董的说话声。突然那人哭了，老董说，别哭别哭，哭也没用。一时三刻，那人从屋里出来，红着眼睛，听到老蒯在屋里喊"下一个"，李延生知道是喊自己，又掀开门帘进了屋。李延生坐到老董面前的凳子上。老董：

"请客人报上大名。"

李延生："老董，我是延生，在东街副食品门市部卖酱油醋和酱菜的延生。"

老董："延生，啊，想起来了，过去你唱过戏，演过《白蛇传》里的许仙，我去听过。"

原来老董过去还听过他的戏。又想老董瞎了，无法看戏，所以说"听"。李延生："那都是七八年前的事了。"

"找我什么事？"

"心里装了些烦心事，快疯了，不知闹腾的是啥，想请你给算一算。找到病根，才能解开这疙瘩呀。"

这时老蒯止住李延生，把赵天师画像前香炉里的三炷残香拔掉，又重新燃起三炷香，插到香炉里。李延生明白，拔掉的三炷残香属于上一个算命的人，现在换了人，要重新开始。老蒯把香燃上，老董起身，走到香炉前，嘴里念念有词，对着墙上的赵天师拜了三拜；跪下，又拜了三拜；站起，又拜了三拜；然后坐下，对李延生说：

"报上你的生辰八字。"

李延生报上他的生辰八字，老董开始掐着指头算。算过，愣着眼在那里想。想过，又掐指算。如此又往复两次，突然拍了一下桌子：

"好嘛。"

李延生愣了一下："啥意思？"

"你心里装的不是烦心事，是装了一个人。"

李延生吓得从凳子上跳起来："装了一个人?什么人?"

"当然是死了的人。"

李延生又吓了一跳，原来身体里装了一个死人。他嘴有些结巴："凭什么?"

"不凭什么，你被一个死了的人附了体。你心里烦恼，不是你烦恼，是你身体里那个人烦恼。"

李延生愣在那里，半天问："这个人谁?"

老董招呼李延生近前，开始给李延生摸骨。老董摸了李延生的胳膊、大腿、胸前胸后，又摸脖子和脑袋。李延生问："摸出来是谁了吗?"

"这人藏得深，摸不出来。"

"男的女的能摸出来吗?"

老董又重新把李延生上上下下摸了一遍："女的。"

李延生又吓了一跳："女的，谁呀?不会是花二娘吧?"

老董："这些天，她在你肚子里，逼你讲过笑话吗?"

李延生摇摇头："那倒没有。"

老董："跟笑话无关，就不是花二娘，另有其人。"

"那是谁呢?"

"摸不出来。"

"能有办法知道她是谁吗?"

"有。"

"啥办法?"

"传话。"

"那就传话。"

这时老蒯插话:"丑话说到头里,算命是算命的钱,传话是传话的钱。"

李延生:"这是自然。这道理我懂。"

老董起身,又走到香炉前,嘴里念念有词,对着墙上的赵天师拜了三拜;跪下,又拜了三拜;站起,又拜了三拜;然后坐下冥想。冥想半天,睁开眼睛,对李延生说:"传话失败了。"

"为啥?"

"这女的就低头哭,不说自个儿是谁。"

"那咋办呢?还有办法吗?"

"有,可以直播。一直播,她就没处躲了,就看清她的面目了。"

"那就直播。"

这时老蒯又插话:"事先说好,传话是传话的钱,直播是直播的钱。"

李延生:"放心,我身上带的钱够。"

接着李延生发现,老董给人传话,和给人直播,还有穿戴上的区别；传话，老董只穿家常衣服，平日是什么装束，传话还是什么装束；到了直播，老董还得换上跟墙上赵天师一样的法衣，戴上跟赵天师一样的帽子——老蒯从里间把红色的法衣和黑色的平顶道士帽端出，老董抖抖身子，穿上法衣，戴上帽子。老蒯又端来一盆清水，老董洗了洗手，又洗了洗脸，移步到赵天师像前，重新跪拜了三通；咳嗽两声，清清嗓子，开始念李延生听不懂的咒语；念过咒语，开始原地转圈，正转三圈，倒转三圈，又拉开架势在屋子里走碎步，走着走着，突然老董就不是老董了，成了一个女人。看着这女人转圈的步态和扭动的身子，老董还没说话，李延生脱口而出：

"我知道这人是谁了。"

老董倒问："我是谁呀？"

"你是樱桃。"

樱桃，是李延生在风雷豫剧团时的同事，当年他在《白蛇传》中演许仙，樱桃在剧中演白蛇，两人在戏中是夫妻；戏中，樱桃走的，就是这样的步态，边唱，边扭动身体；因为扮的是蛇，腰肢扭动起来便要像蛇；在一起唱了八年戏，这步态和扭动太熟悉了；后来，樱桃嫁给了演法海的陈长杰；后来，因为一把韭菜，樱桃跟陈长杰吵架，赌气上吊死了。算起来，樱桃也死了三年了。让李延生想不通的是，当

052

初樱桃上吊与他毫不相干，三年过去，阴阳相隔，樱桃与他更是毫不相干，为啥一个月前，她突然跳到他的身子里了？于是问：

"樱桃，你找我有啥事呀？"

老董也就是樱桃："让你给一个人捎句话。"

说完这话，等于事情问清楚了，老董收住直播，停在原地，老蒯帮他脱下法衣，摘下道士帽，李延生发现老董出了一头汗，浑身像蒸笼一样。老董边用毛巾擦脸边说："直播也是很累人的。"又说，"一般我不愿意直播。"

李延生忙把话切入正题："樱桃说要捎句话，给什么人捎话？"

这时老董又成了老董，老董把擦湿的毛巾递给老蒯，坐回太师椅上，开始掐指在那里算。算了半天，说："算出来了，南方一个人。"

"南方，南方哪里？"

老董又掐指算，算了半天："不近，千里之外。"

李延生愣在那里："千里之外？千里之外，我不认识人呀。"

"那我就不知道了，卦上是这么说的。"

这时李延生突然想起，千里之外的南方，有个武汉，武汉有一个人，与樱桃有关系，与李延生也有关系，那就是樱桃生前的丈夫陈长杰。一个多月之前，陈长杰曾邀请李延生去武汉参加他的第二次婚礼。李延生把这段缘由告诉老董。老董点头：

"这就是了。"

李延生："可我近期不去武汉，无法给樱桃捎话呀。"

"但你过去肯定说过去武汉的话，让她听见了，她便缠上了你。"

李延生又想起，一个多月前，他是说过去武汉的话，想去武汉参加陈长杰的婚礼，因为路费和份子钱的事，被胡小凤阻住了。李延生："一个多月前我是说过去武汉不假，可我说这话的时候，樱桃咋能听见？"

"无风不起浪，你细想去，这里头肯定也有缘由。"

李延生又突然想起，他天天卖酱油醋和酱菜的门市部，墙上贴着一张当年风雷豫剧团演出《白蛇传》的海报。海报上的剧照，拍的是"奈何，奈何？""咋办，咋办？"一段。这海报，还是李延生、樱桃和陈长杰在风雷豫剧团唱戏的时候，卖花椒大料酱豆腐的小白买来贴上去的。当年小白也爱看戏。李延生去副食品门市部卖酱油醋和酱菜的头一天，看到这张海报，还摇头感叹一番：戏唱得好好的，没想到落到卖酱油醋和酱菜的地步。后来小白随军，跟丈夫去了甘肃，这张海报，就一直留在副食品门市部墙上，渐渐海报褪了颜色，落满灰尘，一角已经耷拉下来，也没人管。接着又想起，一个多月前，陈长杰邀请李延生去武汉参加他婚礼的来信，寄到了副食品门市部；李延生当时在门市部拆开信封，拿出信纸，读起这信；读罢信，还随口与卖烟酒的老孟聊了几句；怕是李延生读的这信，说的这些话，被墙上的樱桃听见了。没想到小白早年遗下的一张剧照，成了樱桃的藏身处和显灵处。李延生：

"老董，不说去武汉的事，你能现在帮我把樱桃从我身上驱出去吗？"

"过来，我再摸摸。"

李延生近前，老董又在李延生身上摸了一遍。摸完摇摇头："不能。"

"为啥？"

"驱出去不难，但过一个时辰，她还会附到你身上，她这回的执念很重啊，你不捎话，她就一而再再而三地缠你。"老董又说，"如果你找别人作法，他一定帮你把樱桃驱出去；驱出去，等樱桃再附到你身上，他再帮你驱；驱一回，你不得交一回钱？但我不是这样的为人，我不能骗你。"又说，"不骗你不只为了你，我算出了我的下辈子，我下辈子不瞎，我得为来世积德。"

李延生点点头，表示听明白了。老鹃在旁边插话：

"看来，武汉你是死活得去了。"

李延生："说去武汉，是一个月前的事了，当时没去；事过一个月，再去武汉，我也没有由头了呀。"

老董："这事不归我管。"

"可我不明白，我跟樱桃左不沾亲，右不带故，她捎话，咋死活缠上我了？"

"怎么左不沾亲，右不带故？当年你在《白蛇传》里演许仙，她演白蛇，你们是夫妻呀。"

"那是在戏里，戏里，我不是我呀；戏里，都是假的呀。"

"不管是真是假，总有一段姻缘，藏在那里。"

李延生突然又想起什么，问老董："老董，樱桃要捎的，到底是一句什么话呀？"

"这我不敢瞎说，剩下是你和樱桃的事了。"

老蒯这时阻住李延生和老董的对话："问事到此结束。"示意李延生起身。李延生只好起身，与老蒯结账。老蒯收过钱，对着院子里喊："下一个。"

李延生刚走到门口，突然想起什么，停住脚步，对进门的那人说："大哥，你再等等，我还没问完。"等那人退出屋，李延生又回来对老董说：

"老董，再问一句闲话。"

老董还没说话，老蒯皱眉："你额外加的项目可不少哇。"

老董倒是止住老蒯："当年，这是延津的角儿，和一般人不一样。"

李延生："樱桃让我给陈长杰捎话，是不是跟她的死有关系呀?当年，是陈长杰把她逼死的。"

老董又招呼李延生近前，给李延生摸骨。摸了半天，摇摇头："这个也摸不出来，她藏得太深了。"

既然摸不出来，李延生只好出门。一场话问下来，加急费加上直播费，共二十五块八，相当于李延生在门市部卖十几天酱油醋和酱菜的工资。贵是贵了点，但总算弄明白他为什么闹心。走出老董家门，又突然明白，找老董，是藏在他身体里的樱桃的主意；只有找到老董，才能找到樱桃；又明白，李延生来老董家，不想让老孟和胡小凤跟着，也是樱桃的主意。这时他又自言自语：

"樱桃，事到如今，你到底要我捎什么话呀?"

没想到经过老董的直播，李延生体内的樱桃附了魂，活了；在老董家没活，离开老董家倒活了；大概这是老董没想到的；樱桃在李延生体内说：

"等上路你就知道了。"

"不就是一句话吗?不用上路，我写信告诉陈长杰不就行了?"

"不行，这话必须当面说。"

"当面说，和信里说，有啥区别哩？"

"区别大了，事情说到当面，当时他就得有个态度，写信告诉他，等回音，就得等回信，得多长时间呀。"樱桃又说，"好多事，当面说无法推辞，写信说能找理由推托。一个多月前，陈长杰让你去武汉参加他的婚礼，如果是当面说，你无法说你崴了脚，写信，你就可以说瞎话呀。"

想想，樱桃说的也有道理，李延生："如果我答应去武汉，你啥时候从我身体里出来呀？"

"你一上路，我就出来。"

李延生叹了口气。看来，这趟武汉是非去不可了。

·六·

既然武汉非去不可，只有上了路，樱桃才能从他身体里出来，李延生便不再做其他妄想。但怎么去武汉，也让李延生发愁。要去武汉，他首先须过胡小凤这一关。一个多月前陈长杰在武汉举办婚礼，李延生说过不去武汉；一个多月过去，怎么突然又要去武汉？去武汉干吗？总不能给她实话实说，说他体内藏着一个女人吧？而且，这个女人不是别人，还是樱桃，以前在戏里是他老婆；胡小凤听到这话，会立马疯了，不送他进精神病院，她自己先去了精神病院。武汉曾有陈长杰婚礼的事，这地名比较敏感。前些天，因为吴大嘴丧宴的事，李延生又跟胡小凤拌过几句嘴，涉及陈长杰在武汉的婚礼；不拌那个嘴，事情就过去了；拌了嘴，等于旧事重提，把事情又强调一番；如果想要出门，最好避开武汉，把去武汉说成去另外一个地方；而这个地方，又必须有现成的站得住脚的理由。这时李延生突然想起，副食品门市部每个月要去洛阳酱菜厂订购一批酱菜；根据季节和门市部上个月卖酱菜的状况，调整进货的品种，是辣萝卜，是辣白菜，是腌生姜，是腌雪菜，是腌韭菜花，是腌雪里蕻，是腌酸豆角，是腌糖蒜，还是腌花生米，是酱黄瓜，是酱黑菜，还是稀黄酱……订购过，洛阳酱菜厂用专门的货车把订购的酱菜送到延津。而经常去洛阳酱菜厂订购酱菜的，是副食品门市部卖烟酒的老孟。按说老孟在门市部卖烟酒，不卖酱菜，订购酱菜不归他管，但老孟一个表哥在洛阳酱菜厂当车间主任，老孟到了洛阳，可以订购些次品的酱菜，即车间在加工酱菜时，工人不小心把酱菜疙瘩切歪了，切碎了，等等，经过酱缸的腌制，除了品相差些，味道和正品没大的区别；而次品的价格，比正品便宜一半；次品在洛阳只能卖次品，但来到延津，副食品门市部仍可以当正品卖。李延生可以跟老孟商量，让他替老孟去一趟洛阳；让老孟说自己家有事，脱不开身，只好请李延生代劳；李延生本来就在门市部卖酱菜，代替老孟去洛阳订酱菜也名正言顺；等到上路，李延生并不去洛阳，直接从延津去了武汉；而下个月的酱菜，由老孟给洛阳酱菜厂的表哥写一封信，根据往年季节和延津这个月卖酱菜的情况，在信里把下个月的酱菜给订下来就是了；樱桃不让把一句话写信告诉武汉的陈长杰，老孟却可以把订酱菜的话写信告诉洛阳的表哥；大家同在一个门市部共事四年多，他跟老孟从来没有吵过嘴，估计他求老孟帮忙，老孟不会不答应。把这理由说给胡小凤，胡小凤也不会怀疑。除了去洛阳名正言顺，如去别的地方，李延生就找不出适当的理由了。但是，去洛阳虽然成立，把去武汉说成去洛阳，二者路程可差好远。延津距洛阳三百多里，坐汽车来回也就两天；延津离武汉两千多里，去武汉得坐火车，那时候的火车时速也就五六十公里，沿途站头又多，停靠的时间又长，来回坐火车，就得四天；到了武汉，人生地不熟，从火车站找到陈长杰的家，跟他说话，话说完，再赶回火车站，在武汉停留和盘桓的时间，又得一天；来回坐火车，到了火车站，不一定有合适的车次，让你马上上车，两头等车，再打出去半天；去一趟武汉，来回需五天半；两天的洛阳，变成五天半的武汉，这中间的三天半如何发落?李延生又想，两天之后，李延生可以从武汉给胡小凤的糖果厂打一个长途电话，说他在洛阳发烧了，走不得路，怕是得在洛阳养几天病，再回延津；天有不测风云，谁还不随时随地有个头疼脑热，估计胡小凤也说不出什么来。只是在电话里要交代明确，是发烧，而不是前些天的烦心病犯了，否则胡小凤会马上赶到洛阳，反倒弄巧成拙。出门的由头找到了，李延生又开始发愁盘缠的事。李延生查出，从延津到洛阳坐汽车来回车票是二十块钱，从延津到武汉来回的火车票是一百二十块钱，这一百块钱的饥荒打哪里找补？再说，出门在外，你光拿车票钱就行了？在路上你就不吃不喝了？你敢保证就没有别的用钱的地方了？俗话说得好，在家千日好，出门一时难，看来这饥荒还不止一百块钱。说成去洛阳是出公差，路费可以由副食品公司报销，私下去了武汉，这钱可都得花自己的体己；而李延生背着胡小凤藏在副食品门市部的体己，算命花去二十五块八，目前只剩十块两毛钱了。十块两毛钱之外的一百多块钱的饥荒如何打发？看来只能跟人借了。这钱跟谁借呢？李延生在副食品门市部边卖酱油醋和酱菜，边卖花椒大料酱豆腐，边想在延津能借给他钱的人。能借给他钱的人，必须有两个条件：一、手边有闲钱；啥叫闲钱？刨去养家糊口，买过这个月的柴米油盐，手头还有富余的钱。二、这人须是李延生的好朋友，肯把钱借给他。李延生先从他家的亲戚想起，叔叔、大爷、姑姑、舅舅、大姨、小姨、表哥、表弟、堂哥、堂弟等，这些人，跟李延生的关系都不算远，这样的人家，在延津也有十余家，但扳着指头数过去，没有一家是有闲钱的人；换句话，这些亲戚也都是穷人，想也白想，于是就不想了；接着想好朋友；说起好朋友，李延生在县城也有十几个，但一个卖酱油醋和酱菜的人，平日来往的朋友，也多不是有闲钱的人。闷着头想了一上午，没有想出一个人来。想这些人的时候，李延生还必须顾忌一点，因去武汉须瞒着胡小凤，借给他钱这人还必须嘴严。万般无奈之下，他想跟在门市部卖烟酒的老孟张口，但又考虑到，老孟每月的工资，跟李延生差不多，家里上有老下有小，手头不会有闲钱，又想到接着去武汉，还要让老孟用洛阳酱菜厂来打掩护，同时再借钱就不好意思了，于是把老孟也排除在外。除了这些亲戚朋友和老孟，李延生一时就想不起别的人了。闷闷不乐了一上午，中午回家吃饭，从东街走到北街，路过北街的洗澡堂子；看到洗澡堂子，李延生灵光一闪，想到在澡堂里搓澡的老布，他可以找老布借钱。

老布是个光棍，今年五十多岁了。早年，老布也成过家，但没生下一男半女。三十岁那年，他的老婆跟他的表哥跑了，至今不知去向。老婆跑了以后，也有人给老布介绍过对象，一是老布的表哥给老布留下了婚姻的阴影，表哥，从小一块儿光屁股长大的人，怎么能干这种事呢?他老婆跟他表哥跑的头两年，老布经常抖着手对人说；加上新介绍的对象，也多是高不成低不就的人，让人犹豫，这事也就拖了下来；过了五十岁，据老布说，张罗这事的心，他自个儿首先慢了。老布说：一个人有一个人的好处，一个人吃饱全家不饥，锁上门，不怕饿死家里的小板凳。既然一个人吃饱全家不饥，按说老布应该花钱不计较，处处不亏待自己，但老布节俭，钱到他手里，能不花就不花，能攒起来就攒起来。老布说：别人有钱可以不攒，我这钱得攒，我这钱是两毛钱两毛钱搓泥搓出来的，不容易。意指老布在澡堂里搓澡，搓一个澡两毛钱。他又说，有儿有女的人，有钱可以不攒，我一个老光棍，就要攒了；别人养儿养女为了防老，我攒钱同样为了防老，你们说对不对？大家觉得老布说得有道理，李延生也觉得老布说得有道理，同时知道他有钱。

李延生与老布成为朋友，是因为李延生去北街澡堂洗澡，每次都找老布搓澡。在澡堂搓澡的师傅有五个，李延生爱找老布，除了老布搓澡下功夫，还因为他喜欢听老布说话。老布说话，话里有筋骨，即说事的同时，能把事背后的道理说出来。譬如，老布边搓澡边说，世上最可怕的事，是两人交往，你拿别人当朋友，别人没拿你当朋友；这时候就容易交浅言深；不遇上事好点，遇上事，就会自取其辱。李延生觉得他说得有道理。譬如，老布边搓澡边说：世上最可怕的事，是饿着肚子逛街，容易多买东西。李延生觉得他说得也有道理，因为他在门市部卖酱油醋和酱菜、花椒大料酱豆腐，吃午饭和晚饭之前，来买酱油醋和酱菜、花椒大料酱豆腐的人多；除了该买的东西，还爱买些别的；饭后，柜台就清静了；偶尔进来一个人，买盐单说买盐，买醋单说买醋。唯一让李延生不解的是，老布这么会说理，老婆咋让人拐跑了呢?还是表哥。搓澡的次数多了，两人就成了朋友;现在李延生遇到难处，就想到了老布。

吃过午饭，李延生到门市部给老孟打了个招呼，让他替自己照看卖酱油醋酱菜、花椒大料酱豆腐的柜台，信步走向北街，去澡堂洗澡。借钱之前先洗澡，也是想趁着搓澡的工夫说事;这比直截了当上去说借钱，显得自然一些。到了澡堂门口，李延生突然想起什么，对身体里的樱桃说:

"樱桃，下边你不能跟了，里边是男澡堂。"

樱桃:"既然这样，我在外边等你就是了。"

便从李延生身体里跳了出来。樱桃一出来，李延生身体感到一阵轻松。但想到从澡堂出来，樱桃又会跳进他的身体，他想逃也逃不掉，心里又一阵烦闷。

进到澡堂，像往常一样，李延生脱去衣服，用绳子捆起来，拉到房梁上吊着，接着跳到大池子里泡澡;待身子泡透了，泡得通身大汗，满身通红，便从大池里爬出来，来到老布的搓澡床前，让老布搓澡。

搓澡间，两人先聊了几句闲话。李延生问，老布，最近生意咋样?老布说，马马虎虎，澡堂子，就是冬天的生意，说话快立夏了，大家在家都能洗洗涮涮，谁还来澡堂子乱花钱呢?老布问，延生，你有一个多月没来了吧?看身上这泥卷子，跟刚从泥窝里爬出来一样。李延生想想，这一个多月只顾忧愁和烦闷了，竟忘了洗澡这事，便说，可不，这一个多月事多，直到今天，身上刺痒得耐不住了，才想起该洗澡了。聊过这些，李延生切入主题：

"老布，就县城而论，咱俩关系咋样呀？"

老布边搓边说："不错呀，你每回来洗澡，都找我搓澡。"

"想给你说点事。"

"说。"

"你能借我点钱吗？"

老布停住搓澡："借多少？"

"一百多块吧。"

"干啥用？"

李延生不好说去武汉给樱桃捎话，编道："二舅妈家翻拆房子，想让我添补点；二舅妈从小对我不错，我结婚的时候，还借给过我一百多块钱，事到如今，我不好推托呀。"

老布又开始搓澡："你昨天说就好了。"

"啥意思？"

"昨天俺姑父住院，钱被俺姑借走了。"

又说："你是盖房子，人家是救命，俗话说，救急不救穷，相比较，我只能把钱借给他，无法借给你了。"

李延生听出这话的漏洞，知道他姑父得病是现编的瞎话；

就算他姑父得病是真的，也是昨天的事，无法跟李延生今天借钱"相比较"；同时发生的事，才可以掂量轻重，决定把钱借给谁；老布本是个遇事说理的人，现在说话颠三倒四，明白他无非找个托词，不想把钱借给李延生罢了。或者，不想借钱，还不是钱的事，是两人还没到那样的交情，中了老布说过的"世上最可怕的事"之一，你拿别人当朋友，别人没拿你当朋友，交浅言深，遇到事，就会自取其辱。

老布似乎也意识到刚才话的漏洞，又找补："如是十块八块，好说，百十多块，不是小数。"

又说："我也跟我姑说了，我这钱，挣得不容易，两毛两毛，搓泥搓出来的，钱你可以先用，得赶紧还我。"

李延生："不方便就算了，我就是随口一说。"

"既然你张口了，借不了你钱，今天搓澡，我给你免费吧。"

这就没意思了，李延生心想。搓过澡，他仍拿着老布的竹牌，去柜上交了两毛钱。

走出澡堂，樱桃又跳进他的身体；李延生身体里突然沉了一下，心头又像塞了茅草一样。但李延生顾不上在意这些，又绞尽脑汁去想能借给他钱的人。只有借了钱，才能去武汉；只有早日去武汉，才能早一点打发樱桃。但能借给他钱的人，哪里是硬想能想出来的?这时见屠宰场的老白，推着独轮车，车上绑着一个柳条筐，筐里堆满了从猪身上剁下来的猪蹄，从街上走过。李延生知道，这猪蹄，是送往"天蓬元帅"饭店的。延津有三个屠宰场，大部分的猪蹄，都送到了"天蓬元帅"。看到这猪蹄，李延生突然想起，开"天蓬元帅"的老朱，说不定能把钱借给他。这些天只顾心里烦闷和忧愁，就像好长时间没去澡堂洗澡一样，也好长时间没去"天蓬元帅"吃猪蹄了，就把这茬口给忘了。老朱开着饭店，炖猪蹄卖得又好，在延津算个有钱人。老朱不但有钱，还爱听戏；正因为爱听戏，像算命的老董一样，李延生不唱戏了，还拿李延生当个角儿；也有点像延津国营机械厂当年的厂长胡占奎，因为喜欢听戏，当年收留过李延生、樱桃和陈长杰一样。老朱不但爱听戏，还爱自个儿吼上几嗓子。"天蓬元帅"饭店后身，有一条河，每天清晨，老朱来到河边，一个人对着庄稼地吼上一段戏，才算一天的开始。但老朱炖猪蹄行，唱戏不行，没有一句唱腔能落到点上。自个儿踏不到点上，有时趁李延生来饭店吃猪蹄的时候，向李延生打问唱戏的诀窍。李延生虽然知道老朱不是唱戏的材料，但也边啃猪蹄，边耐心地一句一句给他指点。老朱频频点头，有时会给李延生免单。过去有这种交往，现在李延生遇到难处，去找老朱帮忙，说起来也顺理成章。

去"天蓬元帅"饭馆，李延生没踩着饭点去。饭点上，饭店里坐满客人，张口向人借钱，李延生会不好意思；老朱正在张罗生意，心情上，也不是关照朋友的时候。于是赶在半下午，信步来到"天蓬元帅"。一个多月没来，看到饭店门前一侧，新搭起一个棚子；棚外搁着几个大铁盆，盆里堆满猪蹄，五六个杂工，每人拿一把刮刀，在刮猪蹄上的杂毛；刮干净一个，扔到另一个铁盆里。棚子里支着一口大锅，大锅一丈见圆，锅下烧着劈柴，"噼里啪啦"，火苗舔到了锅沿；锅里，满满一锅猪蹄，随着沸腾的汤水在上下翻滚。

李延生掀开门帘，进到饭店，看到迎门柜台后，坐着老朱的老婆，正趴在柜台上，打着算盘算账。李延生：

"把炖猪蹄的大锅，咋搬到了大门口？"

老朱老婆抬头看了李延生一眼："翻盖厨房，只能先这么凑合。"

"翻盖厨房，证明生意红火呀。"

老朱老婆边打算盘边说："马马虎虎。"

"老朱呢？"

"找他干吗？"

"问句闲话。"

"这闲话，一时三刻问不得了。"

李延生吃了一惊："咋了？"

"他去大庆了。"

"去大庆干吗？"

"当年他姨随他姨父去了大庆油田，全家落在了大庆，前几天他老姨死了，他奔丧去了。"

李延生愣了一下，接着问："啥时候回来？"

"说不好，短则七八天，长则半个月，人都死了，总得等到过七，把人埋了吧。延津离大庆四千多里，中间得倒两回火车，路途上，更说不得了。"

李延生知道事不凑巧，这钱借不得了。那时没有手机，也没法与老朱联系；李延生与老朱有交往，与老朱老婆却不熟，只是打过照面；老朱老婆不唱戏，没有问过李延生唱戏的诀窍，李延生就不好张口向她借钱，免得再犯跟老布借钱同样的错误，交浅言深。边摇头走出"天蓬元帅"，边怪老朱的老姨死得不是时候。

一天下来，横竖没找到能借给他钱的人，而且，在延津，再也想不出能借给他钱的人，李延生夜里睡得很不踏实。半夜醒来，再睡不着，起身坐在床边，看着窗外的黑暗发愁。发愁一阵，嘴里自言自语：

"樱桃，为你去趟武汉，难为死我了。"

樱桃："人情这么薄，我也没想到哇。"

胡小凤猛然醒来，看李延生又对着窗外说话，吓了一跳："你的病又犯了？"

李延生忙掩饰:"没有。"

"你跟谁说话哩?"

李延生又掩饰:"没跟谁,想起门市部的事,顺嘴说了一句。"

第二天,李延生又在门市部想了一整天,想得脑仁疼,还是没有想出能借他钱的人。待副食品门市部打烊,李延生一个人往家走。走着走着,来到十字路口,看到在县城扫大街的郭宝臣,正在路灯下用竹扦扎脏纸。这时樱桃突然说:

"延生,找他,他能借给你钱。"

李延生听后,觉得樱桃是在胡说,郭宝臣是个扫大街的,每月的工资,只有李延生的一半,家里有五个孩子,月月入不敷出;扫大街之余,在街上扎脏纸,也是为了去废品站卖了补贴家用,他怎么会有钱呢?但樱桃既然这么说了,也是万般无奈,李延生也想上去试一试。试成更好,试不成,也不损失啥,回头跟樱桃急起来,也多一个借口;又想,跟郭宝臣借钱,起码有一点放心,他平日不爱说话,嘴严。

郭宝臣虽然是个扫大街的,但据算命的老董算出,他上辈子当过督军和总理大臣。直到今世,郭宝臣仍是厚身板,红脸膛,说话声如洪钟,像个在队列前讲话的督军和总理大臣。但他跟在北关口开羊汤馆的吴大嘴一样,虽然声如洪钟,一天说不了十句话。贵人语迟,算命的老董又说。延津县城的人，常拿郭宝臣打镲，从街上路过，看到郭宝臣在那里扫地，便问：

"总理大臣忙着呢？"

或者："把总理衙门，搬到十字街头了？"

郭宝臣知道大家拿他寻开心，一开始不理；谁知越不理，打镲的人越多；久而久之，郭宝臣只好停下扫地，挂着扫帚，严肃回应：

"既然知道是总理衙门，办公重地，不可造次，快快散去吧。"

众人笑着离开了。

还有人问郭宝臣当总理大臣时都遇到过什么人、什么事，郭宝臣一开始不理；谁知越不理，问的人越多；后来郭宝臣说：

"我想起来了，我当总理大臣时，有一件事最闹心。"

"什么事？"

"纳你妹当小老婆，夜里太不好使。回家跟你妹说，今晚上别来了。"

问的人"呸"了一声："你妹才不好使呢。"

剩郭宝臣一个人的时候，郭宝臣常常自言自语：

"我要是总理大臣，早杀了你们这些王八蛋，还轮得着你们跟我花马吊嘴？"

有时还拿小学课本上的一句诗感叹："国破山河在呀。"

上个月在北关口开羊汤馆的吴大嘴死了，他死的前一天晚上，跟郭宝臣喝过酒。吴大嘴死后，有人说：

"老郭，吴大嘴的死，跟你可有关系。"

郭宝臣听到这话，放下扫帚，蹲在十字街头，埋头大哭起来。

"你把朋友害死了，哭也没用。"

"我一是哭朋友，二是哭自己，从今往后，在延津再没朋友了。"

"呜呜"哭罢，抬头，逗他的人早走了。郭宝臣擦擦眼泪，擤擤鼻涕，拾起扫帚，接着扫地。

樱桃让李延生找郭宝臣，李延生便上前说："宝臣，给你说件事。"

郭宝臣停住扎脏纸的竹扦："啥事？"

"你能借我点钱吗？"

"借多少？"

"百把块吧。"

"成啊。"

李延生一阵惊喜："你真有钱呀？"

"但有个条件。"

"啥条件？"

"想借我的钱，你先借给我钱。"

李延生吃了一惊："啥意思？"

"我身上没钱，但我可以帮你赌去。"

郭宝臣虽然家里穷得叮当响，但酷爱赌博。可能是从上辈子总理大臣身上，遗传下来的毛病。扫大街的工资，扎脏纸的钱，起初他也想着补贴家用，几天之后，一大半被他送给了地下赌场，家里老婆孩子常饿肚子。延津县城他认识的人，被他借钱借遍了。奇怪的是，他从来不找吴大嘴借钱；大概是想留着喝酒的后路吧。郭宝臣给人借钱时爱说：

"放心，把钱借给我，两个小时就还你。"

渐渐人家熟悉了他的套路，便说："既然两个小时你就有钱了，你等两个小时不就得了。"

李延生愣在那里："我向你借钱，你倒给我借钱，接着赌去，说反了吧？"

"不反。我查了皇历，我属猪，这个月有财运，三十年不遇。正发愁没钱呢，你找我来了，这就叫缘分。你借钱给我，我赌赢了，除了还你本钱，再送你一百块如何，也不算借。"

"那你要万一输了呢？"

"输了算我的，赢了算你的，你要没这气魄，我只能说，没钱。我没钱，你也借不了钱。"

李延生不知如何是好，但想起老董给郭宝臣算命，说他上辈子是个总理大臣，总理大臣自有总理大臣的福分，如果他财运到了，今天赌钱赌赢了呢？不借给郭宝臣钱，他也想不起其他能借给他钱的门路，便想跟郭宝臣赌上一把。于是从十字街头返回副食品门市部，打开门，从货架后边的墙缝里，掏出仅剩的十块两毛体己钱，把两毛放回去，拿着十块钱，又回到十字街头，把钱交给了郭宝臣。郭宝臣拿到钱，一脸严肃地说：

"明天早上八点，还在这十字街见面。"

扔下扎脏纸的竹扦，一溜烟跑了。

第二天八点，李延生到了十字街头，看郭宝臣在那里扫地；边扫地，边打着哈欠。李延生上去问：

"宝臣，昨天赢了输了？"

"输了。"

看李延生要急，郭宝臣忙跟着说："虽然输了，但我找到能借给你钱的人了。"

"谁呀？"

"赢钱的老尚，昨天一人卷了八个人。"郭宝臣又说，"输了，还不忘帮朋友找钱，你说我够不够朋友？"

事到如今，李延生只好问："老尚能借我多少？"

"他说，能借你一百。"郭宝臣又说，"可丑话说前头，三分利啊。"

事到如今，说别的也没用，李延生说："那你跟他说一说，索性借我二百吧。"

离开郭宝臣，李延生对身体里的樱桃说："樱桃，你果真害我不浅。"

·七·

晚上吃饭的时候，李延生跟胡小凤说，他明天要去洛阳酱菜厂订酱菜。胡小凤：

"明天去洛阳，咋今天才说？"

"今天上午我还不知道呢，本来明天是老孟去洛阳，就是在我们门市部卖烟酒的老孟，月月都是他去，他不是在洛阳酱菜厂有亲戚嘛，但他今天中午开始拉稀，那边又跟洛阳酱菜厂说好了，非让我替他走一趟。"

又说："在一个门市部四五年了，我不好推托。"

又说："我在门市部卖酱菜，订什么，我心里也清楚。"

胡小凤："你要去洛阳，我跟你去。"

李延生吓了一跳，本来他要去武汉，假说去洛阳，如果胡小凤跟着去洛阳，不弄假成真了？但他知道，胡小凤是个倔脾气，她脑子里产生一个想法，会马上固定下来，你跟她对着干，十头牛也拉不回来；只能找个理由，让她自己否定自己的想法，事情才有可能掉转回来；于是做出高兴的样子说：

"好哇，路上我们也能有个伴。"

晚上睡觉的时候，两人上床，李延生说：

"临睡之前，我们规划规划去洛阳的事，我们明天一早上路，下午到了洛阳，我就直接去酱菜厂了，因为要跟他们对酱菜的订单，根据这个季节，他们都腌了些啥酱菜，我们门市部这个月啥酱菜没卖光，啥酱菜卖光了，啥酱菜好卖，啥酱菜不好卖，得一一核对清楚，再算算哪些货价格合适，哪些货价格不合适，哪些货能打折，哪些货不能打折，接着才能下订单，晚上在洛阳住一夜，后天一早就赶回来了；到了洛阳，你是跟我去酱菜厂，还是在洛阳市里逛一逛？"

"我去洛阳，不为去酱菜厂，我在洛阳市里逛一逛；跟延津比，洛阳是大城市。"

"那好，到时候我们各忙各的。"李延生接着又问，"你逛洛阳，是闲逛呢，还是有啥想法？"

"有想法，想去洛阳商场买些东西。"

"都想买些啥东西？"

胡小凤扳着指头："雪花膏、头油、桂花香的胰子，给孩子买双踏雨的塑料凉鞋，给我买件的确良裤子，再买二斤驼绒毛线，回来给你织件高领的毛衣。"

"我丑话说到头里，这些东西，我们百货和衣帽门市部都有，同样的东西，洛阳比延津贵出三成，就像你说的，洛阳是大城市，大城市的东西都比县城贵。"

胡小凤愣在那里，接着问："啥意思，不想让我去呀？"

"不是这意思，只是事先给你说一下，别到时候你再埋怨我，说去洛阳得不偿失。上回在新乡买搪瓷盆，不就是这样，明明自己上了当，非怪我事先没提醒你，还说我在门市部卖东西，懂行也不说到头里，我是干吃哑巴亏。"

胡小凤愣在那里不说话。

"我掐指算了算，你要买的这些东西，在延津，不会超过二十块钱，到了洛阳，至少得三十多。"

胡小凤想了想，又说："要不，这些东西我不买了，我到洛阳就是白逛逛。"

"那我事先还提醒你，你去洛阳可不是白逛。我去洛阳订酱菜是出公差，路费由副食品门市部出，你去洛阳是闲逛，路费可得咱家出，去洛阳坐长途车，来回的车费是二十，光路费，够你想买的东西。"

胡小凤又愣在那里，半天说："我在糖果厂包糖纸，一个月才五十多块钱，去一趟洛阳要二十，算了，洛阳你一个人去吧。"

又说："这些东西，我在延津买吧。"

又说："既然在延津买，那就不着急了，以后再说吧。"

说过这话，脱光衣服，钻到被窝里睡去了。李延生松了一口气。胡小凤突然又坐起来：

"我不跟着，你在路上犯了烦心病咋办？"

李延生忙说："我的烦心病已经好了。"又问，"这三天，你见我犯过病没有？"

自在老董家见到樱桃，已经有三天了。

胡小凤想了想："那倒没有。"

李延生："这不就结了。"又说，"趁着出差，出去散散心，对烦心病也有好处。"

胡小凤叮嘱："那你路上小心些。"

李延生："放心，我不会大意。"

胡小凤又钻到被窝里睡去了。

· 八 ·

第二天一早，李延生离开延津，去了武汉。去看朋友，不能空着手，李延生想起当年陈长杰在延津时，两人常一块儿去吃猪蹄，上路之前，先去"天蓬元帅"，花了五块钱，买了十只猪蹄。

李延生以为他离开延津，樱桃把她要捎给陈长杰的话告诉他，他带着话上路，樱桃就离开他的身体，留在了延津，待他上了从延津去新乡的长途汽车，樱桃并没有告诉他那句话，还待在他的身体里。李延生：

"樱桃，车快开了，赶紧告诉我那句话，你下去吧。"

樱桃："我送你到新乡，到新乡再告诉你。"

"你以为这是唱《断桥》呢，因为一把伞，两人送来送去。"

像"奈何，奈何?""咋办，咋办?"一样，《断桥》也是《白蛇传》中的一个片段，白娘子刚从仙界下凡，来到西湖边，赶上下雨，许仙让她趁伞；因为这把伞，两人送来送去，产生了缠绵和缱绻。

樱桃："因为一把伞送，因为一句话更得送了。"

"到了新乡，你咋回来呢?百十里呢。"

"你别管，我自有办法。"

说话间，车就开了。李延生也只得由她。待到了新乡火车站，李延生买了去武汉的火车票，离开车还有俩钟头，李延生坐在火车站广场的台阶上：

"樱桃，说那句话吧，一会儿我就上火车了。"

樱桃："那句话不用说了，我跟你去武汉。"

李延生愣在那里："樱桃，你不能说话不算话呀，说是往武汉捎句话，咋变成捎个人了?"

"光捎话不管用，我得见到陈长杰。"

"你想见陈长杰，你自个儿去武汉不就得了，为啥非拉上我?"

"不附到你身上，我到不了武汉呀。"

李延生这才明白了樱桃的用意。原来她捎话是假，捎人是真，从根上起，一直在骗他。他想跟樱桃翻脸，又想，反正要去武汉，捎句话，和捎个人，对他倒没大的差别，只是身体里多装两天人而已；她在身体里不吃不喝，倒也多不出任何花费；如果两人翻脸，樱桃撒起泼来，长期赖在他身体里不出来，反倒因小失大；于是不再跟樱桃争执；只是一张火车票，要坐两个人；看着是一个人，其实是两个人；跟人说，人不会信，会说他疯了；事情有些荒唐，但实际情况就是这样；如是别人遇到这事说给他，他不会信；现在他把同样的事说给别人，别人也不会信；茫茫人海中，谁能猜透身边这人，怀揣的是啥呢?他叹了口气：

"樱桃，你心眼比我多。"

樱桃倒不好意思："我这也是无奈呀。"

又说："不是走投无路，谁愿意赖在别人身上呀。"

李延生："我不明白，你见了陈长杰，到底想说啥呀?"

"你别管。"

"你要不说，我就不去了，你不能把我一直蒙在鼓里；稀里糊涂地跟你去武汉，那我不成傻×了?我不去，你也去不成。"

樱桃这时哭了："一言难尽。"

李延生："别哭别哭，有话慢慢说。"

樱桃："三年前我是上吊死的，不算好死，吊死鬼不能入祖坟，陈长杰把我葬在了县城南关的乱坟岗上。三年来倒也无事，但半年前，有个被枪毙的强奸杀人犯，也葬在了乱坟岗上，他知道我以前唱过戏，一到晚上，就让我扮成白娘子，他扮成许仙，唱过戏，就逼我跟他做那事，我不从，他就打我，说我们是夫妻，我说戏里的事，哪能当真，他非要假戏真做；后来我也想通了，我死都死了，生前戏里被压到塔下，生活中又上吊了，还有什么豁不出去的？但他上了我之后，得寸进尺，又让别人上，他来收钱；我不同意，他就打我；我是活不下去了，或者，我是死不下去了，我得找到陈长杰，让他给我迁坟。"

李延生愣在那里，这才明白了樱桃的处境，也明白樱桃让他捎话的原因。先叹了口气："原来如此，原来你这么不容易。"但又说，"就是迁坟，你在延津找个亲戚不就行了，何必舍近求远，非要找陈长杰？"

樱桃："当初是他把我埋在那儿的，最后一锨土，留下了印记；解铃还须系铃人，非把最后一锨土掀开，我才能迁坟；你们阳间讲因果，阴间更讲因果，因果不符，起不了作用，最后压到我身上那锨土是陈长杰撒的，迁我还得是陈长杰呀；就像戏里法海把我压到了塔下，揭开塔上的封条，也得是法海一样；如果换人把我迁走，等于身体迁走了，魂儿还留在那儿，身魂分离，还不如天天从了强奸犯呢。所以，迁坟必须陈长杰来做，别人无法帮忙。"又说，"再说，那个强奸杀人犯在假戏真做，在戏里，陈长杰不是法海吗？法海会降妖，能镇住那个厉鬼，把他扣在镇妖塔下边，还有一层意思是在这里。"

李延生又明白了樱桃的意思，不由得在心里感叹，原来事情这么复杂。李延生又不解：

"就算是让陈长杰迁坟和镇鬼，我把话捎到不就行了，你为啥还非要跟着去呢？"

"怕陈长杰不听你的话呀。我去了，他要不管这事，我就跟他闹，他非跟我回延津一趟不可。"

李延生又明白了樱桃的意思，说是让李延生把她带到武汉，谁知还有她把陈长杰带回延津的事。李延生接着说：

"既然这样，到了武汉，见到陈长杰，有什么你跟他说，剩下的事情我就不管了。"

"那是自然，这回我说话算话。"

李延生突然想起樱桃的死因，又问樱桃：

"咱是闲聊啊樱桃，我想问句闲话。"

"啥闲话？"

"三年前，你到底是咋死的？"

"这话不闲呀，一个人咋死的，能说成是闲话吗？"

李延生忙说："是我用词不当，是我用词不当，我就是想问问，是像人们说的，因为一把韭菜吗？"

樱桃叹息一声:"说是因为韭菜,也是因为韭菜,说不是因为韭菜,也不是因为韭菜。那天与陈长杰因为韭菜吵架是真,陈长杰摔门走了,我越想越气,倒在床上哭,哭着哭着,一不小心睡着了,正好碰到路过的花二娘,让我给她讲笑话。也是活该我倒霉,花二娘找笑话,一般是在晚上,谁让我大白天睡着了呢?我睡前刚刚哭过,哪里能把笑话说好?于是我说,花二娘,我嘴不会说,你让我唱吧。花二娘说,知道你过去唱过戏,你想唱就唱。我便从《白蛇传》里《断桥》开始,一直唱到'奈何,奈何?''咋办,咋办?',唱着唱着,唱出了这条蛇的委屈和伤心,没想到这条蛇的委屈和伤心,勾起了花二娘的委屈和伤心,我哭了,花二娘也哭了。唱腔一落,花二娘翻了脸,我是来找笑话的,你却让我哭,是何居心?背我去喝胡辣汤吧。我这才想起花二娘来梦里的目的,自己也觉得不好意思,便说,二娘,不消您动身,我先走一步吧,拿根绳子上了吊。"

　　李延生愣在那里,原来樱桃的死因,除了因为韭菜,还因为笑话;李延生犯病时,胡小凤问过他,是不是因为花二娘到他梦里找笑话,李延生说没有;谁知,花二娘没来李延生梦里,当年去了樱桃梦里;自己犯病是因为樱桃,樱桃的死又因为花二娘和笑话;事情如此牵扯颠倒,李延生不禁摇头感慨。但又说:

"既然你的死跟花二娘有关，现在有厉鬼欺负你，你把这事告诉花二娘，让她老人家替你除了恶鬼不就成了。"

樱桃叹息："花二娘只到人间的梦里去，哪里会到鬼的梦中来呢？"

又说："花二娘到梦里是去寻笑话的，哪个鬼不是一肚子苦水呢？"

又说："厉鬼欺负我的事，说给花二娘，能把花二娘逗笑吗？"

李延生点点头，不再说话。这时樱桃说：

"说过这些糟心事，我也告诉你一个好消息。"

李延生一愣："啥意思？"

"一个多月前，延津北关口卖羊汤的吴大嘴，也被笑话压死了，知道不？"

"知道呀，他的丧宴，我还参加了。"李延生又说，"人死，算什么好消息？"

"我说的不是生前的事，是死后的事。"樱桃又说，"因为生前都是被笑话压死的，他来到这边，我们便有些同病相怜，上个月赶鬼节的时候，我在集上碰到他，这个好消息，就是他告诉我的。"

"什么好消息？"

"本来，被笑话压死的人，跟其他死的人不同，因其无趣，难以超生。但吴大嘴说，他一个多月前来到阴间，在阎罗殿过堂的时候，阎罗说，赶得早不如赶得巧，最近，一个阴间的资深族长给他打招呼，替无趣的鬼们说了一些好话，阎罗他老人家也是与鬼为善，便出台一项新政，被笑话压死的人，如能改过自新，刻苦上进，一口气给他老人家说出五十个笑话，这人就可以转生。"

李延生一激灵："这是好事呀。这个族长是谁呀？"

樱桃："吴大嘴没顾上问。"又说，"但是，这五十个笑话，不是一般的笑话，必须是一句话能把人逗笑的笑话。"

李延生愣在那里："这倒难了。"

樱桃："如今在阴间，那些被笑话压死的鬼都疯了，都在苦练笑话呢。连在阳间那么古板的吴大嘴，短短一个多月，已经和生前是两个人，变得油嘴滑舌了。"又说，"我这次到武汉去，除了让陈长杰回延津帮我迁坟和镇住厉鬼，还想让他教我说笑话。当初他跟我谈恋爱时，往往一句话就把我逗笑了，一句话就把我逗笑了。我不会说笑话，可他会呀；等他教够我五十个一句话的笑话，我记在心里，回头说给阎罗，如果阎罗笑了，我也就能转生了，我们又能阳间相见了。"

李延生又愣在那里，原来樱桃去武汉，还裹着这一件事情，为了五十个一句话的笑话。这一层层的事情，都是事先无法预料的，李延生不禁又摇头感叹。樱桃：

"延生，看在我们过去在舞台上那么多年，你能帮我想几个一句话能把人逗笑的笑话吗？"

　　一是李延生在生活中是个不会说笑话的人，也从来没有说过笑话，二是怕答应樱桃，从此樱桃因为笑话的事又缠上他，忙说：

　　"樱桃，当年咱们在剧团的时候，你也知道，我笨嘴拙舌，正经话还说不利落，哪里会说笑话？"

　　又说："而且要求又这么高，一句话得把人说笑。"

　　又说："我想帮你，可没这个实力呀。"

　　樱桃倒也没强求，只是叹息一声。这时汽笛一声长鸣，火车进站了。李延生带着樱桃进站，边上火车边想，这次去武汉，不管是因为韭菜，还是因为花二娘，还是因为迁坟和镇住厉鬼，还是因为阎罗和笑话，说起来是樱桃的事，因樱桃在他身体里，等于到头来压到了他身上；这本身倒是个笑话；不禁摇头感叹一声。

· 九 ·

为了能及早赶到武汉，李延生带樱桃坐的这趟车，终点站是武昌。本来想坐去汉口的火车，陈长杰家在汉口，但在汉口停靠的火车，都是五六个小时之后，才从新乡路过，李延生只好买了这趟火车的车票。因是过路车，李延生带樱桃上了火车，火车上已是人山人海，过道里都是人，哪里还有座位?李延生挤过五六节车厢，看找座位无望，见两节车厢连接处，还能挤下一个人，便靠着车壁坐下，把提包抱到怀里；也是一天累了，在火车轮子"咔嚓""咔嚓"轧着铁轨的声音中，转眼就睡着了。樱桃在他身体里也睡着了。

一路无话。从武昌火车站出来，已是第二天早上八点半。一出火车站，李延生拎着提包，急忙跑到广场对面的电报大楼，给延津糖果厂打了一个长途。当时延津糖果厂就一部电话，由传达室的老张看着；上班时间，职工不准接电话，电话里说的事，由老张回头转告。李延生在电话里跟老张说，他来洛阳订酱菜，今天一大早，在旅馆发烧了，下不来床，需要在洛阳养两天病，待病好了，马上回延津，让他转告胡小凤；电话那头的老张也没当回事，说："知道了。"就把电话挂。放下电话，李延生觉出延津糖果厂对电话规定的好处，胡小凤不能接电话，就省去她问东问西，问他是不是犯了烦心病等麻烦。

一个多月前陈长杰来信，邀请李延生来武汉参加他的婚礼，信封上写着他家在武汉的地址，汉口京汉路大智门信义巷 7 号楼 3 单元 4 楼 433 室。出了电报大楼，李延生从身上掏出这信封，带樱桃去找陈长杰的家。由武昌到汉口，要过长江；武昌火车站旁边，有一轮渡口。李延生带樱桃来到轮渡口，便去买船票。这天风和日丽，但长江的浪还很大，波浪"哗哗"地拍着岸堤。李延生买过船票，拎着提包上船，踏板和船，在浪的涌动下左右摇晃，他突然听到樱桃说：

"延生，且慢。"

"咋了？"

"这船坐不得。"

李延生一愣："为啥？"

"我命里犯水，一见这水，心里慌得如万马奔腾。"用的还是戏里的文词。

李延生有些气恼："你咋不早说？"

"我也没想到，长江上风浪会这么大呀。"

"可不过长江，我们就找不到陈长杰呀。"

"我们可以走旱路，从长江大桥过去。"

李延生抖着手："我刚才已经打听了，坐公交车走长江大桥，得多绕出几十里路，你就在船上忍忍吧。"

又说："把你交给陈长杰，我还急着赶回延津呢，晚了，在胡小凤那里，怕就露出马脚了。"

樱桃："可因为坐船，我慌死在船上咋办？"

又说："魂魄本来就弱，经不起风浪啊。"

又说："我死过一回了，再死一回也无所谓了，但我这回要是死在你身体里，怕就永远出不来了。"

李延生倒慌了："樱桃，你说走旱路，我们就走旱路，用不着这么吓人。"

又叹口气："我算犯到你手里了。"

李延生带着樱桃，重新上岸，退了船票，去找公交车站。两人坐上公交车，公交车逢站必停，路上自行车又多，不时有人横穿马路，公交车不时刹车，这车兜兜转转，两个钟头之后，才上了长江大桥。李延生怀抱提包，拉着吊环，在心里又叹了口气。樱桃觉出李延生有些不高兴，便说：

"延生，别生气了，我知道这回来武汉，你白花了不少工夫，也白花了不少钱。"

又说："我知道你想早回延津，可我也想早回延津呀，等找到陈长杰，咱们也就前后脚回去了。"

李延生："樱桃，咱丑话说前头，以后你在延津再遇到啥事，就不要再找我了，毕竟阴阳相隔。"

樱桃："放心，麻烦你就这一回。"

到了汉口，李延生带樱桃下车，拿着信封，见人就问，待找到信义巷，已是中午时分。一个多月前，李延生没来参加陈长杰的婚礼，在回信中假说他的脚崴了，待一进信义巷，李延生走起路来，装出一瘸一拐的样子，担心在巷子里碰到陈长杰。

在一群高矮不一的楼房中，李延生查对着楼房一侧标出的楼号，左拐右拐，找到了 7 号楼；又查对门洞上标出的单元号，找到了 3 单元；李延生进门洞，爬楼，到了 4 楼，查对住家门牌号，看到楼层右侧门上，标着 433 的字码，便上去敲门。敲了半天，屋里没人回应。李延生又看信封，屋门上的号码也没错；便去敲对面的门打问。敲了半天，门开了，一中年人满头乱发，睡眼惺忪，待看到是不认识的人，急了：

"乱敲什么，夜班，正睡觉呢。"

李延生忙说："对不住大哥，麻烦问一下，对面是陈长杰家吗？"

那人点点头。

"他家的人呢？"

"这还用问，没人，就是上班去了。"

"啥时候回来呢？"

"他们走时，不跟我商量呀。"

便嘭的一声，把门关上了；边关门边加了一句："讨厌。"

李延生没敢回应那人，待他把门关上，对樱桃说：

"樱桃，我把你也送到陈长杰家门口了，接着你一个人在这儿等，我就回去了。"

谁知樱桃不从他身体里出来："延生，我也想让你走，可你走了，让我的魂附到哪里呢？"

又说："再说，不见到真人，我也不放心呀。"

事已至此，李延生只好跟樱桃一起在楼道里等着。李延生一会儿看看表，一会儿看看表。到了十二点半，突然听到楼底下传来脚步声。李延生急忙看楼梯，一时三刻，爬上来一个人，呼哧带喘，肩上扛着一煤气罐，这人不是别人，正是陈长杰。陈长杰见到李延生，有些吃惊：

"延生，你咋来了？"

李延生当然不能说他把樱桃带来了，便说："我替副食品公司到武汉出差，过来看看你。"又说，"一个多月前，你的婚礼没来参加，心里一直过意不去。"

陈长杰放下煤气罐："正要做饭，煤气没了。"打开屋门，"快进来，咋也没想到是你。"

进屋，李延生发现是个小两居，门厅很小。两人相互打量，"嘿嘿"笑了：

"三年没见了。"

"可说呢。"

李延生打开提包："来时没给你带啥好东西，带了几只'天蓬元帅'的猪蹄。"

陈长杰忙接过这包猪蹄："太好了，我在武汉也吃过猪蹄，都没有'天蓬元帅'炖得有滋味。"又问，"你在信上说脚崴了，现在好了没有？"

李延生坐到沙发上，伸脚让陈长杰看："你看，不肿了，还没好透，走起路来，还一瘸一拐的；路走近了不疼，走远了，还是不行。"

接着感到，进了陈长杰的家，李延生身上马上轻松了，李延生又成了一个多月前的李延生，便知道樱桃离开了他。但他不敢跟陈长杰说这些，开始问别的事：

"嫂子呢？"指的是陈长杰新婚的妻子。

"上班去了。"

迎头墙上，挂着一个镜框，镜框里有一张四人的合影，两个大人，两个孩子，陈长杰看李延生端详照片，便指着照片上的人说，这个就是你嫂子，荆州人，在汉口搪瓷厂上班；这是明亮；这个女孩是你嫂子带过来的，比明亮小一个月。李延生这才知道陈长杰新娶的老婆是二婚，还带一个孩子。陈长杰看李延生脸上有些错愕，忙解释：

"人家是二婚，我不也是二婚吗？人家带一孩子，我不也带一个孩子吗？咱得明白自个儿的条件，不能太挑剔。"

李延生："就是，啥事都是讲个合适。"细看照片上的明亮，三年前，李延生在樱桃的丧事上见过他，明亮胳膊上还戴着黑箍；现在的明亮，比过去长高了一头；便问："明亮呢？"

"上学去了。"

"我记得他才六岁呀，上学这么早？"

"我老出车，没人照看他，放到学校，叫人放心。"

"你今天咋没去上班？"

"我在货车上当司炉，今天倒班，所以在家里。"

"幸亏你今天倒班，你要出车了，我就白来了。"

"可不。"

接着陈长杰要带李延生去街上饭馆吃午饭，李延生惦着早回延津，便说：

"家里有啥吃啥吧，我买好了下午三点多的火车票，急着赶回去。"

"既然来了，就不能着急走，在武汉多住几天，我带你去黄鹤楼看一看。"陈长杰又说，"我这两天倒休，正好没事。"

李延生心想，你怎么能没事呢，我把樱桃带过来了，她马上就会让你回延津帮她迁坟，还要让你教她说笑话。但他不能把这话说给陈长杰，只好又撒了一个谎："本来我也想趁着出差，在武汉多玩几天，可我刚才给老家打长途，胡小凤在家里发烧了，快四十度了，下不了床。"

见李延生这么说，陈长杰不再坚持："既然小凤病了，我就不拦你了。"又说，"可家里啥吃的都没有，就剩热干面了。"

李延生："热干面好，湖北特产，早想尝尝了。"

陈长杰把煤气罐接到灶上，开始做热干面。这时有人敲门，李延生替陈长杰打开门，撞进来一个头上冒着热气的男孩，背着书包，衣服前襟上都是饭点子，见家里有客人，也没打招呼，李延生主动说：

"是明亮吧，中午放学了？"

陈长杰从厨房探出头："是明亮。明亮，叫延生叔，老家来的。"

明亮又看了李延生一眼，嘴里喊了一声："叔。"把书包放到橱柜上，拉开抽屉，掏出一块方便面，倚在沙发上啃起来。

陈长杰把热干面做好，盛了三碗端上桌；又把李延生带来的猪蹄掏出三只，每只用刀劈成四瓣，装到一个盘子里：

"主要是时间来不及，就着你的猪蹄，凑合吃点吧。"

又对明亮说："明亮，别吃方便面了，吃饭。"

李延生："吃饭，不等嫂子吗？"

"她中午不回来，在搪瓷厂吃，厂里有食堂。"

李延生指指镜框："那女儿呢？"

"她学校离搪瓷厂近，中午也去她妈那儿吃。"

三人吃过饭，李延生看看手腕上的表：

"快两点了，我得赶紧赶火车。"

"这回太赶了，不是小凤发烧，说啥也不让你走。"

李延生："日子还长着呢，我以后再来。"

接着从口袋里掏出二十块钱，递给明亮：

"叔来时没给你买啥东西，你自个儿买个学习用具吧。"

陈长杰阻住李延生："家里有钱，不用给他。"

"这就是你的不对了，这是给孩子，又不是给你。"

见李延生这么说，陈长杰不再推拦，对明亮说："叔给你，你就拿着吧。"

明亮接过钱，跑到橱柜前，把钱放到了自己书包里。

李延生一瘸一拐，陈长杰把李延生送到巷子口。李延生："长杰，回去吧，孩子还在家呢。"

"你轻易不来，我再送送你。"

李延生用当年戏里的文词："送君千里，终有一别。"

陈长杰："延生，谢谢你瘸着腿还来看我。"接着也用戏里的文词，"此次一别，不知何时还能相见？"

说过，还有些伤感。李延生却知道，也许他们前后脚，陈长杰就随樱桃回延津了，两人又能见面了。但他不能把这话说给陈长杰，便说："有机会，一定有机会。"便让陈长杰止步，他一瘸一拐往前走；走出半里路往回看，陈长杰还站在巷子口看着他。他向陈长杰挥挥手，陈长杰也向他挥挥手；李延生转弯向右，到了另一条街上，也就不再装作一瘸一拐，拽开大步，去江边赶轮渡。

到了火车站，回新乡的火车票只剩半夜十二点的。买过火车票，李延生看看手腕上的表，下午三点十五，离上火车还有八个多钟头。李延生想起陈长杰要带他去看黄鹤楼的话，便打问着，坐公交车去了黄鹤楼。当时黄鹤楼的门票是一毛五，李延生买了门票，进了大门，顺着山坡往上爬，到了黄鹤楼前，看到黄鹤楼两侧柱子上，写着两行字：昔人已乘黄鹤去，此地空余黄鹤楼。李延生不懂其中的典故，也没在意；倒是揣测几天之后，陈长杰能否随樱桃回延津。但想起樱桃在新乡火车站说过的话，如果陈长杰不随她回去，她就跟陈长杰闹，这也是她非来武汉的目的；人怎么能闹得过一个鬼呢?李延生一个外人，从延津到武汉，都闹不过她，陈长杰是她前夫，就更拗不过樱桃了。如此说来，几天之后，陈长杰必回延津无疑。突然又想起，一个月前，陈长杰给李延生写信，邀请他来武汉参加婚礼，信的末尾有"余言面叙"几个字，中午吃热干面的时候，忘了问这个"余言"是什么了；这"余言"，也只能等几天后，陈长杰回到延津，李延生再当面问他了。

· 十 ·

李延生回到延津，一进家，胡小凤就问他在洛阳发烧的事。李延生说，多亏老孟的表哥，听说他发烧，让他老婆熬了几碗姜汤，给李延生送到旅馆，让李延生喝下，捂着被子发汗；连喝了两天姜汤，发了两天汗，烧也就退了。李延生：

"下回他到延津来，我一定请他吃个饭。"

胡小凤摸摸李延生的头，头已经不热了，也就没当回事。李延生每天照常去副食品门市部卖酱油醋和酱菜，捎带卖花椒大料和酱豆腐。只是奇怪，一天天过去，也没见武汉的陈长杰随樱桃回延津。

半个月后的一天晚上，李延生梦见了樱桃。樱桃：

"延生，你还得到武汉来一趟。"

李延生吃了一惊："为啥？"

樱桃："把我接回去。"又说，"武汉我是待不下去了。"又说，"当初是你把我领到武汉的，现在你就得把我接回延津。"

好像当初两人去武汉，是李延生非要让她去，现在得负起这个责任。李延生要与樱桃争辩，樱桃不管不顾，就往李延生身上扑；李延生急忙躲闪，头撞到了床边床头柜上，也就醒了过来；身边，胡小凤响着鼾声；看看窗外，月光洒到对面墙上，有树影在墙上晃动。当初带樱桃到了武汉，两人已经说好了，待见到陈长杰，他们就互不相干，接着就是樱桃和陈长杰的事了；一天天过去，没见陈长杰随樱桃回延津，帮樱桃迁坟，他心里就有些疑惑，也不知樱桃和陈长杰在武汉发生了什么。从梦里看，樱桃似乎在武汉又遇到难题。接着以为是心头乱想，才做这样的梦，起床去了趟厕所，撒了泡尿，回到床上接着睡了。没想到第二天晚上，樱桃又来到他的梦里。不同的是，樱桃嘴里喊着："疼死我了，疼死我了。"似在荆棘丛中打滚。

第二天上午，李延生来到副食品门市部，左右心神不定，便想去邮电局给陈长杰打个长途，问樱桃在武汉到底发生了什么；但又想，樱桃本不是人，是个魂魄，这魂魄又是他带到武汉去的；如果樱桃和陈长杰发生争执，病根还是李延生

102

种下的；又怕陈长杰跟他急了。这电话打不得。到了下午，李延生仍心神不定，便托老孟照看他的柜台，信步走到东街蚱蜢胡同，来到老董家，想问一问老董，他应该怎么办。像上次来老董家一样，他自觉去堂屋屋檐下，排队等候。待轮到李延生，老蒯在屋里喊"下一个"，李延生进屋，坐到老董对面，将他如何把樱桃带到武汉，如何与樱桃分别，说好从此两不相干，一个人回到延津，现在樱桃如何接连给他托梦，让他再去武汉把她接回来，一五一十，给老董说了。这回老董没有给他摸骨，也没有传话，也没有直播，只是说：

"既然你们在武汉说好两不相干，现在她又来梦里缠你，就是她的不是了。"

李延生："可不。"

老董："托梦不怕，现在她魂在武汉，远隔千里，无法附到你身上，所以只能托梦；附到人身上就是病，托梦是空的，你不用理她就是了。"

听老董说托梦对他并无妨碍，李延生放下心来。李延生让老蒯结账，老董挥挥手：

"就是问句话，没惊动天师，算了。"

李延生知道，老董这么做，是因为他还拿李延生当个角儿；同时，老董这么做，也不全是为了李延生，也为了给自个儿积德，下辈子不再当瞎子；也就没再勉强。

但李延生回到副食品门市部，想起樱桃在梦里痛苦的样子，料想她一定在武汉遇到了过不去的坎；起码是陈长杰不愿意跟她回延津；陈长杰不愿意回来，她怎么闹不过陈长杰呢？她能闹过李延生，咋就闹不过陈长杰呢？左右想不明白；陈长杰不回来给她迁坟，樱桃让李延生去武汉把她接回来，回来就是重回延津的乱坟岗上，乱坟岗上厉鬼还在，可见她哭着喊着要回延津，连厉鬼都不怕了；也可见，她在武汉的处境，连延津的乱坟岗也不如了；可她附不到人身上，就回不到延津，这是她的难题所在。又想，当初他和樱桃在一起唱戏，戏里还是夫妻，念起这些，似乎应该去武汉把她接回来；可再去武汉，又对胡小凤编出一个什么理由呢？上路又得花钱，上一回去武汉借老尚二百块钱的高利贷还没还上，这回还去借高利贷吗？自个儿一个月六十多块工资，这些钱全是明的，胡小凤都知道，无法当体己钱攒起来，一次次拉下的饥荒，拿什么去填补呢？左思右想，去武汉的心就慢了。樱桃在梦里闹腾了两天，突然不再来李延生梦里了，李延生还感到奇怪，她咋就不来了呢？接下来几天也不来了。时间长了，李延生也就把樱桃这事给忘记了，每天照常去副食品门市部卖酱油醋和酱菜，兼卖花椒大料和酱豆腐。偶尔倒想，他把樱桃一个人落在了武汉，樱桃想离开武汉，回延津不得，那她去哪儿了呢？

第三部分

明　亮

第一章

当　年

·一·

　　陈长杰的舅舅叫姜大山，在武汉机务段当扳道工。陈长杰能来武汉机务段当司炉，便是舅舅介绍的。姜大山矮胖，红脸膛，爱喝酒，一喝酒爱说，知道我来武汉机务段多长时间了吗?三十多年了，不凭别的，凭老资格，我在武汉机务段还是有些面子哩。还爱说，段上有两个副段长，三十多年前，跟我一块儿扳过道岔。至于三十多年过去，为啥别人成了副段长，他还在扳道岔，陈长杰没敢当面问。只是看到，舅舅上班下班，路上碰到熟人，有人喊他"姜师傅"，有人就喊一声"老姜头"；他主动与人打招呼多，别人主动与他打招呼少；便知道舅舅的自我感觉，和大家对他的态度，存在落差。不能说舅舅在机务段没面子，没面子怎么能介绍陈长杰到火车上当司炉呢?同时面子也不大，不然怎么只能介绍陈长杰当司炉呢?陈长杰当司炉的时候，火车还是蒸汽机，火车往前跑，全凭司炉往火车头炉膛里一锨一锨填煤，燃起炉火，锅炉中产生蒸汽，把火车往前推动的；司炉，是机务段体力最重的活儿。不过，刚到一个地方，两眼一抹黑，马上能有一个工作就不错了。

　　陈长杰来武汉之后，住在机务段的单身宿舍。陈长杰刚参加工作，只能住大宿舍；一个宿舍，住二十八个人。二十八个人中，各种工种都有，有扳道工，有巡道工，有机修工，有副司机，有司炉，等等。这些工种，上班都行走在铁路线上，一出工就是三五天，一出车也是三五天，二十八个人的宿舍，平日在宿舍睡觉的，有十来个人就不错了；有时只有三五个人；特殊情况，宿舍一个人都没有。陈长杰来武汉时带着儿子明亮，当时明亮才三岁；明亮不是机务段的职工，机务段不给分配床位，明亮便跟陈长杰挤在一个铺头上。好在宿舍流动性强，平日睡觉的人不多，多出一个孩子，倒也没人计较。陈长杰出车，就把明亮一个人留在宿舍。明亮从三岁起，就会端着饭盒到食堂打饭。陈长杰一出车就是三五天，白天还好些，晚上天一黑，明亮便有些害怕。明亮常问的一句话是："爸，你这回出车，啥时候回来呀?"陈长杰："别老问了，我不出车，咱俩吃什么呀?"

武汉机务段的职工有五千多人，陈长杰刚来时，除了舅舅，谁都不认识；对同事，慢慢才熟悉起来；刚当司炉，如何往炉膛里填煤，火车启动时填多少，跑起来填多少，多快的速度填多少，平原上填多少，山路填多少，填煤又如何省煤，都有诀窍，一切都要从头学起；父子俩睡单身宿舍，等于在武汉上无片瓦，下无立锥之地；陈长杰来武汉之后，没想过再成家这件事。陈长杰早年爱说话，现在不爱说话了；早年爱说笑话，现在不爱说笑话了。不知不觉，三年就过去了。

这年四月三十号晚上，机务段举办职工联欢晚会，庆祝五一国际劳动节。所谓联欢，就是机务段各个单位，如车务处、地勤处、保障处、车站处、后勤处，等等，组织职工自己编排一些节目，在机务段的大礼堂演出。四月三十号下午，陈长杰刚刚出车回来；陈长杰当司炉不在客车上，在货车上；货车拉的是货物，比客车要重；五天煤扔下来，身体便有些乏；知道这天晚上大礼堂有联欢，他不想去看，想在单身宿舍睡个安稳觉；无奈明亮是个六岁的孩子，喜欢热闹，吵着嚷着，非要去看演出，陈长杰只好换件衣服，拉着明亮去礼堂看节目。

当时机务段的段长姓闵，像这种逢年过节的职工联欢，他有时参加，有时不参加，全看他的忙闲。今年五一节的晚会，他本来不参加，因为铁道部一位副部长，昨天从长沙过来，在武汉稍做停留，他需要陪同；到了傍晚，副部长突然接到北京一个电话，让他马上赶回北京开会，他连晚饭也顾不得吃，匆匆忙忙上了去北京的火车；闵段长把副部长送到车站，回到段里，扒了两口饭，看到窗外大礼堂张灯结彩，想起大礼堂今晚有节目，便信步来到大礼堂。段长一来，台上台下全知道了；节目开始，台上的表演更加认真，台下观众鼓掌更加热烈。节目从机务段办公室表演的湖北花灯开场，接着是保障处的龙船调，客运处的相声，电务处的双簧，但到了车务处，节目出了故障；本来他们要演汉剧《贵妃醉酒》片段，报幕员报过演出单位和节目，演员却没登场，接着就冷场了。大礼堂里"嗡嗡"地起了议论。闵段长站起来问：

"车务处怎么回事?怎么断章了?"

机务段俱乐部主任从舞台一侧跑过来，对闵段长说："段长，临时出了故障。"

"啥意思?"

"车务处演贵妃的演员，突然拉肚子，登不了台了。"俱乐部主任又对台侧的车务处处长喊："老吴，要不你们换一个节目吧?"

但车务处事先没有排练别的节目，急手现抓，哪里换得出来?车务处处长老吴面红耳赤：

"没想到会拉肚子呀，没准备别的节目呀。"

俱乐部主任对闵段长说："段长，你看，情况有些突然；接下来是后勤处的歌舞《庆丰收》，要不节目往下走吧。"

谁知闵段长急了："那不行，这不是一个节目的事。"指着车务处处长老吴，"吴大头，你怎么回事，做事总是这么顾头不顾腚的，为什么事先不准备预案？如果一个司机拉肚子，这列火车就停开了不成？这是武汉机务段的工作作风吗？一个节目都出故障，怎么能开好火车呢？"

车务处处长老吴尴在那里，俱乐部主任也尴在那里，机务段礼堂能盛一千多人，一千多人又"嗡嗡"起了议论。陈长杰是司炉，也属于车务处；他过去在延津当过演员，不怵场；看到大家一块儿尴在那里，便站了起来：

"我是车务处的，我给大家表演个节目行吗？"

俱乐部主任："你会演什么？"

陈长杰："我是河南人，我给大家唱段豫剧吧。"

没想到闵段长来武汉机务段当段长之前，在郑州机务段当过副段长，在河南待过十多年，一听陈长杰要唱豫剧，转怒为喜：

"你会唱豫剧？你会唱哪一出呀？"

陈长杰："我会唱《白蛇传》。"

闵段长："《白蛇传》好，《白蛇传》我听过。"对俱乐部主任："让他上台试试。"又指着车务处处长老吴："幸亏有人单骑救主，不然看你怎么下台。下不为例啊。"

老吴擦着头上的汗："段长，下不为例，下不为例。"

陈长杰交代身边的明亮在座位上坐好，不要乱跑，便登上舞台。因他过去是职业演员，一上台，像变了一个人，不再是司炉陈长杰，而成了剧中的人物；扬腿在舞台上走了一圈，回头亮相，马上赢得满堂彩。因没有伴奏，他只好清唱，便选了在延津县国营机械厂常常清唱的"奈何，奈何？""咋办，咋办？"一节；这一节有法海的唱段，有许仙的唱段，有白蛇的唱段，在延津与他同台的是李延生和樱桃，现在李延生和樱桃不在，他灵机一动，唱过法海，又换起表情和架势唱起了许仙；唱过许仙，又换起表情和身段，用假腔换成女声，唱起了白蛇；白蛇哭泣的时候，也假装用水袖拭自己的眼睛。

戏中法海对许仙唱道：

> 你爱她是因为她美貌如花
> 谁知道骨子里它是条毒蛇
> ……

许仙唱道：

> 爱她时不知它是条毒蛇

到如今不想爱我心如刀割

......

白蛇对法海唱道：

我与你远也无仇近也无冤

为何你害得我夫妻难圆

......

法海唱道：

我害你并不为个人私怨

为的是分三界人妖之间

......

陈长杰一人扮作三人在台上共同摊手：

奈何，奈何

咋办，咋办

......

整个礼堂屏息静气，整个礼堂的人在听陈长杰的一字一句，一板一眼，看他的一招一式。陈长杰唱着唱着，似也回到当年的延津，还在和李延生和樱桃同台演出的时候；那时他们都风华正茂，那时樱桃还没死，在跟他谈恋爱。唱着唱着，触景生情，真落下了眼泪。陈长杰收住"奈何，奈何？""咋办，咋办？"，整个礼堂鸦雀无声。一分钟之后，大家突然醒过闷儿来，欢声雷动。陈长杰给大家鞠了一躬，走下台来。这时闵段长向他招手，拍拍旁边的椅子，让他坐到身边。闵段长：

　　"小伙子，你很有才呀，你叫什么？"

　　"陈长杰。"

　　"怎么从河南到这儿来的？"

　　陈长杰如实说："我舅舅介绍过来的。"

　　"你舅舅是谁呀？"

　　"扳道岔的老姜头。"

　　"老姜头啊，机务段的老人儿了，记得记得，大高个儿，脸上有些麻点。"

　　陈长杰的舅舅老姜头个头低矮，身高才一米六左右，脸上也没麻点。看来闵段长把人记错了。但陈长杰没敢纠正他。

　　闵段长："在河南好好的，为啥跑到武汉来了？"

　　陈长杰编了一个假话："本来在河南挺好的，三年前，老婆得病死了，我们感情挺好的，她一死，大街小巷，看到哪儿都伤心，便到湖北来了。"

闵段长点点头："有情有义。在这里又成家了吗？"

陈长杰摇摇头。

闵段长突然想起什么："你要这么说，我倒想起一个茬口。我有一个外甥女，刚刚离婚，你们两个，可以在一起处一处嘛；处好了，算我成人之美；处不好，也不妨交个朋友。"又低声说，"自她离婚，我老姐头发白了一大半。"

陈长杰愣在那里，嘴有些结巴："段长，这事有些突然呀。"

闵段长笑了："我也是随口一说，没强迫你的意思啊。"

第二天陈长杰工休，去看舅舅，顺便把闵段长提亲的事给老姜头说了；虽然闵段长把老姜头的模样记错了，但老姜头听到这消息很激动：

"那还等什么呀？你一个司炉，能跟闵段长家攀上亲戚，是你家祖坟上冒青烟了呀。"又说，"你能跟闵段长家攀上亲戚，还会在火车上填煤吗？"又说，"看看，当初我把你弄到武汉弄对了吧？"

陈长杰："也许人家是说着玩的。"

"他要说着玩，咱也没办法；他不说着玩，你就见机行事。"

没想到闵段长没说着玩，第二天上午，机务段的俱乐部主任找到陈长杰的单身宿舍，交给陈长杰一张电影票，让他晚上七点，去长虹电影院跟闵段长的外甥女看电影。这时知道，闵段长的外甥女叫秦家英，今年三月离的婚，带一个六岁的女儿。当晚的电影是《天仙配》。看完电影，两人顺着街道往前走。

"电影好看吗?"秦家英问。

"好看。"

"好看你还睡着了。"

陈长杰如实说："一个仙女，从天上下凡，和一个放牛娃结婚了，这事只在电影和戏里有，生活中不会发生;类似的故事，过去我在县剧团的时候，演过好几出，来龙去脉大体相同，就睡着了。"

秦家英"噗嗤"笑了。这时路过一家卤鸭脖的大排档。排档里，许多人就着鸭脖在喝酒。秦家英:

"你爱喝酒不?"

"在老家的时候，跟朋友喝一点，到武汉之后，天天忙的，就忘了。"

秦家英:"你爱跟人吵架不?"

陈长杰如实说："前几年有脾气，"又编假话，"原来那口子病了三年，四处求人，把脾气磨没了。"

秦家英:"你过去是演员，我听说，唱戏的无义，你不会把过日子也当成戏唱吧?"又说,"我性子直,说话不好听,你别在意。"接着叹口气,"我上回结婚,吃亏太大了。"

陈长杰:"也许别的唱戏的是那样,但我不是。"又说,"再说,我现在不是唱戏的了,是火车上的司炉。"

"到底唱过戏,会说。"

"我说的不是实话吗?"

秦家英低头笑了。又说:"我问了你好几个问题,你咋不问我问题呢?"

陈长杰想了想,如实说:"不知道该问个啥呀。"

秦家英:"我舅说得对,你是个老实人。"

陈长杰下次倒班,两人去了黄鹤楼。看着黄鹤楼柱子上的两句话:昔人已乘黄鹤去,此地空余黄鹤楼。秦家英:

"知道这是啥意思吗?"

"人去楼空的意思吧?"

"说的就是你和我。"

"此话怎讲?"

"过去的人都走了,就剩下孤男寡女,咱们的情况不是这样吗?"

陈长杰点头:"你会品味话里头的意思,我就没想到。"

陈长杰下次工休,两人去了东湖。两人顺着湖边往前走。秦家英:

"平日里，你都喜欢交什么样的朋友？"

"我只是一个司炉，交什么朋友，由不得我呀。"陈长杰又想了想，"就爱来往的人说，都是些不爱说话的人。"

"不爱说话，总比油嘴滑舌好吧？"

陈长杰想了想："我觉得也是。"

"你家孩子是个啥性格？"

"跟我一样，不爱说话。"陈长杰又说，"男孩子，有时免不了淘气。"

"我家女孩才六岁，有时爱一个人叹气，你说是啥意思？"

"心疼你呗，这就叫懂事。"

中午两人吃的是糍粑和热干面。吃饭间，秦家英问：

"咱们见过几面了？"

陈长杰想了想："三面吧。"

"见也见了，逛也逛了，咱也老大不小，都是拖家带口的人了，无法像少男少女那样谈恋爱，我问句实话，你想不想娶我？"

"不想。"

"为啥？"

"没地方娶你。"

秦家英夹起的糍粑停在空中："我舅说得对，你是个老实人。"

一个月后，陈长杰和秦家英结婚了。因秦家英是闵段长的外甥女，陈长杰和秦家英结婚的时候，机务段借给他们一个小两居。两人各带一个孩子，四个人住小两居，显得并不宽敞，陈长杰和秦家英住一屋，陈长杰的儿子明亮和秦家英的女儿薇薇住一屋，薇薇睡下铺，明亮睡上铺。到了陈长杰出车，薇薇便去那屋跟妈睡，这屋就剩明亮一个人了。明亮跟陈长杰住集体宿舍的时候，害怕陈长杰出车；跟陈长杰从集体宿舍搬进小两居，盼着陈长杰出车；陈长杰一出车，他就可以一个人住一个房间了。家里就剩明亮和秦家英两个人时，秦家英从来不主动与明亮说话，她该做什么做什么，好像明亮不存在；这恰恰中了明亮的心思，明亮也可以当她不存在。

·二·

从六岁起，明亮在汉口芝麻胡同小学上学。这天中午放学，明亮从学校背着书包回家吃饭，家里来了一个客人，他爸让他喊"叔"：

"这是你延生叔，从老家来的。"

明亮来武汉已经三年了，从延津出来的时候，他才三岁，三年过去，对延津老家的大人小孩都记不牢靠了。明亮记不得这人是谁，但见到这客人，身体突然像触了电一样，他感到他妈来了。

明亮打记事起，爸妈都在延津棉纺厂上班。每天下班，两人都顶着一头棉屑。回到家，两人老吵架。那时明亮年龄小，不明白他们为什么吵架，吵的是什么，只记得他们吵架的时候，两个字用得最多，"没劲"。后来因为一把韭菜，妈上吊了。明亮小时候不知道"没劲"是什么，几十年后就知道了，"没劲"是可以让人上吊的，"没劲"也是可以让人跳楼的。几十年后，明亮看到手机新闻里，动不动有人上吊了，动不动有人跳楼了，身边总有人说："至于吗？""有什么过不去的事？""因为什么呀？"明亮会说："至于，因为'没劲'。"人问："你咋知道？"明亮嘴上不说，会在心里说："因为我妈。"

妈上吊那天是礼拜天，本来家里准备中午包饺子。早饭后，爸上街买回来一把韭菜，因为这把韭菜是否老了，爸妈两人又吵了起来。吵了一阵，妈哭着说："没劲。"爸把床前的痰盂踢翻了——那时家家户户还用痰盂，也嚷道："没劲。"摔门出去了，家里就剩妈和明亮两个人。妈哭着哭着，倒在床上睡着了。明亮将翻在地上的痰盂扶起来，将痰盂倾在地上的水用拖布拖干净，坐在床边踢腿。一时三刻，妈醒来了，看到明亮坐在床边，从身上掏出两毛钱，对明亮说：

"明亮，你不是爱喝汽水吗?你去街上买汽水喝吧。"

明亮接过两毛钱，并没有出去买汽水，仍在床边踢腿。看妈又睡着了，才从床边跳下来，攥着两毛钱，来到街上，走到卖汽水的小摊前，买了一瓶汽水；一瓶汽水一毛五，卖汽水的找了明亮五分钱；明亮把五分钱装到口袋里，坐在街边的台阶上，边喝汽水，边看街上来来往往的人。待汽水喝完，把汽水瓶还给摊主，又走到旁边卖糖果的门市部，掏出五分钱，买了两块大白兔奶糖。从门市部出来，把一块糖放到口袋里，坐到街边的台阶上，剥开另一块糖的糖纸，把糖放到嘴里，边吸溜着吃，边看街上来来往往的人。吃完第一块，又从口袋里掏出第二块，剥开糖纸吃。待大白兔奶糖吃完，又去十字街头找奶奶。奶奶家在十字街头卖枣糕。因妈和爷爷奶奶吵过架，两家平日不来往，明亮找爷爷奶奶，还得背着妈。明亮喜欢奶奶，不喜欢爷爷；奶奶爱拉着明亮的手，跟他"喷空"，家里有什么好吃的，都给明亮吃；爷爷留一撮山羊胡子，天天阴沉着脸，对谁都抠门，如果是他一个人在十字街头卖枣糕，见到明亮，也不切枣糕给明亮吃；"枣糕是卖的，不是给自家人吃的"，爷爷常说。明亮来到十字街头，发现奶奶不在，爷爷一个人在卖枣糕。爷爷看到明亮，像往常一样，没怎么搭理。明亮坐在街边的台阶上等奶奶。啥时候奶奶来了，就会切枣糕给他吃。等到中午时分，奶奶也没来，明亮感到肚子饿了，从台阶起身，离开十字街头往家走。待到了家里，他妈已经上吊了。从这天起，明亮老想一件事，那天，他如果不去喝汽水、吃大白兔奶糖、去十字街头等枣糕吃就好了；如果那天他不出门，或者早点回家，他妈就不会上吊；他妈上吊，他也能拦住她。从那天起，明亮老想着他妈的死跟他有关系；或者，他妈是他害死的。那天，他妈从房梁上被卸下来，拉到医院，又从医院拉回家，被放到了棺材里，明亮坐在他妈棺材前不说话。墙角，陈长杰清早买回家的那把韭菜，已经被人踩得稀烂。那天晚上，明亮从他妈棺材旁的废纸中，捡到一张照片，是他妈当年演白蛇的剧照。明亮把这照片装到了自己身上。后来他妈被葬到了乱坟岗上。后来他随着他爸从延津来到武汉。三年过去，明亮身上的照片，已经褪色许多，他感到他妈离他越来越远，没想到随着一个延津人的到来，他突然感到他妈又来到了他身边。

· 三 ·

    樱桃来武汉的目的，是让陈长杰跟她一起回延津给她迁坟，离开乱坟岗，离开那个被枪毙的强奸杀人犯，但来到武汉之后，她发现陈长杰已经不是过去的陈长杰，已经不是她要找的那个人。进陈长杰的新家，看到屋里的东西和摆设，角角落落，不见她的任何痕迹，不见陈长杰和她生活在一起时的任何痕迹，便知道陈长杰把她忘了；把她忘了她也不怪罪，哪怕是恩爱夫妻，妻生日日说恩情，妻死马上娶人了；何况樱桃和陈长杰婚姻后两年，变得并不恩爱，只剩下"没劲"；她对陈长杰又和秦家英结婚并不嫉妒，而是当她见到儿子明亮之后，忽然觉得这里很亲。她来武汉是找陈长杰，到了武汉之后，才知道自己是来找儿子。来武汉时她想让陈长杰跟她回延津，到了武汉之后，她改变了主意，她不想回延津了，她要跟明亮生活在一起。小两居里本来有四口人，她可以作为第五口人，跟他们生活下去。她不占地方，不吃东西，不会给他们添一丝一毫的麻烦；她可以对陈长杰、秦家英和薇薇视而不见，白天跟明亮去上学，晚上跟明亮睡在一起。

她既然不回延津了，延津乱坟岗上那个厉鬼，不附到人身上，也来不了武汉；她来到武汉，等于摆脱了他，迁不迁坟也不重要了。还有，她感到这里亲，不仅因为见到了明亮，还因为明亮身上，藏着一张她早年的照片。如果没有这张照片，她在这里无所依附；要依附，只能依附到亲人身上，不管是依附到明亮身上或是陈长杰身上，他们都会犯病，都不是长久之计，现在有了这张剧照，她可以依附到这张剧照上；而这张剧照，一直藏在明亮的身上，她就可以日夜跟儿子在一起了。

樱桃来武汉的目的，还想让陈长杰教她说笑话，跟陈长杰学会五十个笑话，学够五十个一句话能把人逗笑的笑话，她回到延津，把这些笑话学给阎罗，她就能转生了；但她到了武汉之后，发现陈长杰已经变得不会说笑话了；不但不会说笑话了，连话也很少说了。在延津北关口卖羊汤的吴大嘴死后变得油嘴滑舌，陈长杰由油嘴滑舌变成了生前的吴大嘴。

既然陈长杰不会说笑话了，樱桃无法跟他学到五十个一句话能把人逗笑的笑话，也就无法在阎罗那里转生；既然不能转生，加入六道轮回，回延津还是一个鬼，不如留在武汉，整天跟儿子在一起。跟明亮上了两天学，樱桃走在武汉的大街小巷，发现武汉是个严肃的城市，人人不爱说笑话；既然是个严肃的城市，就不像在延津，有个花二娘在等着你，梦里让你讲笑话；等于也摆脱了花二娘。严肃好，她适合严肃，樱桃想。这也是她留在武汉的另一个原因。夜里一个人又叹息，如果故乡好，或者自己在故乡能变好，谁愿意背井离乡和流落他乡啊。又叹息，正是因为背井离乡，由延津到武汉，她不靠阎罗，靠自个儿，竟从六道轮回中摆脱出来了。只是，接着活什么呢?活一张照片?樱桃又叹息。

·四·

明亮发现，自从感到妈来到他身边之后，他身上那张妈的照片，突然又鲜亮了。除了照片鲜亮，他还能听到妈跟他说话。

"明亮。"

"妈。"

"我从老家，过来看你了。"

"我觉出来了。"

"你想让我离开你吗？"

"不想。"

"我也不想离开你，可我藏在你身边，你害怕吗？"

"不害怕。"

"明亮，这事儿，你可别告诉别人；别人一知道，我在你身边就待不下去了。"

"我不告诉。"

但樱桃和明亮说话，樱桃的话明亮能听见，别人听不见。有时家里四人正在吃饭，明亮会停下吃饭，自言自语两句；有时在路上走着，也会自言自语两句。

陈长杰："明亮，你唠唠叨叨说啥呢?"

明亮忙掩饰："没说啥呀。"或者："怕老师今天提问，背题呢。"

但半个月之后，藏在明亮身上的樱桃，还是被秦家英发现了。被人发现不怪别人，怪樱桃自己。樱桃原准备不声不响在五口之家过下去，在家里只管明亮，不管别人；一开始她是这么做的，白天跟明亮上学，晚上跟明亮睡在一起；待明亮睡着之后，她会从照片上走下来，帮明亮归置书包，归置衣服，将明亮衣服上的饭点子给擦拭下来；陈长杰和秦家英看到明亮比以前干净了，以为他懂事了，也没在意；但一个礼拜之后，樱桃做了另一件事情，马脚就露出来了。这天晚上，明亮睡着之后，樱桃帮明亮擦完衣服上的饭点子，又去客厅门口帮明亮掸鞋上的灰尘；掸着掸着，听到陈长杰和秦家英屋里传出哼哼唧唧的声音，两人明显在办那事，不禁愣在那里。樱桃记得，她和陈长杰结婚两年之后，两人就不

127

办那事了，因为陈长杰那方面不行了，这也是他们之间"没劲"的事情之一；如果这事一直行，也许他们的关系不会越来越糟；陈长杰跟樱桃在一起不行，现在跟秦家英在一起，那方面怎么就行了?跟别人行，跟她不行，不行的由头不在她身上吗?她听着听着，气不打一处来，她阻止不了他们办事，便跑到厕所，将秦家英晾在晾衣架上的内裤，丢到了马桶里。第二天一早，秦家英上厕所，发现自己的内裤漂在马桶里，以为是内裤没在晾衣架上挂牢，掉落到马桶里，也没在意；后来发现每回她与陈长杰办事之后，第二天内裤就漂在马桶里，便觉出这事有些蹊跷。一开始她以为是明亮干的，发泄他对后母的嫉妒和不满，接着联想到明亮这些天衣服变干净了，又时常自言自语，似乎在跟人说话，又怀疑另有原因。但怀疑明亮这事，秦家英不想让陈长杰知道，防止怀疑错了，变成她不怀好意；陈长杰出车，薇薇过来跟她睡一个屋，她悄悄问薇薇：

"薇薇，你跟明亮住一个屋时，发现他跟以前有啥不一样没有?"

"他爱一个人说话。"

"这我知道，还有呢?"

"睡觉的时候，过去他脱了衣服就睡，现在，他脱衣服之前，爱偷看一张照片。"

半夜，秦家英悄悄来到明亮屋里，看明亮睡熟在床上，便拿起明亮脱在床头的衣服，从上衣口袋里，搜出一张照片。秦家英刚拿起照片，照片发出一道红光，秦家英似被电了一下，照片落在地上。她弯腰去捡照片，又被照片发出的红光电得浑身发麻。秦家英知道这照片有蹊跷，便回到厨房，拿起洗碗用的橡胶手套，戴在手上，重回明亮屋里，从地上捡起这张照片；隔着橡胶，照片无法放电了；秦家英凑近照片看，看出这人是樱桃；因为在她和陈长杰结婚前一天，她从陈长杰那里，见过樱桃的照片。当时两人正在收拾新房，秦家英突然说：

　　"让我看一看你过去老婆的照片。"

　　"干吗?"

　　"好奇。"

　　陈长杰只好从钱包里拿出一张照片，递给秦家英。这张照片，还是明亮满月那天，陈长杰和樱桃抱着明亮，去延津照相馆照的。樱桃抱着明亮坐在凳子上，陈长杰站在旁边，后面的幕布上画了一张桌子，桌子上摆着一个花瓶，花瓶里插着一束迎春花。秦家英看后说：

　　"长得挺好看的。"

　　"去照相之前，她化了妆，演员都会化妆，显得好看。"

　　"她得啥病死的?"

陈长杰撒谎："肺气肿。"

秦家英问陈长杰："我看过了你过去老婆的照片，你要不要也看看我过去那口子的照片呀？"

陈长杰摇摇头。

"为啥不看？"

"不产生任何价值。"

秦家英倒点头同意："是不产生任何价值。"

现在秦家英看到明亮身上藏的樱桃的照片，终于明白内裤漂到马桶里的原因了；这时照片倒产生了价值。

"原来是你。"她说。

"原来你到武汉来了。"她又说。

"幸亏原来看过你的照片。"她又说。

"你想败坏我们对吗？"她说。

"你报仇来了。"她又说。

拿着照片，来到外屋，先用一张塑料薄膜将照片包上，照片就不会放电了；接着把照片装到身上；回到自己屋子，悄悄对薇薇说：

"今天晚上的事，别让明亮他爸知道。"

薇薇点点头。

第二天早起，明亮发现身上妈的照片没了。明亮与薇薇平日住一个屋，平日薇薇既不给他叫"哥"，他也不给薇薇叫

"妹"，二人就是哼哈说话，表面不吵架，心里不亲，妈的照片丢了，他先怀疑是薇薇拿了；虽然陈长杰出车，薇薇去另一个屋里跟秦家英睡，但她的东西全在这屋放着，睡觉之前，会来这屋拿睡衣，清早也来这屋拿书包。待薇薇清早来拿书包，他问薇薇：

"我身上有一张照片，可能昨天晚上掉地上了，你捡着了吗？"

薇薇摇头："没有。"

吃早饭的时候，明亮问秦家英："我身上有一张照片，昨天夜里，可能掉地上了，你清早扫地时看到了吗？"

秦家英："谁的照片？不知道。"

上午，明亮和薇薇上学去了，秦家英拿着樱桃的照片，去汉口西郊找马道婆。马道婆早年是个道姑，出家白雀庵，后来还俗开了个道馆，给人算命；除了算命，也施展法术降妖除魔；可除人魔，也可除鬼魔；别人遇到妖魔的事找马道婆，秦家英遇到妖魔的事也找马道婆。秦家英来到西郊，找到马道婆的家，见到马道婆，把前因后果跟她说了。马道婆：

"知道是谁捣乱就好办了，把照片给我。"

秦家英把樱桃的照片递给马道婆，照片用塑料薄膜包着。马道婆：

"去前屋结账吧，别的你就不用管了。"

又说："放心，让她寸步难行。"

当天夜里，明亮梦见了妈。妈似躺在荆棘丛里打滚，边打滚边喊：

"明亮，快来救我，疼死我了。"

又喊："我不要在武汉待了，我要回延津。"

明亮醒来，出了一身汗。明亮以为妈的照片丢了，是自己胡思乱想，也没在意，接着又睡了。谁知第二天夜里，妈又来到明亮梦里，仍躺在荆棘丛里打滚，让明亮救她。明亮这才知道妈遭了难，便问：

"妈，你让我救你，可你在哪儿呢？"

"我在武汉不熟，不知道这是哪儿呀。"

"不知道你在哪儿，我咋找到你呢？"

这时樱桃哭了："看来我像白蛇一样，要永远被镇到塔下了。"

这时另外一个声音在明亮耳边说："我知道你妈在哪儿。"

明亮："你能带我去找她吗？"

声音："能。"又说，"不过，今天我帮了你的忙，几十年后，你还会来武汉，那时你得帮我一个忙。"

明亮："你是谁呀？"

声音："到时候你就知道了。"

明亮悄悄穿起衣服，随着这声音，悄悄出门，来到大街上。夜半时分，街上一个人也没有，他不知道往哪里走，四处寻那声音。这时听到声音说：

"跟我来。"

明亮发现，说这话的，原来是前边飞着的一只萤火虫。萤火虫在前边飞，明亮在后边跟；转过一个街道，又是一个街道；转过一个巷口，又是一个巷口；无数街道和巷口转过，来到汉口的西郊；萤火虫带明亮来到一座小院前；萤火虫飞过小院的篱笆，明亮也翻过篱笆；萤火虫来到一柴草屋前，明亮推开柴草屋的门，看到屋里灯火如豆，正中墙上，挂着一个人的画像——明亮长大之后，才知道这是阎罗；阎罗旁边，站着一个青面獠牙的人，嘴里在吃小鬼，明亮长大之后才知道他叫钟馗；画像前的桌子上，竖着一块木板，许多人的照片或画像，被钢针钉在上边。明亮的妈的照片，也在其中。照片上，浑身上下也钉满了钢针。明亮二话不说，忙将妈照片上的钢针拔掉，把照片取下来。这时听到妈的哭：

"明亮，你可来了。"

又说："浑身上下都是伤，火烧火燎的。"

"那咋办呀？"

"找水，把我放到水里，一见水就好了。"

"我在郊区不熟，不知道哪儿有水呀。"

萤火虫这时说："跟我来。"

明亮怀揣妈的照片，跟着萤火虫，出了这座小院；萤火虫在前边飞，明亮在后边跟；转过一个街道，又是一个街道；转过一个巷口，又是一个巷口；无数街道和巷口转过，前边豁然开朗，到了长江边。长江水波涛汹涌，无边无际。月光照到江水上，江上亮如白昼。明亮：

"妈，把你扔到长江里行吗？"

妈："扔吧。"又说，"我本来怕水，现在也顾不得了。"

明亮把妈的照片，也就是妈早年的剧照，扔到了江水里。谁知妈一见水，竟从剧照上站了起来，身上穿的，竟是《白蛇传》中白娘子的戏装；接着妈就不是现实中的妈了，成了戏中的白娘子，她舞着水袖，在长江上唱起当年控诉法海和许仙的唱段。声音悲愤高亢，穿透云霄。这时萤火虫飞到空中，突然爆炸，炸成了礼花，映得天空五彩缤纷。这情形别人看不见，明亮看得见；这唱腔和声音别人听不见，明亮听得见。明亮又明白，妈说她怕水，只因被钢针扎成遍体鳞伤，倒是不怕水了。他突然想起在梦中，妈说过要回延津的话，便说：

"妈，别光顾唱戏了，你说要回延津，赶紧回延津吧，别让人再把你钉到板子上。"

这时一个大浪打过来，妈喊了一声"四十五……"，接着就被浪打翻了。明亮不知道妈喊"四十五"是什么意思，眼看着妈随着浪涛顺流而下，转眼就看不见了。当时明亮以为妈回了延津，到三年级学了地理才知道，延津在北方，而长江向东流；如果妈顺江而下，永远也回不了延津。

那她去哪儿了呢？

附 录

柴屋对话

樱桃被钢针钉在木板上，求生不能，求死不得。樱桃求阎罗：

"爷，我知道我错了，原说回延津，不该说话不算话，私自留在武汉。"

阎罗还没说话，旁边的钟馗舞着钢鞭："普天之下，莫非王土，你以为你跑到武汉，就能逃出爷的手心了?就能逃出六道轮回了?"

樱桃忙撒谎："爷，我没想逃出六道轮回。"又说，"爷，您不是说过，被笑话压死的人，只要说出五十个一句话能把人逗笑的笑话，就可以超生吗?我来武汉这些天，除了照看儿子，没敢歇着，已经自个儿想出了五个这样的笑话，您先把我卸下来，我把这五个笑话说给您听好吗？"

阁罗还没说话，钟馗又喝："爷说的是五十个，不是五个；这是阴曹地府，不是你们阳间，爷讲的是铁面无私，否则就处处是冤魂了。你想出五个，还差四十五个，留着慢慢想去吧。"

这天半夜，明亮来摘樱桃的照片，钟馗舞起钢鞭要打明亮：

"还差四十五个呢。"

当然这话明亮听不见。阁罗倒止住钟馗："你不是说过，普天之下，莫非王土，随她去吧，看这四十五个笑话，又会给她带来什么遭遇。"

又说："这些遭遇之中，不定又出什么稀奇古怪的事，等于我们多看了一个笑话。"

钟馗会意，也就止住了钢鞭。

· 五 ·

　　明亮的奶奶到武汉来了。明亮的奶奶七十多岁了。明亮刚生下时，樱桃给明亮起的名字叫"翰林"，后来明亮会说话了，老说眼前黑，奶奶就给他改了个名字叫"明亮"。

　　奶奶家住在延津县城北街。奶奶家院子里，有一棵大枣树，树身，两个人才能搂抱过来；奶奶说，这棵枣树，有两百多岁了，是明亮爷爷的爷爷种下的；明亮爷爷的爷爷，年轻时是个贩驴的，枣树的树苗，是从新疆若羌驮来的。两百多岁的枣树，如今还枝繁叶茂，每到秋天，能打下来三麻袋大红枣。明亮的爷爷和奶奶，把红枣和黍面掺在一起，打成枣糕，用小车推到十字街头去卖。到了晚上，摊子上会点一盏矿石灯。当时，明亮的爸妈都在县棉纺厂上班，棉纺厂上工三班倒，两人没时间照看明亮，明亮三岁之前，跟奶奶长大。每天睡觉之前，明亮爱听奶奶讲故事，延津叫"喷空"。两人躺到床上，明亮：

"奶，给我喷个空吧。"

"喷一个就喷一个，你听好了。"

几十年之后，明亮还记得，奶奶爱喷的"空"有三个。一个是黄皮子的故事。黄皮子就是黄鼠狼。奶奶说，她小的时候，娘家后院里闹黄鼠狼。一到晚上，老黄皮带着一群小黄皮，在后院嬉闹。奶奶她爹喊，黄皮子，别闹了，还让不让人睡觉了?老黄皮答，偏不。一群小黄皮站立起来，一只小黄皮把手搭在另一只肩膀上，排成行，老黄皮在前边领着，扭动着屁股，从后窗前通过。一天晚上，电闪雷鸣，有人敲门。爹打开门，是老黄皮，双手向爹作揖：雷公要来抓我们，求您老人家，让我们母子十人躲一躲吧。爹说，你不装孬孙了?老黄皮说，不装了。爹说，你不闹腾了?老黄皮说，不闹腾了。爹到后院，打开柴草屋的门，让黄皮子母子十人躲了进去。第二天早上，雨过天晴，爹去柴草屋看，黄皮们不见了；也不是全不见了，一只瘸腿的小黄皮，在柴草上缩着。是老黄皮把残疾的小黄皮，留在了他们家。爹叹息，老黄皮，你比我有心眼。就把这瘸腿的小黄皮，放到猪圈里，当猪养了。奶奶说，她小的时候，常跟小黄皮玩。但十几年过去，也不见小黄皮长大。奶奶问，小黄皮，你咋不长大呢？小黄皮说，我是猪，不是人，一长大，就被人杀了。奶奶说："我出嫁那天，小黄皮还哭了。"

另一个"空"是一头牛的故事。奶奶说，这头牛，跟她同岁。奶奶说，牛分懒牛和犟牛，懒牛一上套，拉屎撒尿磨洋工，犟牛爱干活；这头牛比犟牛还犟，到地里耕田，只要一扎下犁，从早到晚不停歇，往往把扶犁的人给累趴下了。这天，奶奶的三叔去地里跟牛耕地，三叔是个懒人，边扶犁边说，你能不能慢点，去前边抢孝帽子呢？干上半个时辰，三叔又蹲在地头吸烟，反倒是这头牛催三叔，你能不能快点，不然啥时候能把这块地耕完呀？三叔说，你要把人累死呀？这是你们家的地，还是我们家的地？又骂，再催，把你送到杀锅上。杀锅，就是杀牛的地方。没想到这话把牛惹恼了，牛挣脱犁轭和绳套，一头将三叔顶翻，向山上跑去。三叔喊众人去追，山上树茂林密，哪里找得着？在山路拐角处，见一个老婆婆，背个包袱，坐在路边歇息，众人便问，老人家，看到一头牛跑过去没有？老婆婆答，牛没看到，我脚下卧了个猫，看像你们家的牛吗？这时见一只黄猫，枕着老婆婆的脚，打着呼噜在睡。奶奶问：

"知道这老婆婆是谁吗？"

"谁呀？"明亮问。

"山神奶奶呀，这头牛是她一只猫，偷吃了家里的槽子糕，山神奶奶生气了，罚它变成一头牛，下界耕地，啥时候耕够五百顷地，啥时候回来；所以它耕起地来，比犟牛还犟啊。"

还有一个"空"是奶奶她爹的故事。奶奶说，她娘死得早，她小的时候，家里里里外外，全靠爹一个人张罗。她出嫁那天，爹说，妮，我会当爹，不会当娘，十七年你受委屈了。又说，你要出嫁了，爹也不知道该给你张罗个啥，爹不会做衣裳，不会做被褥，锯了棵榆树，给你打了个柜子，算是个嫁妆吧。她说，爹，这些年，家里里里外外，你张罗得挺周全的。又说，爹，你做这个柜子，比啥都金贵，啥时候看到这柜子，我就想起你了。又说，爹，我出嫁以后，家里就剩你一个人了，我对你不放心呀。爹说，放心，爹会照看自个儿。她出嫁第二年，她爹就死了。这年开春，一天夜里，她去堂屋里间，想打开榆木柜子，拿去年冬天纺的线，准备第二天安到织布机上织布，看到这柜子，她突然想起了她爹，不由自主说了一句，爹，我想你了。这时听到一个声音在窗外说，放心，你还能见你爹一面。她急忙跑到院子里，哪里有人?突然觉出，这是小黄皮的声音。可小黄皮也死了五六年呀。她院里院外找，哪里还有小黄皮的影子?接着就把这事给忘了。

"谁知你爸（指明亮的爸陈长杰）九岁那年，我领他去赶集，集上人山人海，我看到前边有个人，边捧着肉盒吃，边往前走，像爹的背影，急忙赶上去，那人挤在人群中不见了。"奶奶说。

"我也就看到爹一个背影。"奶奶叹息。

奶奶讲着，明亮听着。听着听着就睡着了。

明亮三岁那年，延津下大雨，一直下了两天两夜，河里坑里都是水。明亮跟一帮孩子，到北关水坑前，用土块投蛤蟆玩，一不小心，掉到了坑里。一帮孩子大呼小叫在街上跑，奶奶闻讯赶到坑边，明亮已经在水里漂了起来。人漂起来，证明这人已经被淹死了。奶奶和几个大人手拉手，把明亮捞了出来。奶奶把明亮搭在碌碡上，明亮"哇"的一声，把肚子里的水吐出来，又活了回来。奶奶哭了，明亮也哭了。奶奶说：

"明亮，今天这事，别让你爸妈知道。"

明亮点点头。但明亮差点淹死这事，还是让樱桃知道了。樱桃能知道，还是明亮告诉她的。那时明亮还小，樱桃问什么，他就答什么；答的时候，就把奶奶的嘱咐给忘了。除了说出差点淹死这事，平日奶奶给他喷的"空"，他也一五一十学给了樱桃。樱桃跟陈长杰急了：

"孩子差点淹死不说，看你妈整天给孩子胡说些什么。"

陈长杰："我回头说我妈，不让她跟明亮喷空了。"

"不用说了，从明天起，明亮不让她看了。"

第二天，樱桃便把明亮送进了棉织厂的幼儿园："让明亮学些正经东西吧。"还让陈长杰交代奶奶，没事不要来看明亮。但奶奶趁樱桃上班的时候，常偷着来幼儿园看明亮。明亮爱吃枣糕，奶奶来时，便给明亮带枣糕；明亮爱喝汽水，奶奶也给明亮带汽水。明亮就着汽水吃枣糕时，奶奶叮嘱：

"这回别让你妈知道了。"

上回因为给妈说实话，明亮来到幼儿园；明亮不喜欢幼儿园，也不喜欢幼儿园老师说的话，他还想回到奶奶身边，听奶奶喷空；但他已经回不去了；于是接受教训，不再把奶奶来看他的事告诉樱桃；如果告诉樱桃，奶奶不来看他，他就吃不成枣糕，喝不成汽水了。但三个月后，明亮不用再担心这些事了，因为他妈上吊了，奶奶来看明亮不用背着谁了；这时陈长杰又把明亮带到了武汉。转眼三年过去，明亮没见着奶奶了。奶奶见到明亮第一句话是：

"嚯，蹿了两头。"

又问："明亮，你小时候眼前发黑，现在眼前还发黑不发黑了？"

明亮见到奶奶，有些陌生，奶奶问他眼前发不发黑，他只是摇摇头。直到奶奶从提包里掏出枣糕让大家吃，明亮吃着枣糕，渐渐跟奶奶熟了，突然想起什么，说：

"我好长时间没喝汽水了。"

奶奶说："明天带你去街上喝汽水。"

奶奶来了，小两居住不下这么多人，秦家英陪奶奶吃了一顿晚饭，便带着薇薇去娘家住了。晚上，明亮跟奶奶睡在他的房间，陈长杰睡在另一个房间。躺到床上，明亮说：

"奶，还想让你喷空，好长时间没听你喷空了。"

奶奶："好长时间没想过喷空这件事了，一时想不来该喷啥呀。"

"把过去的'空'再喷一遍也行。"

奶奶便将黄皮子、牛和她爹的"空"重新喷了一遍。过去在延津的时候，明亮听奶奶喷空，听着听着就睡着了；现在在武汉重新听这些"空"，反倒越听越睡不着了。奶奶见他没睡着，问：

"明亮，三年没见奶奶了，你有没有'空'给奶奶也喷一喷呀？"

明亮想把他妈樱桃前不久来武汉找他的"空"给奶奶喷一喷，但樱桃被钢针钉在木板上，遍体鳞伤，后来又被扔到长江里，被大浪打翻，不知漂到哪里去了，他一想起来就害怕，就没敢说给奶奶；只是说：

"奶，我没'空'。"

几十年之后明亮才知道，这个"空"当时没对奶奶喷，一辈子就没人喷了，也没机会喷了；"空"不喷出去，压到心底，就成了一辈子无法告人的心事。那时明亮叹了一口气。

第二天是礼拜天，陈长杰带着奶奶和明亮，去街上闲逛。路边碰到杂货铺，奶奶买汽水给明亮喝。祖孙三人，中午吃的热干面，接着去逛黄鹤楼，晚上吃的武昌鱼。周一陈长杰出车，家里就剩奶奶和明亮两个人。清早，奶奶把明亮送到学校；中午去学校接明亮，回家吃午饭；吃过午饭，再把明亮送到学校；下午放学的时候，再去学校接明亮。晚上躺在床上，除了喷空，两人也闲聊天。

"奶，你为啥到武汉来呀？"

"来看明亮啊。"

"你为啥来看我呀？"

"我做了一个梦。"

"啥梦呀？"

"一个人说：'你该去看看明亮了。'"

"这个人是谁呀？"

"看不清面目，听声儿，好像是你爷爷。"

"我爷爷不是死了吗？"

"都死了两年了。"

"奶，咱家院子里的大枣树今年结枣了吗？"

"比往年结得还多。我估摸，今年打枣，能打四麻袋。"

奶奶问，"明亮，武汉好不好哇？"

明亮摇摇头。

"为啥不好？是后妈对你不好吗？"

说后妈对他不好也对，因为后妈不爱搭理他；比后妈更让明亮害怕的，还是亲妈樱桃在武汉的遭遇，有人给妈浑身上下钉满了钢针；但他不敢把这些说给奶奶，只是说：

"奶，我想跟你回延津。"

"那可不成啊，你在这儿还要上学呢，武汉是大城市。"

"奶，要不你别回延津了，你就一直住在这儿吧。"

奶奶："我不走，薇薇和她妈就没地方住呀。"

又说："再说，秋天到了，我还得回去打枣呢。"

奶奶在武汉住了半个月，要回延津了。陈长杰、秦家英带着明亮和薇薇，把奶奶送到车站。奶奶临上车之前，明亮拉着奶奶的手：

"奶，你啥时候还来呀？"

"等收了大枣就来。"

"奶，你可别骗我呀。"

"我不骗你。"

接着，火车就把奶奶拉走了。

一个月之后，陈长杰收到电报，奶奶死了。明亮长大之后想，奶奶临死之前一个月，来武汉一趟，是为了看明亮最后一眼；又想到，奶奶在武汉时说，她来看明亮，是爷爷在梦里让她来的，也许，爷爷知道奶奶很快要走了，提醒了她；爷爷生前抠门，不切枣糕给明亮吃，死后，却知道惦记明亮了。陈长杰：

"你看，一个月之前还好好的。"

又说："一个月之前，她还来武汉了。"

又说："多亏她来武汉了，大家见了最后一面。"

陈长杰要回延津奔丧。明亮也要跟陈长杰回去。陈长杰：

"你正在上学，回去落下功课，回来就跟不上了。"

又说："你回去也没用，帮不上什么忙。"

陈长杰走的当天，明亮去学校上学。课堂上，老师在讲数学课，明亮心里火烧火燎，老师说的什么，一句没听进去。上过第一节课，趁着课间休息，明亮背上书包，跑出了学校。他连家也没回，直接去了火车站。他书包里还有三十多块钱，二十块是上回来武汉的李延生给他的，另有十块多是他平日攒的压岁钱。他掏出这钱，买了一张回河南新乡的儿童票。进站，两列火车停靠在站台左右，一列是从广州开往北京，一列是从北京开往广州；明亮回河南，河南在武汉的北边，应该上广州开往北京的列车，但明亮把火车上错了，上了北京开往广州的列车。火车上人山人海，明亮挤坐在车厢连接处。火车摇摇晃晃，明亮很快就睡着了。等他醒来，已经是第二天上午，火车到了株洲。这时列车员查票，告诉明亮把火车坐反了。下车，身上就剩三块多钱了。明亮没钱买火车票，就打问着，一个人往北走。路上，向人讨些饭吃。等他走到延津，已经是两个月之后。明亮去了延津北街奶奶家，奶奶家落叶遍地，一个人也没有，院子里那棵两百多岁的大枣树也不见了。邻居家姓裴，中午做饭，老裴去后院抱柴火，见这边院子里有一个不认识的孩子，拉着门搭在哭，过来问：

"你谁呀？"

这孩子只顾哭，也不说话。老裴看他一只脚上有鞋，一只脚上没鞋；快入冬了，身上穿的还是单衣，丝丝缕缕的，突然想起什么：

"你是明亮吧？两个月了，都以为你丢了呢。"

孩子还是只哭不说话。听到孩子的哭声，渐渐院子里聚拢一圈人。在副食品门市部上班的李延生，也闻讯赶来："明亮，你还认识我吗？我是你延生叔，半年前，我们在武汉见过面。"

明亮仍是只哭不说话。李延生用手去掰门搭上明亮的手指，谁知掰不下来；李延生：

"我带你去找你奶奶呀。"

明亮才把手放了下来。老裴忙去家里拿了他家孩子一身冬衣，一双棉鞋，让明亮换上；李延生领着明亮，来到城外陈家的坟地，指出哪座坟埋的是明亮的爷爷奶奶；明亮扑到坟头上，边哭边喊：

"奶，你不是说收了大枣，还去武汉看我吗?你咋说话不算话呀？"

"奶，你死了，谁还给我'喷空'啊？"

"奶，我还有'空'没给你喷呢。"

整整哭了三个时辰，方才作罢。

李延生拉着明亮的手往回走。明亮：

"叔，我奶家院子里那棵枣树呢？"

李延生："你奶死了，半个月后，这棵树也死了，今年的枣也没收成，你说怪不怪？"

李延生把明亮领到了家，接着给武汉的陈长杰打长途，告知明亮到延津的消息。第三天上午，陈长杰赶到了延津，见到明亮说：

"把我吓死了，以为你没了呢。"

又说："把你后妈也吓死了，也以为你没了。她说，她没打你呀。"

又说："跟我回去吧，你奶没了。"

明亮摇摇头。

陈长杰："回去还上学呢。"

149

明亮："打死也不回武汉了。"

陈长杰："为啥呢?因为你后妈吗?"

说后妈也对，因为后妈不爱搭理他；比后妈更让明亮害怕武汉的，还是因为亲妈樱桃，有人给妈浑身上下钉满了钢针；但他不敢把这些说给陈长杰，说出来陈长杰也不信。说起来，奶奶的死，倒给明亮找到一个离开武汉，回到延津的理由。便说：

"不是因为后妈，她对我挺好的。"

又说："在武汉不亲，到延津感到亲。"

又说："你要让我回去，我回去就跳长江。"

· 六 ·

李延生和陈长杰重新见面，李延生见陈长杰只字未提樱桃的事，也没敢打问樱桃在武汉发生了什么；因为半年前，是他把樱桃带到武汉去的；半年来，陈长杰那里又发生了许多事，陈长杰他妈死了，明亮又从武汉跑到延津；李延生再问樱桃的事，也显得不合时宜；眼前的事，已经把过去的事遮过去了。这天晚上，李延生请陈长杰在"天蓬元帅"吃猪蹄。陈长杰说：

"一到这里，我就想起我们在剧团和机械厂的时候。"

李延生："可不。"又说，"饭馆没变，我们变了。"

陈长杰："关于明亮的事，我有一个想法，也不知合适不合适。"

"你说。"

"看明亮这样子，是难叫他回武汉了，他跟后妈，也过不到一块儿。表面看不出啥，心里较着劲呢。硬把他弄回去，他再跑了，还得找他。这次他回延津了，咱们找着了，如果他去了别的地方，哪里找去？"

"这孩子有些倔，上回去武汉，我就看出来了。"

"要不，就让他留在延津，把他放到你这儿？我看他这几天待在你家，挺踏实的。"陈长杰又说，"明亮他奶一死，我在延津也是举目无亲呀。"

"长杰，你把孩子托付给我，是信得过我，如果咱还没结婚，弟兄之间，再大的事，都是一句话的事；就是结婚了，如果孩子在我家待个俩月仨月的，也没话说；可孩子一下不走了，成了家里一口人，我得回去跟你弟妹商量商量。"

"你给弟妹说清楚，不让你们白养活，我每月给你们三十块钱。"陈长杰又说，"这样，你也好给弟妹说。"

李延生："你说得轻巧，你把钱给了我们，你们家在武汉不生活了？嫂子知道了咋办？"

"铁路上工资高，每回出车，还有补助，我再多加几个班，挣些加班费，这都是工资之外的钱，你嫂子觉不出来。"

李延生回到家，睡觉的时候，边脱衣服，边把陈长杰的想法跟胡小凤说了。胡小凤听说收留明亮，陈长杰每月给他们三十块钱，马上答应了。因为李延生在副食品门市部卖酱油醋和酱菜，捎带卖花椒大料酱豆腐，每月才六十多块钱工资；胡小凤在糖果厂包糖果，每个月才五十多块钱工资；收留一个孩子，等于家里多了半个人上班。

第二天一早，李延生领陈长杰去十字街头喝胡辣汤，把与胡小凤商量的结果，告诉了陈长杰。当天上午，陈长杰领明亮去街上喝汽水，与明亮商量，如果他不回武汉，跟李延生家过如何。明亮：

"只要不回武汉，跟谁过都成。"

下个礼拜一，明亮进了延津西街小学，当了一年级的插班生，与老董的儿子董广胜、郭宝臣的儿子郭子凯同班。从一年级到四年级，明亮和董广胜是同桌。

第二章

二十年后

· 一 ·

明亮娶亲这天，他中学时几个要好的同学，几乎都到场了。婚礼上，老董的儿子董广胜当司仪；郭宝臣的儿子郭子凯在北京上研究生，不是假期，专门请假回到延津，另一个要好的同学冯明朝，在郑州百货大楼当采购，也专门请假回来，两人当了明亮的伴郎。

这年明亮二十六岁，在"天蓬元帅"当厨子。十年前，明亮上到高中一年级，主动退学了。明亮退学不是他不愿意上学，而是他爸陈长杰从武汉给他来了一封信。陈长杰在信中说，十年前，陈长杰把明亮留到延津，把他寄养在李延生家，这寄养不是白寄养，事先说的有条件，他每月给李延生家三十块钱；后来随着物价上涨，每月寄给李延生家的钱也随着增加；到明亮十六岁，已变成每月一千五百块钱。这些钱，都是他背着明亮的后妈秦家英，加班加点，挣出的加班费。车务处别的工友都不愿意加班，他加班加点需求着别人；加班加点时，还要瞒着秦家英。但上个月，这事被秦家英发现了。陈长杰去邮局给李延生汇钱，汇过钱，急着出车，把汇款的单据落到了口袋里，秦家英在家洗衣服时发现了。等陈长杰出车回来，秦家英追问这事，他只好辩称，这钱是借给李延生的。秦家英便到机务段财务科，查出陈长杰每月都额外领出一些加班费，而这些加班费，陈长杰却没有拿回家。回家追问陈长杰，陈长杰见瞒不住了，只好如实说，这是每月寄给明亮的生活费。秦家英哭了，说你给你儿子生活费我不反对，为什么一直瞒着我？你咋知道我就不通情达理呢？两口子在一起过了十年，原来你一直怀有二心；这不是钱的事，是让你儿子每个月接到钱，都恨我一次；陈长杰在信中说，其实事情不是这样的，十年前这事没告诉秦家英，是多一事不如少一事，便说把明亮放到延津，是过继给了李延生，明亮成了李延生家的孩子，没提每个月还要给钱的事；十年后暴露了，话也说不回来了；等于十年前的自己，给十年后的自己别住了马腿。事情尴尬还在于，十年间，陈长杰每个月给李延生寄钱，明亮也不知道。陈长杰在信中说，秦家英哭过，又去机务段财务科，让财务科把陈长杰今后的工资、奖金和所有的加班费，统统打到秦家英的银行卡上；回来又对陈长杰说，从今往后，你没钱寄给你儿子了，你儿子就无法恨我了；如果你儿子需要生活费，让他来武汉一趟，先向我承认跟你共同瞒我和恨我十年的错误，接着我们再说生活费的事。陈长杰在信中说，你后妈说的，明显是气话；她的目的，就是拿我十年前的错，来惩罚现在的我，让我从今往后，真和你断绝来往，就像十年前，真把你给了李延生一样，以报十年之仇。事到如今，我也是进退两难，因为这马腿是自己给自己别住的。麻烦在于，我今后手里没体己钱了，就是想供你生活费，也没这个能力了。如果我不给你生活费，你今后怎么办，我也想不出新的辙。盼就盼着，李延生两口子，真把你当儿子养了。陈长杰在信中又写道，一个父亲，连儿子都供养不了，想起来我心如刀割；归根结底，你就怪你爸没本事吧。信的末尾，陈长杰又写道，说起来，我也五十的人了，近些年，身上也开始添病了，如果秦家英不让我供你生活费，今后我也不加班了。又及。

明亮看了这信，没有回信。他不知道怎么回。过去陈长杰供应他生活费他不知道，现在无法供应了，他无法强迫他继续供应；也许，从根上起，这事就怪陈长杰，给儿子生活费，是天经地义的事，当初不该瞒着秦家英，还编了瞎话；当然，遇事编瞎话瞒着对方，不敢理直气壮提出来，还是怕人家不同意这事；既然是怕人家，就不是怕人家一件事，而是什么事都怕；给人家提这事之前，自己先怵了，多一事不如少一事，只好瞒着；为了生活费，明亮可以去武汉向后妈承认错误，但想着她积着过去十年的气，即使明亮和陈长杰共同向她认了错，她也会找出别的理由继续刁难下去，以报十年之仇；君子报仇，十年不晚，也许说的就是这个；何况，明亮事先对陈长杰寄钱的事并不知道，如何认错？武汉无法去，去也是白去；李延生这边，过去陈长杰给李延生寄钱明亮不知道，现在他只能还装作不知道；陈长杰今后不再给他供应生活费，他也无法改变这个事实；说起跟陈长杰的来往，十年间，除了陈长杰背后给明亮生活费，两人之间本来就没什么来往；就来往本身，今后来不来往，和以前也没什么区别。看完这封信，明亮一个人跑到延津县城北郊的河边，悄悄把这封信烧了。

但是，两人来往不来往，对于明亮一样，对于李延生家却不一样，因为从第二个月起，陈长杰不再给李延生家寄钱，明亮的吃喝拉撒和上学的费用，就得李延生夫妇出了。头一个月李延生和胡小凤没说什么。第二个月李延生没说什么，胡小凤脸色开始不好看。第三个月，往往因为一件小事，当着明亮的面，胡小凤开始指桑骂槐，李延生开始唉声叹气。第四个月，明亮主动退学了，离开李延生家，去"天蓬元帅"

饭馆当了学徒。这差事，还是在中学教地理课的焦老师给他找的。"天蓬元帅"饭馆的老板姓朱，喜欢唱戏，没事爱吼上两嗓子；在明亮班上教地理的焦老师，也喜欢唱戏；开饭店和教学之余，两人常在一起唱《打渔杀家》《楼台会》等；在戏里，老朱扮生角，焦老师反串青衣。焦老师看明亮走投无路，便在下次唱戏的时候，把明亮的状况跟老朱说了，并用戏里的台词对老朱说：

"夫君，你看这小孩，举目无亲，有国难投，你就发发善心，把他收留了吧。有道是，勿以善小而不为呀。"

老朱倒"噗嗤"笑了，用生活里的话说："老焦，猪蹄也不是好炖的，我只问你，这孩子懒不懒呀？"

焦老师也还原生活："不懒，不懒，懒人，我就不跟你说了。"

"懒人，在我这儿也待不住。"

第二天，明亮便到"天蓬元帅"当了学徒。当学徒没有工资，饭馆管吃管住。明亮当学徒的头一份差事，是剔猪毛，即把从延津屠宰场运过来的一盆一盆的猪蹄，一个个从盆里捡出来，把猪蹄上的毛剔干净；过去剔猪蹄是用刮刀刮，但表面的毛刮干净了，肉里的毛，顾客能吃出来；现在改用滚烫的沥青，糊在猪蹄上，将猪蹄里外的毛粘掉；粘不掉的碎毛，再用镊子拔干净；接着将蹄甲用清水冲净；又将冲净的猪蹄，放到浸着花椒盐的卤水里腌制。一天算下来，明亮能剔近三百只猪蹄。

"天蓬元帅"每天上午十一点开门，到下午三点，吃中饭的顾客就走得差不多了；晚上六点再开门，每天打烊，一般到夜里十一点多了。从下午三点到晚上六点，中间有三个小时的工休时间。但饭馆其他人能工休，学徒不能工休，仍得在后院剔猪蹄。也有到下午五点左右，提前把猪蹄剔完的时候，剩下一个钟头，明亮也能歇会儿。在延津有家的人，一到工休时间都回家了；明亮在延津没家，也不想去李延生家，只能在"天蓬元帅"饭馆待着。当然他也可以到大街上去，或到延津渡口去，街上和渡口，都是热闹的地方；但他当学徒没有工资，身无分文，到了集市，连瓶汽水都买不起，去也白去，便不去了；也怕在街上遇到过去的同学，学上得好好的，咋突然不上了?不上的原因，解释起来，一句两句说不清楚，不如不解释；于是有了空闲，他便来到"天蓬元帅"饭馆后身，一个人待着。饭馆后身，有一条河。每年夏天，到了晚上，老朱也在河边扯上电灯，摆些桌子，河边也坐满客人，就着猪蹄喝酒；一阵凉风吹来，让人精神一振；但夏天蚊子多，需要在桌下点上蚊香。过桥往前走，便是一大片田野，春天长的是麦子，秋天长的是玉米。老朱喜欢唱戏，每天清晨，会来到河边，对着庄稼地吼上几嗓子。下午五点

159

来钟，正是河边和庄稼地没人的时候。明亮走过小桥，来到庄稼地边，往往从身上掏出一支笛子吹起来。明亮会吹笛子，是跟中学同学冯明朝学的。冯明朝他舅，在县城一家响器班吹笛子；这响器班，专门给红白喜事吹打；冯明朝从小在姥姥家长大，跟舅舅耳濡目染，便也学会了吹笛子。冯明朝说，他舅说过，吹笛子关键得会换气，会换气才能把音吹高吹长；只有把音吹长，这音才能抑扬顿挫地变出花样；换气只会明着换叫傻换气，真正会换气的人，都是偷着换；除了换气，还得会揉音和抹音。明亮跟冯明朝学会吹《牧笛》《小放牛》《鹧鸪飞》《黄莺亮翅》《五梆子》等。后来冯明朝开始喜欢玩粘鸟，把笛子丢开了，明亮却吹了下来。明亮一开始照着现成的曲子吹，后来笛子玩熟了，开始拿着笛子随意吹开去。说是随意，也不随意，还是照着自己的心思吹，照着自己想起的事情吹，照着自己一而再再而三想起的事情吹。譬如，他常想起他六岁在汉口时，把他妈的剧照从一间柴屋的针板上救下来，把妈的照片扔到了长江里，他妈突然从剧照上站立起来，在长江上边唱边舞的情形；譬如，当年他坐反了火车，花了两个月，从湖南跑到延津，奶奶家人去院空，一地落叶，院子里那棵两百多岁的枣树，也随奶奶死去；事到如今，那棵枣树也不知哪里去了……便把这些事情吹成曲子。吹着吹着，往往能吹到事情之外，吹出无可名状的他对世界的感受和心绪；吹的是这些事情，又不是这些事情；这些曲子里藏的心情，只可意会，无可言传。明亮又想，如果能够言传，能用白话说出来，还吹笛子干什么？冯明朝教会了明亮吹笛子，但笛子都能吹些什么，还是明亮自己悟出来的。这天，明亮正对着庄稼地吹笛子，看到饭馆的老板老朱，在河对岸站着，朝这边打量，忙停下笛子。老朱在对岸挥挥手：

"小子，吹得不错，接着吹吧。"

明亮又接着吹下去。谁知刚刚吹起，老朱又挥手让他停下来，问：

"小子，我会唱戏，我要唱起来，你能给我伴奏吗？"

明亮摇摇头："大爷，我只会吹曲子，没学过给戏伴奏呀。"

老朱又挥挥手："那就算了，你接着吹你的吧。"

明亮又接着吹下去。

这天，明亮正在饭馆后院用沥青粘猪毛，一人站在他面前，抬头，是李延生。李延生把一个大包袱，放到了旁边案子上：

"明亮，说话立冬了，该换厚衣裳了，我把你的棉袄棉裤和棉鞋给送过来了。"

"谢谢叔。"

"你爸把你托付给我，我也没有把你照顾好。"

"叔，你已经照顾我十年了。"

"以后有什么事，该找我，还来找我。"

"知道了，叔。"

"只是记住一点，别去家里找我，去副食品门市部找我。"

"知道了，叔。"

"说起来，我跟这里的老朱也认识，刚才我跟他说了，让他遇事照看你，他也答应了。"

"谢谢叔。"

说话间落下一场大雪。大雪过后，天气骤冷，滴水成冰。这天明亮正在后院洗猪蹄，老朱披着狐皮大衣踱过来，见到明亮问：

"小子，这几天咋没听你吹笛子？"

"大爷，天冷，没法吹了。"

"死脑筋，你不去河边吹，在屋里吹不就得了。"

明亮不说话了。老朱：

"小子，问你呢。"

明亮从水盆里伸出手："手老在水里泡着，冻肿了，拿得起笛子，捂不住眼了。"

老朱拍了一下自己的脑门："小子，是大爷大意了。"

第二天，明亮被调到后厨，开始跟着一个姓黄的师傅学炖猪蹄。炖猪蹄是在伙房。伙房里暖和不说，还能跟着师父学手艺；除了能学手艺，干起活儿来，也不像洗猪蹄那么苦和那么累了；躲开苦累不说，炖上猪蹄，每个月也有二百块钱的工资。由剔猪蹄到炖猪蹄，等于一步登天，明亮不知道是他吹笛子的功劳，还是李延生给老朱打过招呼，老朱对明亮的关照；或者是两个因素兼而有之；弄不清楚原因，也无法去问老朱，只好让它糊涂着。转眼一个月过去，发工资了；明亮拿到工资，趁着工休时间，跑到大街上，大冷的天，一口气喝了三瓶汽水。

说话三年过去了，明亮跟着黄师父炖猪蹄，像当初跟冯明朝学吹笛子一样，时间长了，熟能生巧，猪蹄也能炖出个模样。头两年炖不出模样，猪蹄不是让他炖生了，就是让他炖过头了，稀烂，没有嚼劲；或者，一大锅猪蹄，这半边炖稀烂了，那半边还没熟透，得黄师父重新收拾。当然，稀烂的已经无法收拾了，只能收拾那些炖生的，把稀烂的卖给牙口不好的老年人。但功夫不负有心人，三年过后，一大锅猪蹄，明亮既能炖熟，也没炖成稀烂；说熟一起熟，并不生熟不均；但味道和口感上，还是跟黄师父上手炖的差些。黄师父说，这就对了，我炖了三十年，你炖了三年，如果味道一样，我不该回家了？明亮觉得黄师父说的也有道理。

这年六月，当年在中学的同学，到了考大学的日子。八月，高考有了结果，郭子凯考上了北京一所大学，冯明朝考

163

上了焦作一所中专，董广胜没考上大学或中专，开始跟他爸老董学算命。明亮想，如果他一直在上中学，不知能否考上大学或中专；如能考上，不知会考到哪里。当年妈给他起了个名字叫"翰林"，是盼着他像《白蛇传》中的翰林一样，能考上状元，谁知事到如今，他成了一个炖猪蹄的人。他高一就辍学了，看这样子，怕是一辈子没有高考的机会了，一辈子都是个炖猪蹄的人了。想到这里，不禁叹了一口气。又想叹气也是白叹气，也就不叹气了。工休时，又来到街上买汽水喝；边喝汽水，边看街上来来往往的人；过去对延津很熟悉，突然感到延津很陌生。第二天没到街上去，来到饭馆后河边吹笛子。笛子随意吹起来，竟吹起了对延津的陌生；吹着吹着，暗自落下几滴眼泪。

　　两个月后，饭馆新来了一个女服务员，叫马小萌；高挑个子，白净；她几个月前参加高考，没考上大学，如今也到"天蓬元帅"打工来了。三年前在延津中学上学时，明亮不记得见过马小萌。又想一个年级十来个班，不可能每个同学都认识。也许当时见过，过后就忘了。后来听别人说，她之所以没考上大学，是因为在高中期间，她只顾谈恋爱了。她恋爱的男同学两个月前考上大学，去了广州，跟她断了联系，她一时想不开，竟在家里上了吊。幸亏她妈发现得早，把她救了回来。别人一提上吊，明亮就想起了他妈。当然，两人上吊，各有各的原因。一个吊死了，一个被救了回来。妈没救回来，说起来跟明亮也有关系。明亮又叹了口气。接着又想，想妈的事已经晚了，想马小萌的事等于替别人杞人忧天；想它们没用，也就不想了。后来又知道，马小萌家住延津渡，家里在渡口有一杂货铺，明亮以前去延津渡闲逛的时候，似乎见过这家店铺，门头上挂着"马记杂货铺"的匾额。让明亮奇怪的是，马小萌在延津渡有家，下午工休的时候，也不见她回家，就在饭馆里听收音机。一次工休时，明亮在庄稼地边吹笛子，突然发现马小萌在河对岸看他。明亮停下笛子，马小萌问：

"明亮，你吹的啥曲子呀?挺好听的。"

"随便吹的呀。"

"曲子是随便吹的吗?说你胖，你还喘了。"

明亮想说，他真是随便吹的，吹长江上的妈，吹奶奶家院子里那棵不见了的枣树，吹对延津的陌生……不是随便吹的吗?但解释起这些，太费口舌；费口舌也解释不清楚，也就不解释了；便说：

"我说的是实话，你不信就算了。"

"明亮，我发现你这人特孤僻。"

"这话从何说起?"

"我都来一个月了，你没跟我说过话。"又说，"平日里，你能不说就不说，就会吹个笛子。"又说，"你这是为什么呀？"

明亮想想，她说得也对，他平日里是不爱说话；为什么呀？原因他自己一时也想不清楚，解释起来又太费口舌，明亮"嘿嘿"笑笑，也就不解释了；他说：

"跟你，我也有一件事想问一问。"

"啥事？"

"你家有杂货铺，你想干事，咋不在家里干事，非来这儿打工呢？"

"你管呢？"

明亮想想，马小萌说得也对，这事确实不该他管，也就不管了。

两个月后，马小萌打工去得更远了，离开"天蓬元帅"，到北京打工去了。临走，没跟饭馆任何人打招呼，也没跟明亮打招呼。据说，她去了北京，还是在饭馆当服务员。明亮想着，北京的饭店，一定比延津的"天蓬元帅"大得多吧？

五年之后，马小萌从北京回来了，用在北京挣的钱，在延津县城十字街头开了个服装店。马小萌回来，明亮也是偶然发现的。这天，明亮趁工休去街上闲逛，走到十字街头，发现十字街头西北角，新开了一家服装店；接着发现，在服装店忙活的，竟是马小萌。马小萌也发现了街上的明亮。明亮便倚在服装店门边，与马小萌闲聊起来，问她什么时候回来的，咋就开了这个服装店；两人又聊起过去在"天蓬元帅"的同事；马小萌突然问：

"明亮，你现在还吹笛子吗？"

明亮搔搔头，突然想起，五年过去，他好像好长时间没吹笛子了；便说："你不说，我还把这事忘了。"又解释，"我说的忘，不是忘了吹笛子这件事，而是忘记多长时间没吹笛子了。"

马小萌笑了。两人又谈起五年间延津的变化，渡口新添了许多游船，游船上开起了饭店，游船开到黄河上，游客可以边吃饭边看风景；南街新添了一个歌舞厅，北街新开了一家咖啡吧，西街新添了一个电影院。说到这里，明亮说：

"说到电影院，久别重逢，我今天晚上请你看电影吧。"

马小萌"噗嗤"笑了："明亮，你胆子比五年前大多了。"想了想说，"念在过去同事的分儿上，我跟你去。"又说，"事先说好了，只是看电影啊，别想歪了。"

"我不是想歪的人。"

当天晚上，明亮和马小萌一起去西街电影院看电影。进了电影院，明亮买了两桶爆米花，又问马小萌：

"你想喝个啥？"

"你呢？"

"我从小爱喝汽水。"

"我在延津时也爱喝汽水，去了北京，开始喜欢喝可乐。"

"那我随你喝可乐。"

看过电影，两人一起去马路对面吃涮羊肉。马小萌问：

"明亮，你喝酒不？"

"很少喝。"

"我喝。"马小萌又说，"在延津不会，去北京学会了。"

"那我陪你喝。"

真到喝起来，明亮发现，马小萌的酒量还不如他，半瓶白酒下去，明亮脑子还清醒，马小萌说话已经绊舌头了。但两人仍然聊着，比没喝酒聊得还热闹。明亮：

"小萌，我问你一件事。"

"啥事？"

"你出去五年，为啥从北京回来了？"

"说真话还是说假话？"

"都行，真吧假吧，都跟我没关系，我就是随口一问。"

"偏给你说真话。"

"说吧。"

"那我不说如何回来，说说出去的事吧。"

"都行。"

"那得从我十岁说起。"

"说吧。"

马小萌舌头绊着嘴，磕磕绊绊告诉他，她十岁那年，她妈跟她爸离婚，嫁给了延津渡"马记杂货铺"的老马。第二年，他们生了一个男孩，成了马小萌的弟弟。自她十五岁起，继父老趁她妈带弟弟回娘家，在家里骚扰她。待她考上高中，她便去高中住宿，也是为了躲开家里的继父。住宿日夜在学校，便跟同学谈起了恋爱。后来她大学没考上，只能回到家里，继父又来骚扰她，说，大学没考上，有没考上的好处，我们就可以永远在一起了。跟她谈恋爱的同学忘恩负义，考上大学之后，跟她断了联系，加上继父又趁机来骚扰，两件事挤到一起，她便上了吊。被救过来之后，不在家里杂货铺干活，去"天蓬元帅"打工，也是因为这些事；后来越走越远，去北京打工，也是因为这些事。马小萌又说，继父虽然不好，是个禽兽，但他对她妈还不错，她就一直没有声张；如果她对她妈说了，这个家也就没了；再说，家里还有一个弟弟呢，马小萌又说。如今我从北京回来，在十字街头开了个服装店，考虑的也是，永远不回杂货铺了。看着我在延津有家，其实我没有家呀，马小萌又说。

明亮愣在那里，他没有想到，在马小萌身上会发生这些事；同时，他没有想到，马小萌会把这些事告诉他；马小萌说要说真话，他让她说真话，没想到这话这么真。明亮有些措手不及：

"早知这样，我就不问你这些话了。"

马小萌指着明亮："这话，我从来没对别人说过，你也不准对别人说。"又说，"知你嘴严，不爱说话，才告诉你。"又说，"不喝酒，也不会告诉你，这不是喝多了吗？"

说完哭了。

明亮："放心，我让它烂在肚子里，也不会告诉别人，我知道这事的轻重。"

马小萌抹了一把鼻涕："对你，我也有一件事要问。"

"啥事？"

"当年，你学上得好好的，咋突然退学了？"

"你给我说真话，我也给你说真话吧。"

"说吧。"

明亮喝了一杯酒："不说退学的事，说说上学的事吧。"

"都行。"

"那得从我三岁说起。"

"说吧。"

明亮便从他三岁时说起，他三岁那年，他妈在延津上了吊；他妈死后，他和他爸陈长杰，如何从延津去了武汉；在武汉，陈长杰如何又给他娶了个后妈；后来奶奶死了，他如何坐错了火车，花了两个月工夫，从湖南跑回延津；在延津，陈长杰如何把他寄养在李延生家；后来陈长杰不给寄养费了，他进退两难，如何退了学，去"天蓬元帅"打工……从头至尾，把十多年从没说过的话，对马小萌说了。马小萌听后说：

"真不容易。"

又问："当初，你妈为何上吊呢？"

这也牵涉到疙疙瘩瘩的许多往事，一句两句说不清楚，明亮便说："一言难尽。"也指着马小萌，"这话，我也从来没对别人说过，你也别对别人说。"

"当初，你为啥从武汉跑回延津呢？"

"想奶奶了呗。"

说想奶奶也对，但他还是瞒下更重要的原因没说。更重要的原因，还是他妈樱桃在武汉的遭遇，被钢针钉在木板上，遍体鳞伤。

两人说着说着，城上已三更。

第二天下午，趁着工休，明亮来到延津渡口，找到"马记杂货铺"。远远看去，马小萌的继父，正在杂货铺门口背手站着，看街上来来往往的人。他个头不高，微胖，红鼻子，有人进店，便笑着问：想买个啥？从模样上，明亮看不出他是个禽兽。又叹息，真是知人知面不知心啊。

这天又看完电影，明亮和马小萌没去吃涮羊肉，两人来到西关，上到了延津城墙上。据说，这城墙也有两千多年了。

171

从城墙上往下看，延津城灯火通明；城墙上倒是黑的。黑暗中，明亮抱住马小萌，要跟她接吻。马小萌倒也没推托。待马小萌回应，明亮觉出，马小萌的舌头好长。一时三刻，马小萌推开明亮：

"明亮，你能给我吹个曲子吗？"

"能是能，可我没带笛子呀。"

"我跟你拿去。"

"好长时间没吹了，恐怕音都生了。"

"生就生吹。"

两人下了城墙，手拉手去了"天蓬元帅"。待明亮从宿舍拿上笛子，两人去了饭馆后河边，明亮对着黑暗，吹了一曲。刚开始吹，音确实有些生；吹着吹着，明亮就忘记音生，沉浸在要吹出的情形之中。一曲终了，马小萌问：

"你吹的是啥？"

"随意吹的呀。"

"随意吹的是啥？"

"在这个世界上，你是我找到的唯一的亲人。"

"酸，从电视上学到的吧？"

"是，但跟电视上不一样。"

"有啥不一样？"

"电视上说的都是假的，我说的是真心话。"

"想故意感人?"

"这还感人，应该伤心呀。"

"啥意思?"

"这话证明，事到如今，我在世上连个亲人都没有哇。"又说，"别人的亲人都是现成的，我还得去找，事情还不惨吗?"

马小萌抱紧明亮，把舌头伸到他的嘴里："我也觉得，在这个世界上，你是我唯一的亲人。"一时三刻，拔出舌头说，"那你再吹一遍这个曲子吧。"

明亮把曲子又吹了一遍。

吹着吹着，城上已三更。

当年中秋节前，明亮和马小萌结婚了。明亮后来想，别人结婚是看对方的优点，他们走到一起，是因为了解对方的短处，或各自压在心底不想告人的心事；压在心底的事，都不是好事。当然，最不好的心事，他还是没有告诉马小萌。结婚那天，除了明亮中学时几个要好的同学，在中学教地理课的焦老师、"天蓬元帅"的老板老朱、明亮跟着学炖猪蹄的黄师父，还有在饭馆一同打工的要好的同事，都到场了。马小萌她妈和继父也来了。按说，明亮结婚，他应该通知武汉的陈长杰，陈长杰毕竟是他爸；但明亮担心通知陈长杰，陈长杰和后妈秦家英再因为这事产生纠葛；再说，十年前陈长杰来信，说秦家英逼他和明亮断绝来往，十年来，两人也断了来往；为了不节外生枝，结婚时，明亮就没有通知陈长杰。但明亮邀请了李延生胡小凤两口子；虽然十年前明亮离开了他们家，但从六岁到十六岁，毕竟在他们家住过十年。婚宴上，同学董广胜当司仪，插科打诨，说了许多笑话；同学郭子凯、冯明朝当伴郎，客人没喝多，他俩先喝多了；焦老师和老朱，又拉上李延生，到台上，唱了一出《打渔杀家》。热闹中，明亮和马小萌，挨桌敬酒；来到马小萌她妈和继父的桌前，她妈和继父都笑呵呵的，看不出历史上曾发生过什么；来到李延生和胡小凤的桌前，李延生笑呵呵的，胡小凤倒哭了。

"高兴。"胡小凤说。

·二·

明亮和马小萌结婚一年了，马小萌还不见怀孕。头两个月两人不着急，半年过去两个人不着急，一年之后，两人就着急了。一是着急不怀孕，二是着急两人之间，到底谁有问题。两人分别去县医院的妇科和男科检查，妇科说，查不出马小萌有什么问题；男科说，查不出明亮有什么问题；正因为查不出问题，两人更着急了。

十年前，接替明亮在"天蓬元帅"洗猪蹄的叫小魏。明亮洗了一年猪蹄，老朱就让他到后厨炖猪蹄了；小魏洗了十年猪蹄，还在洗猪蹄；老朱说，十年了，猪蹄上的毛还是剔不干净；又说，啥时候把猪毛剔干净了，啥时候去后厨。明亮也觉得小魏有些笨，猪毛剔不干净不说，十个猪蹄，总有三个被他划破；划破的猪蹄，炖出来之后，就不能当囫囵猪蹄卖；但又觉得小魏实诚：猪蹄炖过，总能从炖猪蹄的大锅里，捞出一些碎肉；这些碎肉，盛到筛子里，控过油之后，拿到餐厅当碎肉卖；别的员工饿了，都偷吃筛子里的碎肉，小魏从来不偷吃碎肉；话又说回来，十年前明亮能去后厨炖猪蹄，除了猪毛剔得干净，和他会吹笛子也有关系；小魏不会吹笛子。平日，遇到老朱骂小魏笨，明亮常上去替小魏说话；遇到别的员工欺负小魏，明亮便上去嚷别的员工。明亮结婚时，也请小魏参加了。看着热闹的婚礼，小魏哭了。那天婚礼上，大部分的人都在笑，唯有两个人哭了，一个是胡小凤，一个是小魏。按说两人都不该哭，但他们哭了。小魏平日不爱说话，就像明亮刚来"天蓬元帅"时不爱说话一样；明亮后来遇到马小萌爱说话了，十年过去，小魏还是不爱说话。每当小魏犯了错，挨了老朱的训斥，别的员工都偷偷捂着嘴笑，唯有明亮安慰他："不要着急小魏，慢慢就好了。"小魏倒叹息："哥，慢慢是哪一天呀？""天蓬元帅"有二十多个员工，小魏见了别人翻白眼，见了明亮叫"哥"。

这天，明亮正在后厨炖猪蹄，小魏匆匆忙忙跑过来，在门口向他招手；明亮翻着锅里的猪蹄：

"咋了小魏？"

小魏不说话，仍向他招手。明亮放下手里的肉叉，出了

176

后厨；小魏又往后院河边走。到了河边，小魏：

"哥，出大事了。"

"你又咋了？"

"不是我，是你。"

明亮愣在那里："我怎么了？"

"也不是你，是嫂子。"

接着掏出一张名片大小的小广告，递给明亮。明亮一看，广告上竟是马小萌的照片。马小萌只穿着三点式，手支着头，卧在床上；旁边有一行字：腿长，舌长，销魂，难忘。下边是地址和手机号码。明显是一招嫖卡片。明亮：

"这是谁干的，这么恶心我，你嫂子天天跟我在一起，咋能干这事呢？"

小魏："你看清楚上边的地址，写的不是延津，是北京。"

明亮再看，卡片上留的地址果然不是延津，是北京；接着又看广告词，身上出了一层冷汗。小魏：

"哥，别信。"

明亮没说话，但卡片上说的事，他信了。因为广告词中，说到马小萌的舌头长。不跟马小萌谈过恋爱，不知道她舌头长；不跟马小萌干过那事，不知道舌头长的好处；把舌头长拿出来做广告，不是"鸡"是什么？突然明白，这卡片上说的事，不是现在，是过去；地点不是延津，是北京；马小萌说在北京当了五年饭馆服务员，原来她在北京当了五年"鸡"。接着想起，跟马小萌谈恋爱时，明亮问马小萌为什么从北京回到延津，马小萌只说如何出去，没说如何回来，大概就是要瞒下这段事吧？两人走到一起是因为知道对方的短处，以为短处都向对方说明白了，没想到马小萌瞒下这么大的短处；她只说了小的短处，瞒下了大的短处；就像明亮把妈在武汉的遭遇瞒了下来一样。但两件瞒下的事，性质可不一样。明亮问小魏：

"这卡片，你从哪儿捡来的？"

小魏："县城满大街都是。"又说，"昨天还好好的，今天满大街都是。"

明亮知道有人在害马小萌。突然想起什么，他撇下小魏，顾不上后厨正炖着的一大锅猪蹄，离开饭馆，往家飞奔。到家，开门，马小萌已经上吊了。明亮赶紧把马小萌从房梁上卸下来，试试鼻下，还有鼻息；赶紧把她背到医院。经过抢救，马小萌活了过来。医生说，多亏明亮回家快，把马小萌从房梁上卸了下来，如果晚到一分钟，马小萌就救不回来了。当年妈上吊，明亮去街上喝汽水，妈吊死了；这回明亮早回来一分钟，马小萌就被救了回来。马小萌醒来说：

"明亮，你不该救我，卡片上说的是真的。"

"先不说这些，知道这事是谁干的吗？"

"知道。"

"谁?"

"西街的香秀,当年我们一起在北京干这事儿,前几天,她从外地回来,要跟我借十万块钱,我没钱借给她,她就恼了,说我骗她,她就这么糟践我。"

明亮离开医院,去西街找香秀。明亮没见过香秀,但见过香秀的爸妈。到了香秀家,香秀她妈说,今天一大早,香秀离开延津,出外打工去了。

"去哪儿打工?"

"不知道。"

这时明亮发现,墙上镜框里,有一张家庭合影,前排椅子上,坐着香秀的爸妈,后边站着一个二十来岁的女孩,女孩旁边,有一个十来岁的男孩;明亮看出,后排这女孩就是香秀,男孩可能是她的弟弟。香秀圆脸,大眼睛,对着镜头在笑,笑起来,脸蛋上还有两个酒窝。一个看上去青春靓丽的女孩,心咋这么毒呢?

· 三 ·

自上小学起，明亮与天师老董的儿子董广胜是同学。从小学一年级到四年级，两人还是同桌。那几年，下午放学之后，明亮常背着书包，随董广胜去他家玩。他家住在县城东街蚱蜢胡同。记得老董第一次见他问：

"你是谁家的孩子呀？"

明亮："我爸叫陈长杰。"

董广胜随着说："他爸在武汉开火车。"

老董点头："他呀，"又对明亮说，"你爸在延津唱戏的时候，我听过他的戏。"又说，"我比你爸大几岁，你得给我叫大爷。"

明亮便喊："大爷。"

"等着，我给你拿麻糖吃。"

董广胜的妈叫老蒯，是个半瞎，见了明亮爱问：

"广胜在学校咋样呀?跟人打架不打架?"

明亮："不打架，不打架。"

"他在班里学习咋样呀?"

"老是前几名，老是前几名。"

后来明亮去"天蓬元帅"当了学徒，一次碰到老董来饭馆吃猪蹄，便上去喊"董大爷"。老董：

"明亮呀，你跟谁来吃猪蹄了?"

"大爷，我不是来吃猪蹄，我是来做猪蹄。"

老董有些奇怪："啥意思?"

明亮便把陈长杰无法供应他学费和生活费，他无法上学，也无法在李延生家待下去，所以来"天蓬元帅"当学徒的事，给老董讲了。老董听后跺了一下脚：

"晚了一步。"

"大爷，啥意思?"

"如果在你退学之前，我知道这事儿，我就把这事儿接过来了。我虽然是个瞎子，但多养活一个孩子和供他上学的能力还是有的；但你已经离开李延生家，来饭馆打工了，我回头再说这事，不是给李延生办难堪吗?"

明亮没说话。老董：

"知道你的生辰八字吗?"

"知道。"

便报了他的生辰八字。老董掐指在那里算。算了半天，叹了口气:

"啥也不说了，这就是你的命。"

接着又说:"命不命的，也是胡说，不必认真，不必认真。"

明亮:"大爷，就算你是胡说，这么多天，除了你替我考虑这事，没人搭理我呀，没人跟我说别的呀。"

又说:"大爷，我就当是个知心话吧，知道命里该着，我接着拔猪毛，心里也好受一些。"

老董倒愣在那里:"把胡说当成知心话，明亮，你有慧根呀。"

转眼又十多年过去，老董已是七十多的人了。他的老婆老蒯前年死了，女儿八年前出嫁了，董广胜当年没考上大学或中专，一直留在家里，帮老董照料算命的生意;他妈活着的时候，他和他妈一起帮着照料;他妈死后，就剩下他一个人帮着照料。让明亮不解的是，老董会算命，会请天师，他的儿子董广胜当年咋考不上大学或中专呢?但又想，也许董广胜的生辰八字就是这样，就像明亮当年去"天蓬元帅"当学徒一样，这就是他的命了。马小萌出了事，接着该怎么办，明亮一时拿不定主意;

182

待马小萌在医院病床上睡着了，明亮走出医院，信步走到东街，走进蚱蜢胡同，来到老董的家，想问问老董，看命里相里怎么说。待他坐到老董对面，刚开口说马小萌的事，老董摆摆手：

"不用说了，传得满县城都是，我都听说了。"

"大爷，我就想问问，我该怎么办。"

"报上你的生辰八字，报上你老婆的生辰八字。"

明亮报上两个人的生辰八字，老董掐指在那里算。算了半天，问明亮：

"你想咋办？"

"事到如今，只能离婚了。出了这事，多丢人哪。"

老董摇摇头。

"为啥？"

"你和你老婆，前世就是夫妻呀。上辈子你欠她太多，这回出事，也是你该着的因果。"

明亮愣在那里。

"从命相里看，你们的姻缘，还不到头；如果硬要离婚，下辈子你还有孽债要还。"

"我上辈子都干什么了？"

老董又掐指算；算后说："欠着人家半条命呢。"

明亮又愣在那里，马小萌出事，原来不怪马小萌，怪上辈子的自己，他竟欠着马小萌半条命。老董：

183

"大侄子，不说上辈子，就说眼前，你老婆刚上过吊，你跟她离婚，她要再上了吊，你是不是又欠她一条命？"

又说："有些夙孽，几辈子都摆脱不了，世上这种事太多了。"

又说："算命这事，也是胡说，不必认真，不必认真。"

明亮倒急了："大爷，这么大的事，得认真呀，不然找不到出路哇。"又说，"大爷，如果跟她离不得婚，那接着该咋办呢？"

"跟她离不得婚，只能跟延津离婚了。"

"啥意思？"

"离开这个地方。"

明亮突然明白，事到如今，就像当年他因为妈的遭遇，非要离开武汉，来到延津一样，现在他需要离开延津，到别的地方去。如此说来，如今的延津，和当年的武汉也差不多了。明亮叹口气：

"大爷，离开延津容易，但接着去哪儿呢？"

老董："容我给你看一看。"

让董广胜给赵天师上香。香燃着，老董起身到桌前，跪下站起，给赵天师拜了三通。嘴里念念有词，闭目向着前方。待睁开眼睛，对明亮说：

"往西。"

"往西去哪儿?"

"这我就不知道了，卦上没说。"

"西边我不认识人呀。"

"大侄子，事到如今，全县都知道你老婆干过那事，又上过吊，不管命里咋说，不管去哪儿，都该离开延津了。"

· 四 ·

　　离开延津，接着去哪里，给明亮出了个难题。这跟出去打工不一样，出去打工，干个一年半载，或三年五载，还要回延津，只要挣钱合适，地方不用讲究；他和马小萌离开延津，不是一时，是永远不回来了，去哪里落脚，事先还是要考虑清楚；要去的地方，最好有个熟人，能知道那里的深浅；将来在那里遇到难处，也有个照应。延津之外有东西南北，老董算出，他们去的方向应该往西，这又堵住一多半出路。除了延津，明亮只去过武汉，而武汉在延津的南边，并不在西边；何况武汉让明亮伤过心，如今陈长杰和秦家英一家还待在武汉，武汉去不得；马小萌去过北京，北京在延津的北边，她在北京又干过那种事，如今让人揭了伤疤，北京明显

186

也不能去了。西边有许多地方，明亮对哪个地方都不熟悉；西边有许多人，明亮一个人也不认识。

在"天蓬元帅"，明亮跟着学炖猪蹄的师父叫老黄；老黄心眼不坏，但嘴上不饶人；明亮刚进后厨，一锅猪蹄，让他炖得半边生半边熟，老黄："难者不会，会者不难，冰冻三尺，非一日之寒。"明亮知道这是风凉话，但跟人学艺，话只能听着，不能认真；你认真了，这事就变得认真了；师父奚落徒弟，也是常有的事，他说一句，你听一句，顺着师父的意思答下去，哄师父个高兴也就完了；便说："师父，您说得对。"三年过后，明亮能把猪蹄炖出个模样了，但味道上，还是跟老黄炖出的猪蹄差些，老黄："我炖了三十年，你炖了三年，如果味道一样，我不该回家了？"明亮："师父，您说得对。"十年之后，明亮把猪蹄炖得跟老黄差不多了，老黄："教会徒弟，饿死师父，我这是自掘坟墓呀。"明亮忙说："师父，这话我可当不起，到什么时候，您都是我师父；照您这么说，我不成忘恩负义之人了？"老黄反倒跟明亮急了："二球，师父开个玩笑，听不出来呀？"明亮说："师父，智商，确实是个硬伤，我以为您真这么想呢。"老黄"嘿嘿"笑了。但老黄听说马小萌这件事之后，顾不上说风凉话了，也跟明亮一样着急："背后下刀子，这是不让人活呀。"说的是西街的香秀了。"出了这事，光你丢人吗？作为师父，我脸上

187

也无光呀。"说的是他和明亮的关系。听说明亮和马小萌必须往西去，边炖猪蹄，边跟着明亮一块儿往西边想。想来想去，老黄拍了一下巴掌，想起了他的舅姥爷。一九四二年，因为一场旱灾，延津饿死许多人；许多延津人，逃荒去了陕西。老黄的舅姥爷，当年六岁，跟着全家人上了路；路上爹娘先后饿死了，他随着没饿死的延津人，扒火车到了西安。六十多年过去，逃到陕西的延津人，当年二十岁靠上的，陆陆续续都没了；留下的子孙，也变成了陕西人，渐渐跟延津断了来往；但老黄的舅姥爷，逃荒时年龄小，如今七十多岁，还活在世上，与老黄家还有走动。老黄：

"西安是不是在延津的西边？"

明亮："西安是在延津的西边。"

"我舅姥爷家在西安，要不你们去西安？我跟我舅姥爷说一声，看他能不能帮你们找个落脚的地方。"

这时明亮才知道什么叫师父。平日里师父嘴上刻薄，遇到大事，马上跟徒弟站在一起；明亮忙说：

"西安好哇，西安是大城市。"

又说："那就麻烦师父帮我问问？"

又说："就是问时，别把我们离开延津的缘由说出去。"

老黄边用铲子推锅里的猪蹄边说："放心，我不傻，这锅猪蹄炖完，我就去打电话。"

待猪蹄从锅里捞出来，老黄便去邮电局给西安打电话。回来说，电话打通了，但他舅姥爷耳朵背了，当面背，电话里更背，对老黄说的话，一句也听不清楚；恰好舅姥爷在他孙子家住着，他只好把明亮想去西安的事，跟舅姥爷的孙子说了；舅姥爷的孙子叫樊有志，在西安道北区开公交车；老黄对樊有志说，他有个徒弟叫陈明亮，近日，兄弟之间，因为争夺老辈儿的房产，在延津打了架，成了仇人；明亮两口子，对延津伤了心，想离开延津到外地落脚，想来想去，想去西安；但他们在西安两眼一抹黑，看表弟能否帮他们两个忙，一是帮他们找一个住处，二是帮他们找个谋生的事由。樊有志也就是老黄的表弟说，他不是一个爱揽事的人，但既然表哥说了，他帮着打听打听，三天给个回信。老黄说，事情有些急呀，能不能明天就给个回信?樊有志也答应了。明亮谢过师父。第二天下午，明亮和老黄一起，又去邮电局，给西安打电话，老黄的表弟樊有志说，昨天表哥说的事，他打问了，但他一个开公交车的，能力有限，帮明亮他们事先租个便宜的房子好说，多走多问就能办到；至于他们到西安的事由，他想来想去，熟人之中，有能力安排这件事的，只想出在道北菜市场管事的老孙；他今天上午给老孙说了，老孙平日不好说话，但今天倒爽快，说可以在菜市场匀出一个摊位，让明亮夫妇在那里卖菜；这次为什么爽快呢?因为老孙也是延津人的后代，听说过来的是延津人，便通融了；到西安卖菜，不知你的徒弟嫌弃不嫌弃?老黄看明亮，明亮忙说：

"不嫌弃，不嫌弃，师父，让有志叔今天就帮我租房子。"

老黄挂上电话，对明亮说："这就叫天无绝人之路。"又说，"好就好在，到了西安就有事由可做，不至于坐吃山空；菜市场管事的，正好是咱们延津人。"

又交代："到西安见了樊有志，记着叫哥，不要叫叔。"

明亮不解："他是您表弟，您是我师父，我管他叫哥，不是岔着辈儿呢吗?"

老黄："叫叔显得拘束，叫哥显得亲热，出门在外，顾不了那么多，还是各论各的吧。"

明亮知道老黄是替他考虑，再次知道什么叫师父，便说："还是师父考虑得周全，我听师父的。"

明亮告别老黄，回家跟马小萌商量，问她愿不愿意去西安，愿不愿意去西安卖菜；马小萌从医院回到家，再没出过门，脖子上那道绳子勒出的瘀青，还没褪下。马小萌说：

"只要离开延津，去哪儿都行。"

又说："卖菜就卖菜，我不怕卖菜，我在延津，不也是个卖衣服的吗?"

明亮："那就当是出门逃荒吧，那就当回到了一九四二年吧。"

第二天，明亮和马小萌上了路。火车上，明亮看着河南的一片片庄稼、一个个村落在窗外渐渐退去，又想起他六岁那年，从武汉回延津的情形；不过那次他是一个人跑在铁路上；没想到二十年过去，他从延津又去了外地。看明亮在那里愣神，马小萌说：

"明亮，到西安之前，我想问你一句话。"

"啥话？"

"对我过去的事，你真不在乎吗？"

明亮叹口气："咋会不在乎呢，天天想，老婆被那么多人上过，五年呀。"又说，"特别是，舌头。"

马小萌："要不，我从下一站下车，咱们各奔东西吧。"

明亮没说他在老董那里算过，两人上辈子和这辈子的姻缘；而是想着他对马小萌的感觉，马小萌犯了这么大的错，明亮从心里，并没有对她产生厌恶，感觉仍是一个犯错的亲人。于是说：

"但我接着想一件事，也就想通了。"

"啥事？"

"你在北京当'鸡'，不会也叫马小萌吧？"

"当时我叫玛丽。"

"这不就结了，我娶的是马小萌，又不是玛丽。"

马小萌"噗啼"笑了，接着哭了：

"明亮，你放心，我跟那些人，都是逢场作戏，不是真的，只有跟你是真的。"

"我脑子里，老在想一件事。"

"啥事？"

"在北京，你一共跟多少人睡过呀？"

"没记着数呀。"马小萌又说，"但有一半人，其实没睡成。"

明亮奇怪："为什么呀？"

马小萌："因为男人里边，有一半是阳痿呀。"

明亮愣在那里，这是他没有想到的；这能说是他占了便宜吗？马小萌：

"明亮，我知道你吃了亏，可你放心，从今往后，我一辈子好好跟你过，当牛做马报答你。"

明亮："从今往后，咱不说这些事了，说出来是白伤心。"

马小萌点点头。

·五·

明亮和马小萌到了西安，找到道北区，找到樊有志的家，已经是第二天中午。明亮上去敲樊有志家门，马小萌赶紧用一条围巾，围住了自己的脖子。敲了半天，里边没人应答，倒把对面一家的门给敲开了，一个老太太露出头来。明亮忙说：

"老人家，打扰到您了。"又问，"对面是樊有志家吗？"

老太太点点头。

"他们家人呢？"

老太太："正时正晌，都上班去了。"

"他们家的老人呢？耳朵有些背的那个老人家——是不是因为耳朵背，听不见敲门呀？"

"你说老樊呀，他昨天搬到闺女家住了。"

明亮明白樊有志家彻底没人。但他知道樊有志在西安开公交车，便问：

"樊有志开的是几路车呀？"

"七路。"

"老人家，我们是樊有志的亲戚，从河南来，给他家带了点儿东西，先放到你们家成吗？"

"放吧，压不坏家里的地方。"

明亮和马小萌来时，给樊有志带来十只猪蹄，两桶香油，一提包带壳的花生。明亮把这些放到老太太家，又说声"谢谢"，与马小萌拿起行李，来到大街上；明亮对马小萌说：

"我们去找七路车，找到七路车，就找到了樊有志。"

两人打问着，走过好几条街，找到了七路车停靠的车站。因没见过樊有志，也不知他长得啥模样。待一辆七路车靠站，别人下车和上车，明亮赶忙跑到车头驾驶室旁问司机：

"大哥，请问您是樊有志师傅吗？"

司机们要么说"前边"，要么说"后边"。十几辆车过去，虽然说得前后不一，但明亮知道樊有志今天跑在七路线上。终于，碰到一红脸膛、鼻子旁有颗痦子的司机，明亮问过，那人说：

"我就是樊有志，找我什么事？"

明亮记得师父老黄的嘱咐，要管樊有志叫"哥"不叫
"叔"，便说："原来是有志哥，我们是从延津来的，我师父
是在'天蓬元帅'炖猪蹄的老黄。"

樊有志笑了："原来是你们，上车吧，我车不能停啊。"

明亮和马小萌上车，樊有志让他们坐在引擎盖上。樊有
志边开车，边问他们什么时候到的西安，明亮便说清早到的，
去了樊有志的家，家里没人，便把带给樊有志的东西，放到
了对门老太太家。樊有志：

"来就来吧，还带东西。"

明亮："都是家乡土产，不值钱的东西。"又说，"有几只
猪蹄，是我师父亲手炖的。"

看到每个站点上下车的人都拥挤不动，明亮问：

"有志哥，公交车上，天天这么多人吗？"

樊有志边换挡边说："今天还算少的。我干这差事，没别
的好处，就是每天见个人多。"

七路车在城里绕来绕去，明亮和马小萌，倒是白逛了半
个西安城。待到了七路车总站，樊有志把车停好，下车，带
着明亮和马小萌，又乘别的公交车，回到道北区。到了道北
区，樊有志说：

"我先带你们去看给你们租的房子。"

指着大街上来来往往的人：

"道北，全是河南人，要么爷奶，要么爹娘，都是当年逃荒过来的。"

又说："你们来道北有个好处，道北全说河南话，你一张嘴，没人拿你当外人。"

明亮忙点头："我们一来道北，听人说话，也觉得亲切。"又说，"到一个生地方，就怕欺生。"

樊有志领着他们离开大街，来到背巷；穿过几条巷子，来到一个铁路道口；走进道口西侧一条胡同，来到胡同底，樊有志打开一间屋门的锁，推开门，明亮见这房子只有一间，七八平米的样子，而且背阴，屋里显得潮湿。樊有志：

"房子就是这样，不知对不对你们的心思，条件是有些差，我考虑的是，出门在外，刚落下脚，钱能省出一个是一个。"

初来乍到，有地方住就不错了，何况还能省钱，明亮和马小萌齐声说这房子好。樊有志：

"你们要说好，它还有一个好处，这里离道北菜市场近。"

明亮："有志哥考虑得周全。"

接着，马小萌留下收拾家，樊有志带明亮去道北菜市场见菜市场的老孙。路上遇到店铺，明亮进去买了两瓶酒、四条烟，装到一个塑料袋里。樊有志：

"这个老孙大名叫孙二货，在菜市场当经理，电话里给你

196

们说了，老家是延津的，一会儿你见到他，就叫'孙哥'好了，显得亲切。"

给人叫"哥"这事，师父老黄曾交代过，明亮忙点点头。穿过铁道，又穿过两条巷子，到了道北菜市场。菜市场圈在一个大棚子里。进了棚子，摊位弯弯曲曲，一排一排，看上去起码有几百家。樊有志：

"这是道北最大的菜市场。"

明亮打量："规模确实不小。"

待进了菜市场办公室，樊有志指着一个络腮胡子的汉子说："这就是孙经理。"又指着明亮："老孙，这就是前两天我给你说的，从咱老家过来，想在你这儿卖菜。"

明亮忙上前喊："孙哥。"将塑料袋放到旁边的茶几上。

孙二货："听有志说了，你是延津人。延津南街的李全顺，你认识吗？"

明亮想了想，摇摇头："延津县城两万多人呢，认不过来。"

孙二货："那是我姑父。"

这时一人进来，对孙二货说："孙哥，卖甘蔗的老吴，昨天跟您参刺，让我给修理一顿，现在给您赔不是来了，在门外等着。"

孙二货："让他滚蛋，把摊位让给我这个老乡。"又对明亮说："这个摊位，比本来想给你留的摊位好。"又指着那人说："这是四海，在菜市场管治安，以后有事，你就找他。"

明亮先向孙二货说"谢谢"，又对四海说："四海哥好，你也是延津人？"

四海："不是，我是西安人。"

从第二天起，明亮开始在道北菜市场卖菜。凌晨三点，明亮蹬着三轮车，随其他卖菜的，去北郊蔬菜批发站批发蔬菜，批发的有葱，有蒜，有白菜，有菠菜，有青椒，有莴笋，有西红柿，有鸡蛋……明亮向卖菜的老人儿打听过，卖菜除了菜要新鲜，品种也得齐全。明亮把菜拉到菜市场，天已经见亮；明亮卖着菜，马小萌把早饭送来，两人吃饭时，马小萌看到有的摊位在卖玻璃绳编织的水杯套，便说："这个我也会编。"当下便从一杂货摊上买下十来绺各种颜色的玻璃绳；两人吃完饭，明亮继续卖菜，马小萌回去收拾家；家收拾完，马小萌开始用玻璃绳编杯子套，准备将来拿到摊位上卖去，然后做中饭；中饭做好，送到菜市场，两人吃过饭，明亮卖菜，马小萌回去收拾家，编杯子套，接着做晚饭。晚上明亮收摊，把卖剩的菜拉回家，两人吃晚饭。吃过晚饭，明亮把收账的纸盒子端过来，开始盘账。一天生意做下来，除去批发菜的成本，还赚了七十五块三毛钱。明亮高兴地：

"你看，头一天，就赚了这么多。"

马小萌也高兴地："没想到，你还会做买卖。"

明亮："多亏这菜市场大，买菜的人多。"又说，"卖菜还有一个好处，卖不出去的菜，咱们可以自个儿吃，家里不用买菜了。"

马小萌编着杯子套："西安咱来对了。"

夜里，明亮抱紧马小萌："自出了那事，还没干过那事。"

马小萌："自出了那事，不是没心思嘛。"

两人绞在一起，明亮："老婆，你的舌头真长。"

马小萌："就长给你一个人。"

明亮使劲大动，马小萌在下边喊：

"老公，你真棒，痛快死我了。"

转眼三个月过去。这天傍晚，明亮正在菜市场卖菜，四海过来，对明亮说：

"从明天起，你滚蛋吧，你这摊位，让给别人了。"

明亮吃了一惊："四海哥，为啥呀？"

"不为啥，调整。当初你来卖菜，不也把卖甘蔗的老吴调整走了吗？"

明亮想着，自己没得罪四海呀。因四海经常在菜市场骂人，动不动就让人滚蛋，明亮也就没有当真。纳着闷回家，吃晚饭的时候，把这事给马小萌说了。马小萌说：

"你要不说这事，我就不给你说了，事儿出在我身上。"

"啥意思？"

马小萌说，当天下午，马小萌正在家里编杯子套，孙二货突然来了。原来他前两天回了一趟河南延津老家，知道马小萌过去在北京当过"鸡"，他从延津回来的时候，带回一张马小萌在北京当"鸡"时的卡片，趁着明亮去菜市场卖菜，找到他们租的小屋，要跟马小萌干那事。马小萌骂他，他掏出卡片说，不是没见过"鸡"，是没见过这样的舌头，给你钱不就行了？把马小萌捺到床上。马小萌扇了他一耳光，拿起剪子要扎他，他提上裤子跑了。明亮：

"真是知人知面不知心，说是老乡，没想到他这么坏。"

又说："明天再跟他算账。"

马小萌："我看这事还是算了，俗话说得好，人在屋檐下，不得不低头。他只要不赶咱走，咱就当没这回事。再说，我也没有让他占着便宜。"

又说："在这儿卖菜，也能赚着钱。"

明亮左思右想一夜，觉得马小萌说得也有道理。第二天凌晨三点，明亮仍蹬着三轮车，去北郊蔬菜站批发蔬菜。把蔬菜拉回道北菜市场，发现他的摊位，已经让一个卖干果的人占了，摊上摆满了板栗、花生、瓜子、榛子、腰果、核桃、开心果等；明亮：

"大哥，这是我的摊位呀。"

那人一开口，是东北口音："从今天开始，就是我的了，租金已经交了。"

"谁让你过来的？"

"孙经理。"

明亮觉得孙二货欺人太甚。明明是他欺负了明亮的老婆，回头又找明亮的不是。他们两口子好不容易从延津来到西安，没想到犯到他手里。事情坏就坏在，孙二货是他的老乡，也是延津人。如果他不是延津人，前几天不回老家，见不着马小萌的小广告，也就没有这些事了。明亮离开延津之前，找老董算过命，老董说离开延津，应该往西，谁知往西更不顺。明亮憋着一肚子气，去菜市场办公室找孙二货。孙二货和四海都在。明亮：

"老孙，不要欺人太甚。"

孙二货斜睨着眼睛："出啥事了？"

"别揣着明白装糊涂，把摊位还给我，咱啥事不说，不然，我就把事情摊开，昨天你为啥去我家？"

"既然摊开说了，我也明人不说暗话，想要摊位不难，答应我一个条件。"

"啥条件。"

"把你老婆的舌头，借我用一用。"

明亮想到孙二货坏，没想到他这么坏；说他老婆别的没什么，说到他老婆的舌头，明亮怒火中烧，抄起桌上一个茶杯，砸到孙二货头上。孙二货应声倒地，接着头上涌出了血。明亮吓了一跳，以为孙二货死了。没想到孙二货从地上爬起来，不顾擦头上的血，对四海说：

"四海，捺住他。"

四海把明亮死死捺在地上，孙二货把自己的裤子解开，掏出家伙，开始往明亮脸上撒尿，边撒边说：

"你老婆还没见过我的家伙，我让你先见一见。"

明亮在地上挣扎："你等着，我马上到菜市场喊去，让大家知道，你到底是个什么东西。"

孙二货："不用你喊，四海，去把他老婆的小广告，再印一千张，谁来菜市场买菜，发谁一张。"

四海："好嘞。"

明亮从菜市场回来，马小萌不在家，明亮先把脸洗了，接着从厨房拿出菜刀，在石头上磨起来。他想到孙二货坏，没想到他这么恶，对着他的脸撒尿，还要在菜市场撒马小萌的小广告。他准备拿刀回菜市场，把孙二货杀了。杀顺了手，顺便把四海也杀了。边磨刀边想，西安本来是他的躲难之地，谁知还不如延津，连武汉也不如，把他逼到了杀人的地步。明亮原本是个怕事的人，如今把人侮辱成这样，事情接着还没完，孙二货和四海还要撒小广告，继续侮辱他们，只能杀人了事。杀了人，他就变成了另外一个人。连人都敢杀，还怕什么？人还没杀，他就感到自己变了一个人。一边磨刀又一边想，把孙二货和四海杀了，他接着逃到哪里去。这时马小萌推开了门。明亮忙把刀藏到橱柜底下。马小萌进屋，靠在门框上，浑身哆嗦。明亮：

"小萌，你怎么了，孙二货又欺负你了？"

马小萌摇摇头。

"那你怎么了？"

"我刚才去医院了。"

"你怎么了？"

"恶心了半个月，我以为身体出毛病了，可一检查，我怀孕了。"

明亮愣在那里。

马小萌打开立柜，从立柜里拿出一个提包；提包里，装着马小萌冬天的衣服；马小萌从提包里拿出一件棉坎肩，从棉坎肩口袋里，掏出一银行卡，对明亮说：

"这卡上有十万块钱，你去银行取出来，咱们离开这菜市场，另谋一个营生吧。"

又说："这钱，也是我在北京挣下的，一直没敢动，也没对你说，是怕当时落下啥病，将来看病用；现在我怀孕了，不证明我没病吗？"

又说："在延津时，香秀要借钱，我没借给她；早知道这样，当时就借给她了。"

又说："离开道北区，去西安别的地方，没人知道咱是谁，西安比延津大，大有大的好处。"

又说："离开这里，还不是因为咱们在这里受了欺负，而是为了我肚子里的孩子，得让他永远不能知道，他妈年轻时干过什么。"

明亮听马小萌说了这么一番话，没提刚才与孙二货打架的事，也没提孙二货对着他的脸撒尿的事，也没提孙二货要撒马小萌小广告的事，也没提他接着要杀孙二货和四海的事——事后明亮想起来，正是马小萌肚子里的孩子救了他，没让他成为杀人犯——明亮推开屋门，一溜烟跑向邮局，给老家延津的同学董广胜打了个电话。电话通了，他告诉董广胜，让他告诉老董，马小萌怀孕了，请老董给孩子起个名字；有个名字叫着，孩子就好活了。董广胜在电话那头也很兴奋：

"这是好事呀，如果在延津，你得请客。"

明亮"嘿嘿"笑着："哪天你到西安来，我请你吃羊肉泡馍。"

"告诉我孩子的生辰八字。"

"还没生呢，哪来的生辰八字？"

董广胜："对了，还没生呢。"又说，"那我让我爸琢磨着起吧。"

这时明亮突然想起孙二货，对董广胜说：

"还有一个人，也让大爷帮我算一算，看能否想个办法，治治这浑球，他叫孙二货，老家也是咱们延津的。"

"他怎么你了？"

"他欺负我们两口子了，恶毒得很。"

"知道他的生辰八字吗？"

"不知道。"明亮突然想起什么，说，"我跟他现在是仇人，无法问出他的生辰八字，但他姑父是延津南街的，叫李全顺，你拐弯抹角打听一下，孙二货的生辰八字，不就打听出来了？"

董广胜："好主意。"

第二天，董广胜回电话，昨天明亮说的两件事，都让老董算了，如果将来马小萌生个男孩，名字叫鸿志，如果将来马小萌生个女孩，名字叫鸿雁；皆取志向远大的意思；孙二货的生辰八字也打听出来了，老董掐指一算，他上辈子是头猫精。

明亮："这俩名字取得好。"又问，"咋治治这头猫精呢？"

"我爹说，家里养条蛇，把孙二货的名字和生辰八字写到纸上，放到蛇笼子里。"

明亮明白，老董的意思，养蛇对付猫精，取龙虎斗的意思；又问：

"什么蛇？"

"我爹说，最好是眼镜蛇，越毒越好。"

接着董广胜又把他打听出的孙二货的生辰八字，告诉了明亮，让明亮记下来，好回头写在纸上，放到蛇笼子里。既然孙二货上辈子是头猫精，明亮也觉得养毒蛇是好办法，可这办法在明亮家里行不通。明亮倒不怕蛇，马小萌平日见一只壁虎，还吓得浑身哆嗦，如果在家里养一条眼镜蛇，没治着孙二货，先把马小萌吓着了；何况，她现在正怀着孕。于是就没有在家里养蛇。多少年后，明亮又明白，老董算出，让明亮养蛇，不但取龙虎斗的意思，明亮的妈，当年唱《白蛇传》，扮的就是一条白蛇，也许有让明亮他妈樱桃，助明亮一臂之力的意思。

· 六 ·

　　明亮和马小萌离开道北区，在西安南郊，租了一间门面房，开始开饭馆。这间门面房的主人是西安人，租金按年论，一年五万；租期需从三年起，接手就要交十五万；明亮和马小萌没有那么多钱，跟房主好说歹说，先交了两年的租金。明亮在延津炖过猪蹄，在西安也准备炖猪蹄；做起生意来，不显得手生。明亮对马小萌说：

　　"当初在延津'天蓬元帅'打工，我老觉得炖猪蹄没出息，到头来，还是猪蹄帮了我们。"

　　马小萌笑了："谁能想到将来的事呀。"

　　饭馆的名字，延津的猪蹄店叫"天蓬元帅"，西安的猪蹄店也叫"天蓬元帅"；延津的猪蹄店生意好，西安的猪蹄店也起这个名字，图个将来生意兴旺。从饭馆的窗户往外看，能望见大雁塔。这间门面房，过去就开过饭馆，桌椅板凳、锅碗瓢盆倒都是现成的；买来油盐酱醋，买来花椒大料，买来葱、姜、蒜、辣椒，再买来猪蹄和各种蔬菜，就可以开张；这也是两人当初看上这门面的原因之一。接饭馆当天，明亮和马小萌，打扫饭馆里外的卫生。明亮去门外擦拭窗户的玻璃，看到一条小狗，普通京巴，在门口趔趄，大概看这里开饭馆，来寻点儿吃的。明亮：

"去别处转转吧，这里还没开张呢。"

卫生打扫完，明亮蹬着三轮车，去南郊菜市场买油盐酱醋等各种作料、猪蹄和各种蔬菜，发现那只京巴，"坨坨"跑着，跟在三轮车后边。明亮：

"跟着我干吗呀？别再跟丢了，找不回家。"

京巴愣神想。明亮蹬着三轮车再走，它又"坨坨"跟在后边。明亮：

"你是条流浪狗哇？想让我养你呀？"

京巴点点头。

明亮突然想起什么，说："我养你可以，但有个条件。"

京巴看明亮。

明亮："你的名字，得叫孙二货。"

京巴点点头。

明亮下车，飞起一脚，将京巴踢到半空中："孙二货，我×你妈！"

孙二货从空中落下，"嗷嗷"叫着跑了。明亮愣着眼睛："我不敢养蛇，但我敢打狗。"

明亮从菜市场买完油盐酱醋等各种作料、猪蹄和各种蔬菜出来，发现孙二货又跟在三轮车后边。明亮：

"孙二货，别跟着我了，我留你，就是为了打你。"

孙二货蹲在地上，愣着头想；明亮再走，孙二货不跟了。

· 七 ·

明亮和马小萌的饭馆开张了，大厅里，放着七八张桌子；后厨，炖着一百多只猪蹄。但一天过去，没有一个客人来饭馆吃饭。第二天，仍没有一个人进来。第三天傍晚，狗在外边叫，明亮出门，看到一个人站在门外，在打量"天蓬元帅"的牌子；明亮打量这人，这人不是别人，竟是延津扫大街的郭宝臣的儿子郭子凯。郭子凯与明亮是小学和中学同学，如今在北京上研究生。明亮和马小萌的婚礼上，郭子凯专门从北京赶回来，给明亮当伴郎。自明亮和马小萌到西安来，没有老家延津人上门；因马小萌的事，两人也不愿意跟老家人来往；没想到第一个登门的延津人，竟是郭子凯。明亮上去打了郭子凯一拳：

210

"子凯，你咋摸来了？咋也想不到是你。"

郭子凯"嘿嘿"笑着："我去宝鸡看我一个老师，路过西安，就找你来了。"又说，"找到你真不容易，我从延津炖猪蹄的老黄那儿，打听到西安的樊有志，由樊有志那里，打听到你在这里开饭馆。"又说，"听樊有志说，你刚来西安的时候，在道北卖过菜，现在咋不卖菜，又干起老本行了？"

明亮："一言难尽。"

"饭馆生意咋样？"

"饭馆开张三天了，你是头一个客人。"

马小萌看郭子凯来了，也很高兴，忙下厨张罗了几个小菜，又端出一盆热腾腾的猪蹄：

"你们哥儿俩轻易不见面，赶紧喝两盅吧。"

明亮："几年过去，大家都各奔东西了，得喝，得喝。"

郭子凯搓着手："他乡遇故知，得喝。"

两人喝着酒，郭子凯告诉明亮，他研究生毕业，马上要去英国留学了。去宝鸡看那个老师，是他上研究生时的导师，也是他去英国留学的推荐人。老人家是陕西人，今年退休了，便从北京搬到了宝鸡，也是叶落归根的意思。明亮听说郭子凯要去英国留学，马上举起杯：

"那得再喝一杯，从小学到中学，咱们班同学里，数你有出息，要去英国留学了。"

郭子凯摇头："看你说的，同学之间，不论这些。"又说，"再说，出息不出息，有时也不在个人，在当时的条件。"

"啥意思?"

"当时在延津一中，你学习比我强啊，班里数你物理好，可惜到高中一年级，你不上了。"从挎包里掏出一本书，书破旧得卷边，连书皮都没有了，"这是你的物理参考书，看你在上边写的字。"

明亮拿过书，看习题空白处写道——字写得有些潦草：立足延津，放眼世界。另一空白处写道：让延津一中到牛津哈佛，天堑变通途。上边写的这些话，不是看到这书，明亮都忘记了。

郭子凯："看看，当时你志向有多大。"

又说："后来你退学了，临走时，把你各科的参考书都留给了我。"

又说："记得当时你的外号吗?大家都叫你'牛顿'。"

又说："如果你把学一直上下去，事到如今，说不定我们能做伴去留学了，你学物理，我学数学。"

明亮："不说这些了，我现在是个炖猪蹄的，这辈子，也就死锅前、埋锅后了。"

郭子凯："不能这么说，行行出状元。"又问，"知道当年我俩为啥好吗?"

"为啥？"

"我爹是个扫大街的，又好赌，好多同学看不起我。你跟我说：'你爹再差，你也比我强，我在延津连爹都没有。'"

不是郭子凯说，明亮把这话也忘记了；明亮忘记的话，郭子凯还记得；什么叫朋友，这就叫朋友了。朋友来时，还带着自己当年留给他的参考书。两人聊天，郭子凯始终没问明亮和马小萌为什么离开延津；马小萌的事，延津传得满城风雨，郭子凯来陕西之前，不可能不知道；知道了还来看明亮和马小萌，见面也不提这个话题，什么叫朋友，这就叫朋友了。两人说着喝着，越聊越多，这时狗在外边叫。明亮烦了，出来看，又是孙二货；明亮抄起墙根的棍子，一棍子抡上去，孙二货"嗷嗷"叫着跑远了。抬头看，天上的月亮升起来了。

这天晚上，空荡荡的饭厅里，明亮和郭子凯喝醉了。郭子凯什么时候离开"天蓬元帅"回的旅馆，明亮都不知道。

第二天早上，明亮打开饭馆的门，孙二货仍在门口卧着。明亮上去踢它一脚，孙二货"嗷嗷"叫着，一瘸一拐地跑了。这天中午，孙二货又在门外叫，明亮又要出去打它，出门，看到几个客人在打量"天蓬元帅"的牌子；明亮忙说：

"老字号，进去尝一尝，好吃不贵，不好吃不要钱。"

几个客人，也就进了饭馆。有了第一拨客人，其他客人从门外路过，见里边有吃饭的人，也跟着进来了。晚饭时，孙二货又在门外叫，明亮出门，又有客人在打量饭馆，明亮：

"百年老字号，进去尝一尝，不好吃不要钱。"

晚饭上的客人，比中午又多三成。夜里打烊，明亮去关饭馆的门，发现孙二货仍在门口卧着。这时明亮明白过来：

"孙二货，原来客人是你叫来的。"想起他小的时候，奶奶给他讲的黄皮子和牛的故事，心里一动，似悟出什么，便说，"孙二货，你想留下，你就留下吧，我今后不打你了。"

孙二货眼中涌出了泪。由一条狗身上，明亮开始感到西安亲了。

第三章

又二十年后

· 一 ·

这年三月的一天，明亮的手机上，收到一条短信：

陈明亮先生见字如面：孩提时代，我们曾是兄妹，之后一直断了联系，光阴荏苒，一晃四十多年过去。今冒昧打扰，不为别事，你父亲也就是我的继父陈长杰，从去年下半年起，患病在床；今年起，心肺功能出现衰竭，一直住在医院。继父和我母亲共处四十多年，也没生下一男半女，在这个世界上，他们最亲的人，也就是你和我了。从上个月起，继父梦中，常念叨你的名字。请见短信后，能来武汉一趟，父子相聚，以免人生留下遗憾。你的手机号码，我是从延津李延生叔父处求来的，

万勿见疑。顺祝一切安好。秦薇薇呈上

短信来时，明亮正在"天蓬元帅"西安第五家分店试吃猪蹄。二十年过去，明亮家的"天蓬元帅"，已经在西安开了五家分店。各分店和南郊大雁塔附近的老店一样，面积都不大，店铺里，能放十多张桌子。也有人劝明亮，猪蹄既然炖得好吃，大家爱吃，应该把店面做大，明亮不同意。明亮对马小萌说：

"咱得知道自己的深浅，咱俩都没文化，店面小了，咱把持得住；大了，非把自个儿搁进去不可。"

马小萌："你我都快五十的人了，不自个儿折腾自个儿。"

明亮："就是，人得知足，够吃够喝就成了。"

明亮有时会想，"天蓬元帅"当初能够开起来，用的还是马小萌的十万块钱；而这十万块钱，是马小萌在北京挣下的；说起来，这店从根上起，开得有些脏；接着用店滚出来的分店，也有些脏。但这些前因后果，明亮也就是想想，无法对人说，连对马小萌也无法说。有时到饭馆的后厨，看学徒在那里洗猪蹄，一筐一筐的猪蹄，从屠宰场运过来，都是脏的，猪脚上沾满泥，泥中糊着猪毛；但经学徒在水管下冲洗，把猪毛剔掉，又拿到水管下冲洗，猪蹄也就干净了；明亮三十多年前在延津也洗过猪蹄；猪蹄是这样，其他事也是这样吧；

干净都是从不干净来的，也许万物同理，明亮摇头感叹；但这感叹，也无法对人说，明亮也就埋到心底不说了。长时间不说，渐渐也就不理会了。

第五分店开在灞桥，聘请的店长叫马皮特，是马小萌的娘家侄子。前年，他从河南过来，投奔明亮和马小萌。从河南来时他叫马奇，从去年开始，他改名马皮特。二十年前，因为马小萌的事，明亮和马小萌与老家的亲戚朋友断了来往，转眼二十年过去，马小萌快五十的人了，儿子都已经十九岁了，大家已把过去的事忘了，与亲戚朋友，也就慢慢恢复了来往。马奇刚来西安时，在第二分店当服务员，后来当领班，现在见"天蓬元帅"开第五家分店，哭着喊着，要当店长。马小萌对明亮说：

"他哭着喊着要去，要不让他试试？"

明亮："他想上进是好事，试试就试试，一个店长，也不是内阁总理大臣。"

又说："试好了就当，试不好，还回去当领班。"

每家分店开业，炖出第一锅猪蹄，明亮都去试吃。一口猪蹄吃下去，就知道炖得够不够火候，够不够滋味。明亮来到第五分店，发现服务员改了服装，个个穿得跟空姐似的；店里墙上，贴着许多花花绿绿的标语：

第五家分店，一千多万只猪蹄的积累。

天蓬元帅，猪的祖宗。

没吃过猪肉，见过猪跑；

咋跑？吃了就知道。

都是胶原蛋白，仅供美容养颜；

据说，杨贵妃天天吃猪蹄。

……

看着服务员的装束和墙上的标语，明亮笑了：

"马奇，过不过呀，不就卖个猪蹄吗？"

马奇这名字，只有明亮叫，他才答应；别人叫，他就不高兴了，要么叫他马总，起码叫他皮特；在公众场合，马皮特也不喊明亮"姑父"，而是正儿八经喊"陈总"；马皮特：

"陈总，不过，这就叫开拓进取。"

"你咋知道杨贵妃天天吃猪蹄？"

"据说，我说的是'据说'。"

明亮在桌前坐下，马皮特用盘子，把刚炖好的一只猪蹄端上来。明亮吃之前，先用筷子在猪蹄上插了插，看炖的火候；又用筷子，把猪蹄分撕开，撕成八瓣，翻来覆去打量。打量半天，没吃，而是说：

"再端上一个。"

218

马皮特不解其意："陈总，啥意思？"

"让你端你就端。"

马皮特只好又端上一个，明亮用筷子把这只猪蹄又分撕成八瓣，翻来覆去打量。打量半天，又说："再端上一个。"

马皮特狐疑地又端上一个，明亮又用筷子把第三只猪蹄分撕开，翻来覆去打量。接着把筷子扔到桌子上，看马皮特。马皮特：

"陈总，火候炖得不到位？"

"火候炖得正好。"

"颜色差点意思？"

"着色也挺好。"

"那您为啥不吃呢？"

明亮捡起筷子，又把三只猪蹄翻开，用筷子点着：

"你看，三只猪蹄里都有猪毛。"

又说："一只有是偶然，三只个个有，证明所有猪蹄的毛都没剔干净。"

又说："连猪毛都剔不干净，猪蹄炖得再透，颜色着得再好有啥用呢？"

又指指服务员，指指墙上的标语："猪蹄炖不好，你们穿成这样，写成这样有啥用呢？"

又说："把今天炖的猪蹄全部倒了，明天重新炖，这店明天再开张。"

马皮特面红耳赤，先对后厨骂："×你大爷，是谁拔的猪毛?把他给我开了。"又对明亮嘟囔："把几百只猪蹄都倒了，多可惜呀。"又说，"今天开业，我还请了好多朋友来捧场呢。"

明亮："朋友不来还好，朋友来了，吃了一嘴猪毛，砸谁的牌子呀?"拍了一下桌子，"砸的不是你的牌子，是'天蓬元帅'的牌子。"又看马皮特，"你觉得你当这个店长够格吗?"

马皮特面红耳赤："陈总，怪我一时粗心。"又说，"请陈总放心，我保证，以后再也不会出现这种情况。"

明亮："光嘴上说没用，从今天起，你去后厨拔猪毛，啥时候把猪毛拔干净了，啥时候再当店长。"又说，"当年我在延津的'天蓬元帅'，也拔过一年猪毛。"

马皮特噘着嘴不高兴。这时明亮的手机"呗"的一声，进来一条短信，这短信，便是武汉秦薇薇发来的。看秦薇薇在短信中的用词，明亮知道秦薇薇比他有文化。

"天蓬元帅"老店——用马皮特的话说，就是旗舰店——东边是大雁塔，西边过去是一片庄稼地，春天长起来的是麦子，秋天长起来的是玉米;后来，这里开发新区，盖起一幢幢高楼;明亮在"天蓬元帅"旁边的一幢高楼里，买了一套房子。晚上，明亮回家吃饭，先把马皮特的事给马小萌说了。马小萌：

"他已经打电话给我说了，哭了。"

"他去之前，我就跟他交代，把事情一次性做好，万不可大意，他还是当耳旁风，我让他拔猪毛去了。"

"让他磨挫磨挫也好。"马小萌又说，"电话里还不服呢，说这么点小错，被你抓住了，小题大做。"

明亮："咱们普通人，能犯多大的错误呀？卖猪蹄的，猪蹄里都是猪毛，事儿还不大呀？"

又说："不光是猪毛的事，躁，得熬熬他的性子。"

又说："这话别告诉他，话一说透，话就没劲儿了，他就不当回事了；先窝着他，让他好好拔猪毛。"

马小萌："放心，我不傻。"

这时明亮拿出手机，让马小萌看秦薇薇的短信。马小萌看后说：

"这倒是大事，虽然四十多年没联系了，毕竟是爸，现在病了，你怕是得过去。"

"我也这么想。"

"我跟你一块儿去吧。"

"你跟我去当然好，路上能有一个伴，可家里这么一大摊子事，又刚开了个分店，咱们都走了，遇到事，怕他们没个主心骨。"

马小萌想了想，说："那你一个人去吧，路上注意安全。"

明亮又交代："新开的这家分店，你先去支应几天，等我从武汉回来，再看谁去当店长合适。"

马小萌："知道了。"

明亮坐火车去了武汉。秦薇薇在电话里说，担心明亮在
武汉不熟，她会去车站接他；双方四十多年没见过面，怕见
面认不出来，她会举一个牌子，上边写"陈明亮"三个字。
明亮在武昌火车站下车，出了验票口，果然在人群中，看到
"陈明亮"的牌子。举牌子的是个中年妇女，微胖，戴黑边
眼镜。两人相认之后，秦薇薇收起牌子，两人往外走。边走，
秦薇薇边说：

"四十多年没见了，有件事，咱得先商量一下。"

"啥事？"

"咱们之间，相互咋称呼呀？"

"我都行，看你。"

"小时候，咱都没叫过'哥'和'妹'，四十多年过去，都这么大岁数了，突然再叫，别扭不别扭？"

"别扭。"

"哼哈说话，'那谁'，也显得没礼貌。"

"要不，就叫各自的名字吧。"

"你比我大，你叫我的名字行，我叫你的名字，显得不懂事。"

"那怎么办呢？"

"你孩子叫个啥？"

"我有一个儿子，叫陈鸿志。"

"我有一个女儿，叫赵晨曦。要不，就叫鸿志他爸和晨曦她妈，你看成吗？"

明亮笑了："晨曦她妈，你脑子比我好使。"

"如果我脑子比你好使，为啥我是个普通职工，你是大老板呢？"秦薇薇又说，"你的情况，我从李延生叔父那儿都打听过了。"

"什么大老板，就是个卖猪蹄的。"

"还有包饺子，包成了上市公司呢。"

明亮便问，秦薇薇在武汉做什么工作，秦薇薇说，她在武汉机务段后勤处财务科当会计。又说，这工作，还是二十多年前，她舅姥爷临死前安排的。明亮想起，她的舅姥爷，就是后妈秦家英的舅舅，当年在武汉机务段当过段长；舅姥爷已经死了二十多年了，一切都物是人非了，也就没再多问。两人坐上出租车，秦薇薇让出租车往武汉机务段职工医院开去。从车窗往外看，武汉的大小街道，一幢幢高矮不一的大楼，明亮都感到陌生，好像四十多年前，武汉不是这个样子。其实四十多年前这些地方是个什么样子，四十多年间这些地方发生了什么变化，明亮也不知道；因为这些地方，四十多年前他根本没有来过；从三岁到六岁，他待过的武汉，就是机务段宿舍，和后来他们家在汉口住的地方；别的地方很少去过。记得机务段宿舍前边有个大礼堂，后边是个大食堂；后来陈长杰和秦家英结婚了，他们家住在信义巷；出来信义巷是大智门，从大智门往左是三德里，往右是天声街；过去天声街是义和巷，再远就不知道了。有些特殊的事情，四十多年后还能记得。譬如，上小学一年级时，语文老师教生字教到"雪"字，老师领着大家读：雪，大雪，风雪交加。由于武汉冬天很少下雪，下，也是零零星星，早上下，中午就停了，班上有学生问：老师，雪下多大是大雪呀?老师：雪下大了就是大雪，我们学的是字，跟着念就是了；明亮是从延津来的，延津的冬天，常有大雪和风雪交加，明亮读到"大雪"时，似乎听到鹅毛大雪落到延津街头的声音；又想起他两岁那年，雪下了三天三夜，早上天晴了，奶奶把枣糕搁到

225

独轮车上，把明亮抱到独轮车上，奶奶推着独轮车去十字街头卖枣糕；走到路上，独轮车滑倒了，枣糕撒了一地，明亮也倒在雪地上。奶奶和明亮没顾上拾枣糕，共同哈哈大笑起来。明亮还记得，武汉人把吃早饭叫"过早"。出租车路过长江大桥，四十多年前，明亮来过长江和长江大桥，但发现如今的长江和长江大桥，和四十多年前也不一样了。秦薇薇说，我们路过的大桥是长江三桥；又指着远处的几座大桥说，那是长江二桥，那是长江一桥；我们小时候，只有长江一桥。

到了武汉机务段职工医院，上了五楼，秦薇薇带明亮进到一间病房。病房里有五张床位，病人都住满了。秦薇薇把明亮领到最里边一张病床前。病床上坐着一个老头，一脸黑斑，披着棉袄在喝水。如果不是在医院，在其他任何地方碰到，明亮认不出这是他爸陈长杰。明亮脑子里的陈长杰，不是这个模样。老头见了明亮，也没认出他是谁，没有说话；经秦薇薇说，陈长杰才睁大眼睛：

"明亮?你咋来了?"

又问："谁让你来的?"

秦薇薇在旁边说："爸，我让他来的。"

陈长杰病床旁，站着一个老太太。老太太打量着明亮，明亮还能认出来，这是后妈秦家英。秦家英年轻时瘦，现在还瘦。明亮主动喊：

226

"妈。"

秦家英眼圈红了："都四十多年了。"

明亮："可不，我也快成老头了。"

"当年你说跑就跑了，可把我吓坏了。"

"当时年龄小，不懂事。"

秦薇薇："当年的事，就不要说了。"

明亮："我爸咋得的病？"

陈长杰："老了。"

秦家英："什么老了，气的。"

明亮："谁气的？"

陈长杰忙截住说："明亮刚来，就别说这些事了。"

秦家英就闭上嘴不说了。

这时病房外有人喊："开饭了，各床出来打饭。"

秦家英拿起床头柜上的饭盆，对明亮说：

"我多打点，你也在这儿吃吧。"

明亮："我都行。"

秦薇薇："他刚到武汉，我请他到外边吃吧。"

秦家英："对对对，去外边吃，吃得好些。"

说着，秦家英出去打饭了。这时一个护士进屋说：

"三十五床的家属，该续费了，去一楼缴费。"

秦薇薇对明亮说："说的是我们，你等着，我缴费去。"

秦薇薇拿起挂在床头的挎包，出门缴费去了；护士出门，明亮跟护士来到护士站，悄声问：

"三十五床住院，已经花了多少钱？"

护士："十八万多吧。"

秦家英打饭回来，秦薇薇缴费回来，秦家英招呼陈长杰吃饭，秦薇薇带明亮去街上吃饭。两人走在街上，秦薇薇问：

"鸿志他爸，你想吃个啥？"

明亮想起小时候在武汉爱吃的，便说："热干面，武昌鱼。"

秦薇薇笑了："这两样东西，不在一个店里卖呀。"

"那就热干面吧。"

走着说着，两人到了一家卖热干面的饭馆前。饭馆门头上挂着"三镇第一家"的横匾；两侧门框的竖匾上，雕刻着一副对联。上联是：生意做烂不如做饭；下联是：做饭做遍不如做面。秦薇薇指着这家面馆问：

"这个饭馆还记得不？"

又说："当年过中秋节，我们一家四口，来这里吃过。"

明亮看着饭馆，却一点记不起来，当年跟他们在这里吃过饭；但对门框上的对联，似乎有些记忆，因为对联上有许多字，当时明亮还不认得，记得陈长杰指着对联教他认字；但门前有对联的饭馆多了，当时陈长杰指的是不是这家饭馆

228

的对联，又记不准了。说起当年吃东西，他倒突然想起，有一天下午放学，陈长杰去学校门口接他，穿的还是在火车上的工装；平日陈长杰老出车，很少到学校接他；明亮放了学，都是自个儿背着书包回家。陈长杰接上他，没往信义巷走，而往相反的方向走。明亮：

"爸，这不是回家的路。"

陈长杰不说话，就是拉着他的手往前走。过了几条巷子，到了长江边，陈长杰从提包里掏出一只烧鸡，一撕两半，递给明亮一半：

"吃吧。"

又说："我出车路过符离集，在站台上买的。"

又交代："回家别说。"

明亮点点头，两人坐在长江边，埋头吃起烧鸡。一直到吃完，两人一句话也没说。

进了热干面馆，因是饭点，饭馆里坐满了人；秦薇薇从裤子口袋里掏出一塑料袋，塑料袋里装些零钱；秦薇薇先让明亮坐在一张桌子前占座，她去柜台前买饭；一时三刻，用托盘端来两个凉菜：一盘酱牛肉，一盘芹菜拌花生米，和两碗热干面。两人吃着饭，明亮问：

"刚才在医院，妈说爸的病是气的，咋气的？"

"自个儿把自个儿气的。"

"啥意思?"

"爸这一辈子，是个老实人，对吧?"

"对。"

"当了一辈子老实人，开了一辈子火车，前几年退休了，有主意了。"

"啥意思?"

"老想发财。他有一个朋友叫老邢，也是司炉出身，也退休了，撺掇爸跟他一起做生意。爸便拿出他一辈子的积蓄，也就五十多万块钱，跟着老邢折腾；两人一块儿开过饭馆，也是做热干面，开过洗车店，加工过铁门，开过修脚铺，倒卖过水产品，想起一出是一出，干啥赔啥。最后手头剩五万块钱，又被老邢骗走了。"

"老邢呢?"

秦薇薇："找不着了。"又说，"赔钱是一方面，关键是，手里最后剩的几万块钱，又被他朋友骗走了，两头夹击，于是就气病了。"又说，"你也知道，爸心量不大。"

明亮明白了，点点头。同时发现，秦薇薇吃饭时，右手用筷子夹菜，左手一直攥着装钱的塑料袋。明亮：

"晨曦她妈，我想说一件事。"

"啥事?"

"药费的事。"

"啥意思?"

"从今往后，爸在医院的花销，不管住多长时间，除了机务段该报销的，剩下的由我来付。"

"鸿志他爸，叫你来，不是这意思。"

"我在西安开饭馆，虽是小本生意，每月都有进项，这些药费，我还付得起；如果付不起，我也就不来了。"

这时秦薇薇叹口气："鸿志他爸，喊你来，就是这意思。"又说，"不瞒你说，我家那口子，是个无业游民，整天最爱干的事，是到门口的杂货铺跟人家聊天。我说，你跟人家聊了一天，人家卖了一天东西，你得了个啥?你来了，我都不好意思让他见你。我就一个小职员，妈是搪瓷厂的退休职工；咱爸一辈子是个铁路员工，好多药不能报销；住院这花销，家里实在是负担不起，又不敢对咱爸说。"又说，"那也不能让你全出，咱俩每人一半吧。"

"晨曦她妈，我是个实在人，不喜欢绕圈子，如果我全拿了，你觉得面子上过不去，咱可以每人一半；如果不是这个原因，就不要争了。"

秦薇薇想了想："那就你出三分之二，我出三分之一吧。爸开火车，毕竟把我也养大了。"

明亮："都成，我听你的。"

秦薇薇："还有一件事，今天晚上，你想住在爸妈家吗?"

又说，"听说你要来，妈已经把床铺给你收拾好了。"

明亮："爸和妈，还住在四十多年前的房子里吗？"

秦薇薇点点头："妈说，还让你住在你我小时候住过的房间。"

明亮："我还是在医院附近找个旅馆住吧。"又说，"一来照顾爸方便，二来洗洗涮涮，我也方便些。"

秦薇薇："好吧，我听你的。"

明亮："今天晚上，你和妈也歇一歇，我留在医院值夜班。"

当天晚上，秦家英和秦薇薇回家休息了，明亮留在病房值夜班。病房里有五个病人，晚上，护士进来让病人们吃药，给有的病人挂吊瓶；护士走后，五个病人的家属，分别照顾各自的病人上厕所，洗漱，上床歇息。明亮也扶着陈长杰上厕所和洗漱。陈长杰患心肺衰竭，走路有些发喘；回到床上，他喘着气对明亮说：

"明亮，我这儿没事了，你也回家歇着吧。"

陈长杰说的家，当然是陈长杰和秦家英的家了。他不知道午饭之后，明亮已经在医院附近的旅馆开了房间。明亮想住旅馆而不想住在陈长杰和秦家英的家里，除了在旅馆洗洗涮涮方便，更重要的是，四十多年前，那个家里，亲妈樱桃曾经来过；接着，在西郊一间柴草屋里，他看到妈被钢针钉在木板上，遍体鳞伤；那个家，明亮不想再回去了。但这事明亮无法向陈长杰解释，中午也没有对秦薇薇多说；只是说：

"爸，你睡你的，不用管我。"

又说："轻易不见面，让我在这儿待会儿。"

陈长杰不再勉强。

一夜无话。第二天一早，护士进来查房。明亮扶着陈长杰去卫生间解手，去盥洗间洗漱，回来，把喘气的陈长杰扶到床上，护士喊打饭，明亮去走廊饭车前打了两份饭，回来和陈长杰一起吃。吃完饭，明亮把饭盆拿到盥洗室洗干净，回到病房，护士又进来让病人吃药，接着是医生查房。上午，看窗外有太阳，明亮问护士，能不能扶陈长杰下楼晒晒太阳。护士说，晒太阳是好事，但别让病人着风。明亮说，知道了，便扶陈长杰到楼下去。医院院子里有一个小花园，小花园里有几条长椅，明亮扶陈长杰到长椅前坐下。扶陈长杰到这里，说是晒太阳，其实明亮是想找个僻静的地方，跟爸单独说说话。但两人真单独坐在一起，一时又不知说些什么，两人就在那里干坐着。沉默一阵，陈长杰突然问：

"我做生意赔了这事，她们给你说了吧？"

她们，指的是秦家英和秦薇薇了。明亮点点头。

陈长杰："我就知道她们会说。"

又说："说就说吧，我已经不怕丢人了。"

又叹了口气说，"事到如今，我无法怪别人呀。"

又说："你爸这辈子，就活了一个字，穷。当司炉，开火车，没明没夜，加班加点，一辈子干的活，比拉磨的驴少不到哪里去。老了老了，安于贫困多好，但是不服，想去做生意赚钱，到头来，就成了现在这个样子。"

又说："爸这辈子多失败呀，把自己活成了笑话。"

明亮倒劝："爸，话不是这么说。"

"我知道，她们把你叫过来，是想让你出医疗费。我们四十多年没见，见面就让你花钱。"

"爸，从六岁到十六岁，我在延津上学，你背着我后妈，也花了十年钱；现在，就当我还那十年的钱吧。"

陈长杰："你要这么说，我想打自己的脸，没能力让你把高中上完。"叹了口气，"有时候，我想见见李延生。"

明亮拿出手机："要不，我给他打电话，让他到武汉来一趟？"

陈长杰止住明亮："见了，说啥好呢？当年我把你交给他，我一断学费和生活费，他让你炖猪蹄去了。"

"当年，都是身不由己。"明亮说。

"可说呢，见面都不好意思。"陈长杰又说，"说来说去，还是怪我没出息。"

接着，陈长杰问起明亮老婆孩子的事，明亮一一告诉了他。陈长杰：

"你给我出医疗费，不用背着你老婆吧？"

"不用，我在家里能做主。"

陈长杰叹息："你比我强。"

明亮想，他所以比陈长杰强，给陈长杰出得起医疗费，还得感谢当年学会了炖猪蹄；而当年自己去延津"天蓬元帅"学炖猪蹄，还是因为陈长杰断了他的学费和生活费；四十多年过去，事情的前因后果是这样的，也让明亮哭笑不得。这时想起另一件事，明亮问：

"爸，这里就咱们俩，我想问你一件事。"

"啥事？"

"四十多年前，我妈到底是咋死的？是像大家说的，因为一把韭菜吗？"

陈长杰又咳嗽起来，咳嗽得面红耳赤。明亮赶紧给他捶背。待咳嗽止住，陈长杰喘着气说：

"是因为韭菜，也不是因为韭菜。"

"啥意思？"

"那天，我们是因为韭菜吵的架，但我离开家的时候，就看出她眼神不对；看到她眼神不对，我还是走了。后来她就上吊了。"

又说："两人天天吵架，也许，我在心里，早盼着她死了。"

又说:"亲人之间有了怨恨,有时候比仇人还狠呀。"

又说:"虽然她是自杀,其实是我杀了她。"

明亮心里一震,四十多年间,他一直把樱桃上吊的责任,归结到他出去喝汽水上;谁知四十多年前,陈长杰也有责任;或者,这责任是共同的,是他们父子俩,陈长杰和明亮,共同把樱桃杀了。明亮在心里叹了一口气。陈长杰喘着气说:

"我这一辈子,有两步走错了。"

明亮看陈长杰。

"头一步,当年在延津豫剧团,演《白蛇传》的时候,不该给你妈和李延生说戏。"陈长杰喘口气说,"不说戏文,就找不了你妈。"

明亮没说话。

"第二步,到了武汉,五一劳动节,机务段搞联欢,你还记得不?"

明亮想了想,点点头。

"车务处的节目断了,我不该逞能,上去唱《白蛇传》。不唱,就找不了秦家英。"

明亮没有说话。但在心里想,陈长杰不找樱桃和秦家英,就他的状况,四十多年前,还能找着谁呢?或者说,就他的状况,找谁不一样呢?但明亮不能这么给陈长杰说,也就没有说话。

明亮在武汉住了一个礼拜，看陈长杰病情稳定——他问了医院的医生，医生说，陈长杰这种病，时好时坏，现在看病情稳定，也许突然就会有危险；病情不发生陡转，也许一年半载还是这样。听医生这么说，明亮在西安还有一大摊子事要张罗，"天蓬元帅"第五分店刚刚开张，他不能老在武汉待着，便与秦薇薇商量，他准备返回西安。秦薇薇也同意他走：

"鸿志他爸，咱爸就这样了，你走你的，照顾咱爸，有我和妈呢。"

又说："你出了一大半医疗费，我心里已经松快多了。"

明亮："晨曦她妈，话不是这么说，照顾病人，比出钱麻烦多了。"

回西安的前一天夜里，明亮在旅馆睡觉，梦里听到一个女人说话：

"你忘了你说的话了吧?"

"啥话?"

女人的声音："六岁时说过的话。那年，我帮你把你妈救了，你把你妈扔到了长江里。"

明亮突然想起，当年他妈樱桃来到武汉陈长杰和秦家英家里，后来被钉在西郊一间柴草屋里；一只萤火虫给明亮带路，找到这间柴草屋，明亮把妈救了出来。这只萤火虫当年说，几十年后，明亮再来武汉的时候，要帮它一个忙。如今，这只萤火虫找他来了。明亮说：

"你不说，我还忘记了；你一说，我就想起来了。"

女人的声音："当年，我带路把你妈救了，现在你也得救救我。"

"你是谁呀？"

女人的声音："马道婆。"

"马道婆是谁？"

"当年，用钢针扎你妈那个人。"

明亮不解："既然扎我妈的是你，你为啥还要变成萤火虫救我妈呢？"

马道婆："扎你妈的是我，救你妈的也是我，正所谓放下屠刀，立地成佛。"

明亮愣在那里。似乎解透了这个道理，又似乎没解透。他问：

"事到如今，我咋救你呢？"

"带我离开武汉。"

"为啥呢？"

"给人扎了一辈子小人，也算罪孽深重；如今死也死了，该离开这是非之地了。"

"这事，你当初为啥找我呢?"

"当时你才六岁，想着四十多年后还身强力壮，当时要找个成年人，四十多年后，不知他们的死活呀。"

"咋带你离开武汉呢?"

马道婆："我已经像当年的你妈一样，附到了自己的照片上，你把我的照片，带走就行了。"

"我接着要回西安呀。"

"只要离开武汉，去哪儿都成。"

明亮明白，原来，冥冥之中，这才是他来武汉的缘由;突然想起什么，问:"我爸的病，不是你作祟的，用他把我引过来的吧?"

"那倒不是，他的病，是他自己作的。"

"你的照片，如今在哪儿呢?"

马道婆:"在黄鹤楼。"又说，"黄鹤楼后山上有一个凉亭，我的照片，就藏在凉亭右后角柱子下边。"

明亮问:"马道婆，你啥时候去世的呀?"

"三年了，天天都在等你。"

明亮醒来，打开灯，看了看表，已是凌晨三点。

明亮起身，穿好衣服，出了旅馆，拦了一辆夜间出租，去了黄鹤楼。他记得在汉口上小学时，学校组织活动，他随着几百个小学生去黄鹤楼参观过。后来他奶奶来武汉，陈长

239

杰也带奶奶和他去过。待出租车停到黄鹤楼山坡下，他下车，远远打量黄鹤楼，和四十多年前记得的模样，完全不一样。夜间，周边一个行人也没有。黄鹤楼的大门，夜间是关闭的，但明亮走到黄鹤楼大门前，大门竟自动开启了，明亮便知道这是马道婆的功力，说明马道婆的照片，果然藏在这里。明亮爬上山坡，来到黄鹤楼前，趁着月光，看到大门两侧的两行字：昔人已乘黄鹤去，此地空余黄鹤楼。转到黄鹤楼后山上，山坡上果然有一座凉亭，马道婆说，她的照片，藏在凉亭右后角的柱子下边。但这凉亭稳如泰山，柱子如何拔得动？但明亮一摸柱子，这柱子竟自己动了；拔着柱子，如同拔一棵草；又看着凉亭，变成了一个可以拿在手中的模型；又看前边的黄鹤楼，黄鹤楼也变成了一个模型。将凉亭移开，在右后柱子下边，果然看到一幅照片。但照片上，竟是一个四五岁的小女孩，头上扎着红头绳。明亮不禁问：

"马道婆，这是你吗？"

马道婆的声音："这是小时候的我。"

明亮拿起照片，把凉亭放回去，凉亭马上又变回原来的模样；往前看黄鹤楼，黄鹤楼又变成长江边上那座高耸入云的黄鹤楼。

明亮："到了西安，我把你的照片放到哪儿呢？"

照片上绑着红头绳的小女孩："记着，找一个高处。"

第二天一早，明亮去医院病房，跟陈长杰、秦家英和秦薇薇告别。秦家英：

"好不容易来一趟，多住几天吧。"

秦薇薇："让鸿志他爸回去吧，他在西安，还有一大摊生意要张罗呢。"

陈长杰点头："还是回去吧，你回去把饭店开好，我在这里养病才能踏实。"

说完，看了秦家英和秦薇薇一眼。明亮发现，自明亮来武汉之后，陈长杰在秦家英和秦薇薇面前，腰杆似乎硬了许多；为什么硬？因为明亮出了一大半的医疗费。这话有些难听，但实际情况就是这样。如果明亮在西安不开饭馆，至今还是穷人，说不定秦薇薇也不会通过延津的李延生找到他，通知他到武汉来了；那样，一直到陈长杰死，他也见不上父亲了。明亮：

"我回西安张罗张罗手头的事情再来。"

陈长杰："等我病好了，也去西安看一看。"

明亮："太好了，到时候你跟妈和晨曦她妈一起来，我带你们去看看大雁塔，看看兵马俑，带你们吃吃羊肉泡馍。"

秦家英："也去你店里吃吃猪蹄。"

大家笑了。谁知一笑，陈长杰又用力咳嗽起来，咳得满脸通红；咳了五六分钟，还没消停下来。秦薇薇赶紧去叫护士。护士过来，把氧气面罩给陈长杰戴上了。明亮看着戴面罩的陈长杰：

"要不我停两天再走？"

陈长杰挥着手，在面罩里说："你走你的，我就是这样了，一时半会儿死不了。"

明亮也就离开了医院。坐在出租车上，明亮想，看陈长杰的样子，一时半会儿死不了，但一时半会儿也好不了；躺在医院维持活着可能，恢复健康是不可能了；他说等病好了要去西安，看来西安他去不了了；陈长杰去不了西安，但明亮身上装着马道婆的照片，马道婆倒是跟他去了西安。世事如此难料，明亮不禁感叹一声。

明亮回到西安，从火车站出来，没有回家，让出租车把他拉到秦岭。他攀上秦岭，放眼望去，一道岭后边，又是一道岭；一片森林后边，又是一片森林。明亮把扎着红头绳的小女孩的照片从口袋里掏出来，问：

"马道婆，把你放到这儿行吗？"

照片上绑红头绳的小女孩说："行。这里高不说，风景也好。"

明亮突然想起什么："马道婆，临分手时，我想问你一件事。"

绑红头绳的小女孩："啥事？"

明亮："当年，我把我妈的照片，扔到了长江里，四十多年我老在心里问，我妈顺着长江去哪儿了？"

绑红头绳的小女孩："我的法力就在武汉，她出了武汉，我也不知道哇。"

明亮叹了口气，又突然想起什么，问："我妈去哪儿了你不知道，现在我把你带到陕西，你这是要去哪儿呀？"

绑红头绳的小女孩："去来的地方呀。"

明亮："来的地方不是武汉吗？"

绑红头绳的小女孩："我说的来，不是这个来呀。"

明亮："那是哪个来呀？"

这时一阵山风刮起，山间所有森林都响起了松涛；绑红头绳的小女孩着急地说：

"别问东问西了，说了你也听不明白，快点放我走吧，让我也借个好风；错过这个时辰，说不定风就没了。"

明亮："既然这样，你多保重。"

明亮一松手，照片上的小女孩，随着风，飘到了天空；接着上下翻飞，飘进森林中，一阵阵松涛声中，渐渐就看不见了。

·三·

掐指算来，孙二货已经死了五年了。记得它死前三天，开始不吃东西。二十年前，孙二货刚来明亮家时，喜欢吃猪蹄。当然不是刚从锅里捞出来的猪蹄，是来店里吃饭的客人，吃猪蹄吐出的骨头；客人走后，饭馆打烊了，明亮把客人吐出的骨头，倒进孙二货的狗食盆里。后来孙二货不爱吃猪蹄骨头了；"天蓬元帅"除了炖猪蹄，还卖其他凉菜、炒菜和酒水，凉菜里有一道菜是菠菜拌鸡肝；饭店打烊后，有时明亮也把客人吃剩的鸡肝，和猪蹄骨头一块儿倒进狗食盆里，孙二货扒开猪蹄骨头，专挑鸡肝吃。明亮上去踢它一脚：

"孙二货，你还腐化了？"

那时，每天天不亮，明亮要去南郊菜市场批发猪蹄、鸡鸭鱼肉和各种蔬菜，马小萌要去饭馆张罗锅灶，去饭馆张罗锅灶之前，先得把他们的儿子鸿志送到幼儿园，两人没工夫遛狗；明亮家住一楼，房后有一小花园，明亮便在房子的后门，用锯子旋出一个狗洞。孙二货知道每日早晚，从狗洞里爬出来，自己跑出去拉屎撒尿。白天，它自己从家里跑到"天蓬元帅"；晚上，它自己从饭馆跑回家。一天晚上，饭店打烊了，明亮和马小萌从饭馆回到家，刚坐下吃饭，孙二货从狗洞钻回家，来到饭桌前，在饭桌底下衔明亮的裤腿，拉他往外走。明亮踢了孙二货一脚：

　　"吃饭呢，自己出去玩。"

　　孙二货还衔明亮的裤腿；明亮不知它要干什么，只好站起来跟它走。出了家门，孙二货在前边跑，边跑边回头看明亮；明亮跟着它，它把明亮领向"天蓬元帅"。到了饭馆，明亮发现，饭馆门缝里，正往外淌水。明亮打开门，屋里已经被水淹了，明亮蹚着水，来到后厨，原来洗猪蹄的老曹，忘记关水槽子的水管了；水哗哗流着，漫过水槽子，淌到地上。如果这么淌一夜，水在屋里越积越多，说不定把饭馆的冰箱、各种橱柜，储物间里的米面油盐、几百只猪蹄、鸡鸭鱼肉和各种蔬菜，还有墙壁上各种电插头都泡坏了。明亮赶紧把水管关上，这才明白孙二货跑回家衔他裤腿的用意。明亮拍拍孙二货的脑袋：

"孙二货，你知道顾家了。"

孙二货仰脑袋看着他，咧嘴笑笑，转头跑开了。第二天，明亮把洗猪蹄的老曹骂了一顿：

"有没有脑子，连只狗都不如。"

还有一次，明亮晚上和朋友喝酒，几种酒掺着喝，喝得不省人事，第二天起不来床，一直在屋里昏睡。到了上午十一点，孙二货见明亮没来饭馆，便从饭馆"坨坨"跑回来，从狗洞钻回家，边"汪汪"叫着，边挠明亮的门；明亮仍在昏睡，没有回音。孙二货够不着门的把手，又从狗洞里钻出来，疯狂跑回饭馆，衔马小萌的裤腿。马小萌随孙二货回到家，打开卧室，明亮还在昏睡。马小萌赶紧打电话叫来店里的员工，把明亮送到了医院。经过抽血化验，医生说，明亮血管里酒精的浓度，已经高达二百八；医生赶紧给明亮输液冲血管；医生说，幸亏送医院送得及时，如果一直让他昏睡，他会昏死过去。明亮出院后，马小萌把孙二货喊她回家，及时把明亮送医院的事说了。明亮对孙二货说：

"孙二货，你怕我死了，对吗？"

孙二货点点头，转头跑开了。

"天蓬元帅"旁边，是个银饰店。店铺的老板叫老靳，每天和两个徒弟，拿着银条，放到砧子上，用锤子敲打成手镯、手链、项链、耳环、耳钉、戒指等各种首饰，再用电钻打眼，装上其他配件。有时，下午三四点，中午吃饭的客人全走了，晚上吃饭的客人还没上来，明亮会踱出"天蓬元帅"，到隔壁银饰店坐一会儿，看老靳和徒弟敲打首饰。一根银条，在老靳和徒弟手里，敲着打着，就变成了各种首饰。明亮：好手段。老靳：雕虫小技，熟能生巧。明亮：隔行如隔山，我就看不出门道。老靳：就一点，性急的人干不了这个，这不是个着急的活儿。明亮：跟炖猪蹄一样。老靳：说起来，万物同理。两人也算说得着。有时，孙二货也随明亮过来，在明亮身边趴着，舌头伸在外边，"哈哈"地喘气。一天两人闲聊天，老靳指着孙二货，说这条狗性不野，从来不乱跑，一天一天卧在"天蓬元帅"门口。明亮顺便说起孙二货提醒过店里发水，也救过自己命的事，老靳边敲打银条边说：

"没想到还是条义犬呀。"

又说："光是义犬没用，还得聪明；不聪明，咋能想到人想不到的事呢？"

明亮："知道它为什么聪明吗？"

老靳边敲打边问："为什么呀？"

明亮："因为它脑袋大，狗是一般的京巴，但脑袋不是。"又说，"老靳，你摸摸它的脑袋，一般的狗脑袋，没有这么大，真担心它的脖子撑不住。"

老靳也就停下敲打，伸手摸了一下孙二货的脑袋："的确，不是一般的狗脑袋。"

孙二货摇摇尾巴，笑了。

转眼十五年过去，孙二货老了。人老先老腿，狗老也是先老腿，孙二货走路，脚步明显迟了；后来走起路来，身子开始摇晃；走几步，停下来，张嘴"哈哧""哈哧"喘气；另外，显得没精神了，晚上看它在屋里乱转，白天却趴在饭馆外的太阳下昏睡；醒来，独自在那里愣神。明亮把它抱到宠物医院，医生给孙二货做了全面检查，测了血常规、心电图，拍了胸片，做了 CT，得出的结论，孙二货年岁大了，心血管和脑血管，都硬化了，血脂有些稠，还患有高血压。明亮：

"咋给它治治呢?要不要动一下手术?"

医生："它多大了?"

"十五岁。"

"狗的十五岁，相当于人的八九十岁，已经是高龄了。"医生又说，"这么大岁数了，经不住手术，回去静养吧。"

明亮只好把孙二货抱回家。渐渐，孙二货出去拉屎撒尿，会忘记回家，需要明亮到街上把它找回来。明亮知道，它脑子也出问题了，记忆力开始衰退。有一天，孙二货晚上没有回家，明亮到街上去找，也没找到；第二天，孙二货还没有回来，明亮和马小萌着急了，开始去周边远处寻找，还让"天蓬元帅"的员工四处去找，也没找着孙二货。明亮打印出一份寻狗启事，写上孙二货的模样和毛色，何时走丢的，有人送回来，必有重谢等，附上孙二货的照片，和明亮的手机号码；复印出几百张，贴满大雁塔附近的大街小巷。一天过去，还是没有音信。明亮：

"孙二货，你可别死在外边呀。"

第三天上午，有人打明亮的手机，说在南郊公园的桥洞里，看到一条狗，与寻狗启事上的狗有些相像。明亮跑到南郊公园，果然，孙二货卧在公园角落的桥洞里，半睡半醒。明亮：

"孙二货，你把我吓死了。"

孙二货无精打采，也没站起来；明亮忙把它抱回了家。又半个月过去，孙二货开始不吃东西了。明亮专门给它拌了鸡肝，它用鼻子嗅了嗅，又低头趴到地上。明亮又把它抱到宠物医院，对医生说：

"三天不吃东西，这不是等死吗？"

医生拿着听诊器在孙二货身上听了一遍，说：

"它是该死了。器官都衰竭了，活着也是受罪。"

"那它咋不死呢？"

"分狗。有的狗，愿意死在家里；有的狗，不愿意死在家里。一开始我不知道，后来接触的狗多了，才明白这个道理。"

明亮突然明白，上次孙二货去南郊公园，自个儿卧在桥洞里的原因。又问：

"不愿死在家里的狗，它最想死在哪里呢？"

"人看不见的地方。有的狗，临死时，也要尊严。"

明亮点点头，明白了。从宠物医院出来，明亮把孙二货放到车上，没有回家，而是往远郊开去。明亮边开车边说：

"孙二货，既然活着是受罪，咱就死去。"

孙二货点点头。

明亮又说："孙二货，既然你想死得远些，咱就彻底远些。"

孙二货点点头。

明亮又说："孙二货，既然你死时不想见人，咱就彻底不见人。"

孙二货从副驾驶座位上，爬到明亮怀里，明亮抱着它开车。出了西安城，到了乡村，明亮继续往山里开；山路上，一辆车没有，一个人也没有。到了一座山坡前，有一大块玉米地。明亮停下车，把孙二货从车里抱出来，走向玉米地。到了玉米地深处，左右看看，一个人没有，明亮把孙二货放

250

到地上，对孙二货说：

"孙二货，你看这儿行吗？"

孙二货点点头，接着一瘸一拐往前走去。渐渐走远了，连头也没有回。

明亮从远郊回到家，一夜没睡着。第二天一早，明亮又开着车，来到郊区，来到这块玉米地，想看一看孙二货的下落。也不知道孙二货死成没有；就是死了，找到它的尸首，挖个坑埋了，也就放心了。谁知在玉米地找了半天，也没找着孙二货，或它的尸首。这时明亮哭了：

"孙二货，你到哪儿去了？"

又哭："孙二货，我想你了。"

转眼五年过去了。这天，明亮去澡堂子洗澡，听搓背的老龚说，原来在道北菜市场当经理的孙二货傻了。老龚干搓澡工之前，在道北菜市场卖过几年菜。不提这个孙二货，二十年过去，明亮已经把他忘记了；经老龚一说，明亮又想了起来。同时想起，那条叫孙二货的狗，已经走了五年了。当时把它放到远郊玉米地里，也不知它走到哪里去了。狗不知不觉没了，人也不知不觉老了。二十年前，明亮家的狗，是因为菜市场的孙二货起的名字；因为要打它，所以给它叫孙二货；现在因为思念孙二货那条狗，明亮便想去看看孙二货这个人。明亮向老龚打听出孙二货的

251

住处，第二天上午，买了两瓶酒、四条烟，和当年去道北菜市场，第一次见孙二货，给他买的礼物一样，装到一个塑料袋里，拎着，去了孙二货的家。敲门，开门的是个染了一头黄毛的小伙子：

"找谁？"

"这是孙经理的家吗？"

"你谁呀？"

明亮掏出一张名片，递给小伙子；小伙子看了名片：

"哦，你是'天蓬元帅'的老总啊，我和朋友去你店里吃过猪蹄，味道不错。你跟我爸咋认识呢？"

原来这是孙二货的儿子。明亮：

"早年我在道北菜市场卖过菜，得到过你爸的关照。听说他病了，来看看他。"

又说："你爸是延津人，我也是延津人。"

孙二货的儿子接过明亮手里的烟酒，把明亮让进家，接着把他带到里屋。明亮看到，一个老头在沙发上坐着，头发花白，往四处岔着，头来回摇晃着。二十年没见，没想到当年威风凛凛、往他脸上撒尿的孙二货，变成了现在这个样子。见有人来，孙二货扭过头大声问：

"你谁呀？"

明亮："我是明亮。"

孙二货："你是四海呀。"

孙二货的儿子向明亮解释："四海是他一个朋友，去年死了，他见谁都说人家是四海。"

明亮："我不是四海，我是明亮。"

孙二货仍说："四海呀，你可来了。"

明亮有些哭笑不得。他是为了孙二货——他曾经养过的狗——来看孙二货，孙二货却把他当成了四海。这时明亮发现眼前的孙二货，跟走了五年的孙二货的区别：走了的孙二货脑袋大，像冬瓜；眼前的孙二货脑袋小，像鸭梨。孙二货的儿子以为他们真是好朋友呢，明亮来的目的，就是看他什么时候死。临出门时，孙二货的儿子说：

"叔，他都不认识你了，以后别来了，瞎耽误工夫。"

明亮："大侄子，他不认识我，但我认识他呀。"

以后，明亮想起那个孙二货时，还来看这个孙二货。对那个孙二货是惦念，看这个傻了的孙二货，是解恨。一次又来看孙二货，看孙二货的儿子去了另外一间屋子打游戏机，这屋里就剩明亮和孙二货，明亮趁机问：

"老孙，二十年前，你在道北菜市场当经理，曾经欺负过明亮两口子，把人家逼走了，你还记得这件事吗？"

孙二货又问："明亮是谁？"

明亮："你别管明亮是谁，你就说欺负人对不对？"

没想到孙二货兴奋起来："那他们犯什么错了？我修理人，都是有原因的。"

当时的原因，明亮无法向一个傻了的人重复一遍；明亮问这话是为了报仇，现在重复也是白重复，看来这仇也无法报了。明亮叹口气，也就起身离去了。

在家里，明亮和马小萌已经分房睡了。马小萌怪明亮夜里睡觉打鼾，明亮怪马小萌夜里老起身，去上厕所；从前年起，两人就分开睡了。但明亮知道，打鼾和起身，不是他们分睡的主要原因，主要原因是，明亮身上该硬的地方已经软了，马小萌身上该软的地方已经硬了。明亮还发现，马小萌年轻的时候舌头长，现在也变短了。虽然两人没有了肌肤之亲，但在一起过习惯了，遇到事情，对方在身边，心里会踏实些。一次明亮患了胆结石，引起急性胆管炎，需要做手术，把石头取出来；手术车要往手术室推了，马小萌去厕所还没回来；明亮说，等一下，我跟我老婆说句话。医生：等不得，后边取石头的排着队呢。明亮：那我不取了。医生喊护士，赶紧去厕所，把他老婆喊回来。马小萌到了，医生：有话赶紧说。明亮也没说什么，就让人把他推进了手术室；接着，麻醉师就把他全麻了。明亮做完手术醒来，埋怨马小萌，怎么回事，我要做手术了，你还上厕所。马小萌：吓的，老想尿。

这天晚上，吃过晚饭，明亮坐在沙发上看了一阵电视，又看了一阵手机，感到困了，便回到自己房间，脱下衣服，准备睡觉；这时马小萌穿着睡衣进来了。明亮不禁问：

"你要干吗？"

"别想歪了，跟你说个事。"

"啥事？"

马小萌坐在床边："你还记得延津西街的香秀吗？"

明亮想了起来，这个香秀，就是二十年前，在延津撒马小萌在北京当"鸡"的小广告的那个人；是她，把明亮和马小萌逼到了西安。明亮：

"说她干吗？"

马小萌："她今天给我打电话了。"

明亮吃了一惊："这怎么可能？"

"她从老家我姑那里，打听出我的电话号码。"

"她又要干吗？"

"她说，想来咱们家一趟。"

明亮啼笑皆非："你们俩不是有仇吗？"

马小萌："她说，二十年后，她后悔当年干了那件事，想来当面给我赔个不是。"

又说："她说，她害得我们一家背井离乡，如不当面赔个不是，她到死都不得安宁。"

又说："她说，这辈子不当面给我认个错，下辈子做牛做马也不安生。"

又说："你看，说到了这地步。"

香秀来他们家的理由，又出乎明亮的意料。明亮想，他们跟道北菜市场的孙二货也有仇，如果孙二货不傻，说要给他赔不是，他能接受吗？接着又想，就看二十年后各人的状况了，如果二十年后他混得不如孙二货，他不会接受；混得比孙二货强，也许就接受了；或者说，身在高处，才能不跟人一般见识呀。但仍不放心：

"这里不会有什么阴谋吧？"

马小萌："二十年过去，大家天各一方，现在都人老珠黄了，她还能算计我什么？"

明亮想想，这话也对，又问：

"如今她人在哪儿呀？"

马小萌："她在电话里说，在乌兰察布一个奶牛场当挤奶工。"

明亮明白了香秀的处境，便说：

"都是过去的事儿了，杀人不过头点地；她要想来，就让她来呗。"

马小萌："我也这么想。问题是，她在电话里说，她不是一个人来，还想带一个人来。"

"这人是男的女的?"

"女的。"

"咱家里也不怕多一个人压塌地方,她们想一块儿来,就一块儿来呗。"

"她在电话里说,那女的有些特殊。"

"怎么特殊?"

"半边脸烂了。"

明亮愣在那里,这又是他没有想到的:"这人是谁?"

"香秀说,是她的闺蜜,过去也干过那一行,得了那种病,一直没看好,现在跟她在一起。"

明亮双手扣在后脑勺上,倚在床头不说话。马小萌:

"不但你犹豫,一听说还有个烂脸的人要来,我也犹豫。"

又犹豫地说:"要不算了吧?"

又说:"咱们没什么,还有孩子呢。"

明亮:"也是。"

马小萌:"明天我就给她回电话,如果她一个人来,我们就让她来;如果还带那一个人来,也就算了。"

明亮:"也成。"

马小萌起身,离开明亮的房间。

这天,曾在道北开公交车的樊有志,给明亮打手机说,这个月八号，他的女儿芙蓉要结婚了，请他去参加婚礼。接着又补了一条微信："五月八号，道北中山公园西草坪，十点之前，务必赶到，余言面叙，切切。"

逢年过节，明亮常去道北看樊有志。二十年前，他和马小萌头一回来西安，是樊有志帮了他们。二十年后，樊有志患了股骨头坏死，坐在轮椅上，无法开公交车了，在家吃劳保。

五月八日上午九点半，明亮赶到道北中山公园西草坪。芙蓉的婚礼，就在这块草坪上举行。明亮事先打听出，芙蓉的婆家，是西安一家房地产开发商，姓金，明亮家住的房子，就是他们家开发的。草坪上搭着舞台，入口处搭着鲜花拱门，从拱门到舞台，用红毯铺出一条通道；草坪上，摆了上百张桌子，桌子上铺着白布，桌子周边的椅子上，系着红绸丝带；草坪上人头攒动，熙熙攘攘；有一铜管乐队，正在舞台上演奏。明亮先在礼桌前交了份子钱，领了一束花，别在前襟上，在人群中挤来挤去，终于在一张桌子旁，找到了樊有志。这张桌子，摆在草坪边的一棵桃树下。樊有志穿着西服，打着红领带，坐在轮椅上。明亮上去握住樊有志的手：

"有志哥，场面真大，替芙蓉高兴，嫁了个好人家。"

樊有志笑着说："同喜同喜。"拉明亮在身边坐下，这时低声说，"她嫁了个好人家，苦了我了。"

明亮一愣："啥意思?"

"嫌我是个瘸子，前几天就告诉我，让我在家装病，不让我来参加婚礼，我赌上气了，今天非来不可。"

"这叫啥话?这就是亲家的不对了。"

"不是亲家提出来的，是芙蓉提出来的，说亲家那边，来的都是有头有脸的人，怕我丢了她的人。"

明亮又愣在那里。樊有志说：

"看我来了，又把我推到这里，吃饭不让我坐主桌。"

明亮看桃树下这张桌子，离舞台隔着十几张桌子；明亮劝道：

"有志哥，坐哪儿都一样，每张桌子，上的都是一样的菜。"

樊有志又悄悄对明亮说："看着有钱，其实，这家人不受打听。"

"啥意思?"

"他爹，当年是道北的小混混。"

"有志哥，英雄不论出身。"

说话间，乐队演奏起婚礼进行曲，典礼开始了。从拱门到舞台的红地毯上，首先出现的是两个扛着花篮的花童，手撒鲜花开道；新郎新娘出场，身边环绕着两对伴娘和伴郎；

新娘的拖地长裙，由两个穿西服的男童在后边托着；新人上到舞台上，主持人宣布婚礼开始，先问新人的恋爱经历，免不了台下有人起哄，台上台下哄笑；接着主持人请主婚人上台，让他发表讲话；又请两位证婚人上台，让他们发表讲话；又请两位嘉宾上台，让他们发表讲话；不管是主婚人或是证婚人，或是嘉宾，他们一出场，明亮马上把他们认了出来，因为明亮在电视上常见到他们的面孔，他们都是西安数一数二的富人，要么是开发房地产的，要么是从事金融业的，或是开互联网的，或是开金矿的，或是开煤窑的；他们在台上谈笑风生，插科打诨，台下的人发出一阵阵的欢笑，响起一阵阵的掌声；这些人讲完，主持人让一对新人向对方发出婚姻誓言，让他们给对方戴上婚戒；接着宣布他们已经拥有对方，让他们接吻。这些过程，历经一个多小时，接着主持人宣布，婚礼仪式结束，婚宴开始。明亮知道，一般婚礼上，都会有男方女方家长上台发言、新人向双方家长敬茶的环节，但今天的婚礼把这些环节省略了；明亮明白其中的原因，也知道刚才樊有志所言不虚。这时看樊有志，樊有志出了一头汗，悄悄对明亮说：

"芙蓉做得还是对的，幸亏没让我们这边的人上台，人家那边上台的，都是大人物，说话压得住场，如果让我上去，非出丑不可。"

明亮看樊有志的模样，觉得他这话也不虚，台下都吓出一头汗，上了台，不得打哆嗦?除了丢人，还是丢人；但劝道：

　　"有志哥，都是一家人了，就不计较这些了。"

　　待服务员开始往各桌上菜，主持人又上台说：

　　"刚才举办的是西式婚礼，庄重而热烈，接着大家吃好喝好。趁大家吃饭，金总家又请来一班豫剧团，给大家助兴。到场的许多嘉宾都是道北人，都是河南人的后代，听起来亲切。"

　　接着锣鼓家伙响，弦子拉出豫剧的过门。演员上台，原来演出的是《白蛇传》的折子戏：《断桥》。许仙和白蛇，在西湖头一回见面，因为下雨，因为一把雨伞，两人在湖边送来送去。明亮一开始没有留意，听着看着，突然觉得舞台上扮白蛇的女演员，酷似他的妈樱桃；不但长得像，说话和唱戏的声音也像；四十多年前，明亮把樱桃的照片扔到了长江里，一直不知道她去了哪里；后来他把马道婆从武汉带到秦岭，问马道婆是否知道他妈顺着长江漂到哪里去了，马道婆说不知道；明亮又问马道婆要到哪里去，马道婆说到来的地方去；当时明亮没悟出这来的地方是哪里，现在心里一动；心里一动不是悟出马道婆的来处是哪里，突然悟出他妈樱桃的来处是哪里，那就是戏里；在人间她是樱桃，到戏里她

261

是条蛇；原来，当妈不是人而借着一条蛇的时候，她就活了下来，让明亮看到了她；但他又知道，戏和戏里的蛇是假的呀；原来妈是假借一出戏在活着；马道婆不知道樱桃到哪儿去了，如今借着马道婆的话，明亮悟出了妈的去处，那就是"没有"。听白蛇在舞台上唱着唱着，明亮不禁落下泪来。樊有志：

"老弟，你怎么了？"

明亮："哥，毕竟是喜事，高兴。"

·四·

这月月底的一天，孙二货的儿子，到"天蓬元帅"的老店来找明亮，见面就说：

"叔，我爸让你去一趟。"

"啥事?"

"没问。"

因是月底，老店和五家分店都要盘账，明亮便说：

"过两天行吗?我这两天有些忙。"

"叔，这就是你的不对了。"

"啥意思?"

"这两年，你找过我爸十来回，他回回在家等着你；现在他找你一回，你说你有事，对吗?"

明亮想了想，觉得孙二货的儿子说得在理，便说：

"不对。"

"谁让你总去看他，他把你当成了四海，这种情况，是不是你自己造成的？"

"是。"

"既然是这样，跟我走吧。"

明亮穿上外衣，跟孙二货的儿子，去了孙二货的家。孙二货见到明亮，拍着自己的脑袋说：

"四海，我觉得我过不去今年了。"

明亮看孙二货的儿子在身边，便说："屋里坐的时间长了，爱胡思乱想。"

孙二货的儿子："平时他说这些胡话，我都懒得理他。"又对明亮说，"叔，我今天外边还有事，就不陪你了，你走的时候，记着从外边把门锁上，别让我爸一个人出去走丢了。"又指着明亮，"他要丢了，我就找你。"

说完，转身走了。明亮哭笑不得。待孙二货的儿子出门，明亮问孙二货：

"老孙，你找我来有啥事呀？"

"找你来，是想让你替我办一件大事。"

"啥大事？"

孙二货："我老家延津有个老董，会算人的今生后世，你给老董打个电话，告诉他我的生辰八字，让他给我算一下下辈子。"

又说："本来不想麻烦你，可你有手机，我没有手机呀。"

又说："我让儿子帮我打，他理都不理我。"

又说："我想出去到街上打去，他又把我关到家里。"

又说："打一个电话，花不了你多少钱，耽误不了你多大工夫。"

明亮愣在那里。明亮来孙二货家时，想过孙二货找他会有什么事；想出十来种可能，就是没有想到和孙二货的下辈子有关；便问：

"为啥算下辈子呀？"

"我这辈子过得太次毛了，你看，到头来，落得这样的下场。"

"你下辈子想过成啥样？"

"反正不能像这辈子。"

"你下辈子，不想当这辈子的孙二货了，对吗？"

孙二货点点头，接着从口袋掏出一个巴掌大的笔记本，笔记本已经油渍麻花："这上头，有老董家的电话，还是我十年前去延津留下的；当时只顾算家里丢的面包车被谁偷了，忘了算下辈子了。"

二十年前，明亮曾让老董算过孙二货的上辈子，他上辈子是头猫精；孙二货的这辈子，明亮也看到了；对孙二货下辈子是个什么东西，明亮也感到好奇；明亮跟老董的儿子董广胜是同学，他有董广胜的手机号码，但还是假装翻了一下孙二货的笔记本，掏出手机，给老董的儿子董广胜打了过去。电话通了，明亮将孙二货的想法，给董广胜说了。董广胜听后说，老董给人算命，是不算下辈子的。明亮想起，这是老董给人算命的规矩，算上辈子，算这辈子，不算下辈子；老董说，他这么做，除了天机不可泄露，也是为了算命的人好，上辈子让你知道了，这辈子让你知道了，下辈子也让你知道了，活着还有什么意思呢？明亮见董广胜这么说，便捂着手机对孙二货说：

"屋里信号不好，我到阳台上打去。"

到了阳台，把阳台的门关上，明亮在电话里对董广胜说：

"你对大爷说，对好人可以不算下辈子，对坏人，揭穿一下他下辈子的老底，也没坏处。"

董广胜："你让算的这人是谁呀？"

"二十年前让大爷算过，就是那个在西安欺负过我们的'猫精'，他说，他十年前也让大爷算过，他家的面包车被谁偷了，我马上再把他的生辰八字问出来，然后告诉你。"

董广胜："我明白你的意思了。"但接着说，"就是我爸答应给这头'猫精'算下辈子，光有生辰八字也算不了了。"

"为啥?"

"他上个月被风吹着了,一开始是嘴歪,后来喝水的时候,嘴包不住水,现在,已经不会说话了。"

明亮愣在那里:"那还能问事吗?"

"话说不成,只能直接上升到直播了。"

"不会说话还能直播?"

"直播就是把天师请出来,我爸用手比画,他比画的意思,我能明白。"

明亮明白了目前老董的状况,便说:"那就让大爷给'猫精'直播一下。"

"直播不比算命,算命光有生辰八字就行了,直播必须本人到场,你想,把天师都请出来了。"

可目前孙二货傻了,平日,他儿子把他锁在屋子里,连门都不让他出,如何把他弄回延津呢?明亮又问:"如果他本人到不了场呢?"

"退而求其次,只能把他的头发,剪一绺送过来。"

"头发能代替本人?"

"人的信息,都在头发里呀。在古代,头发能当人头用的。"

明亮从阳台回到屋里,将董广胜的话,如实给孙二货说了。孙二货马上喊:

267

"拿剪刀来!"

又说:"四海,我这身子骨,怕是回不了延津了,你就拿着我的头发,替我去趟延津,让老董给我直播一下吧,不然我死不瞑目。"

又说:"放心,路费我出,直播费我也出。"

明亮有些犹豫:"能不能换个人,替你去办这事,月底,我有些忙。"

"不能。"

"为啥呢?"

"别人我信不过。我坐在这屋子里三四年了,有人来看过我吗?也就是四海你了。"

没等明亮去拿剪刀,他自己起身,在抽屉里扒拉出一把剪刀,走到镜子前,一手抓住他爹开的头发,一手拿着剪刀,"咔嚓"一声,剪下一大把,递给明亮:

"四海,你得马上去呀,时间不等人。"

明亮只好接过头发说:"我马上去,我马上去。"

· 五 ·

明亮虽然答应孙二货马上去延津，但他并没有马上上路；
一是孙二货已经傻了，他说他快活到头了，过不去今年，但
傻人的傻话，明亮并没有当真；还有，如果孙二货真是他的
朋友，朋友之托，重于泰山，他会马上去，但孙二货是他的
仇人，明亮去看他，仅仅是因为家里死去的那条狗，仇人的
话，不反着去做就不错了；另外，孙二货与他说话，并没有
把他当成明亮，而把他当成了四海，他对四海说的话，明亮
何必认真呢?明亮家里阳台上，还放着五年前死去的那条狗孙
二货的狗窝；明亮回到家，把孙二货那绺头发，扔到孙二货
的狗窝里，也就把这件事放下了。一开始还记着孙二货交代
过回延津的事，接着天天忙起来，对这事上的心也就慢了，

渐渐就把这事忘了。

这年中秋节前，武汉的秦薇薇给明亮打电话，说陈长杰的堂哥陈长运，从延津给陈长杰打了一个电话，说公家要修一条高速公路，从河南济源到山东菏泽，从延津穿过；其中一段，正好路过陈家的祖坟；陈长杰的父亲母亲，也就是明亮的爷爷奶奶，也埋在这块墓地里；公家动员大家迁坟，新的墓地也替大家找好了，就在黄河边；让陈长杰回延津迁坟。秦薇薇说，陈长杰听说这事，非要回去，但他还在医院躺着，担心他经不起路途颠簸，万一在路上出了事，又是大家的麻烦；所以她给明亮打电话，看明亮能否抽出时间，去延津一趟。明亮听说是爷爷奶奶的事，马上上心了。四十多年前，奶奶临死之前，还专门去武汉看他；那时他才六岁；后来奶奶死了，陈长杰从武汉回延津奔丧，明亮也要跟着去，陈长杰怕耽误他的功课，没让他去；他从学校里逃出来，一个人上了火车；由于把火车坐反了，坐到了株洲；从株洲下车，顺着铁路，走回到延津，花了足足两个月。明亮马上说：

"我去我去，你别管了，也别让爸管了。"

回家与马小萌商量，马小萌听说是爷爷奶奶的事，也觉得他应该替陈长杰去延津迁坟。第二天一早，明亮收拾行装上路。二十年前，明亮和马小萌从延津来西安，坐绿皮火车，坐了一天一夜；现在有了高铁，从西安到延津，也就四个多小时。

明亮回到延津之后，不愿意住在同学或朋友家；除了不愿意给人添麻烦，自个儿洗洗涮涮，在旅馆也方便；便去县城十字街头，找了一家旅馆住下。洗了一把脸，明亮感到肚子饿了，这才想起还没吃中饭，便从旅馆出来，从十字街头，信步往西街走去。有二十年没回延津了，街道两旁的楼房和商铺，都感到陌生。二十年前的延津，不是这个样子。街上来来往往的人，一个人都不认识，当然他们也不认识明亮。如此看来，一切都时过境迁，他就是一个外地人了。看到一家饭馆的招牌是：吊炉火烧、羊杂汤，都是明亮小时候爱吃的，便进了饭馆。饭馆里熙熙攘攘，明亮找一张桌子坐下，点了两个火烧，一碗羊杂汤。等饭的时候，听邻座的人议论，东街算命的老董死了。明亮吃了一惊，忙插嘴问：

"大哥，是东街蚱蜢胡同的老董吗？"

邻座的人点点头。

"啥时候死的？"

"昨天已经埋了。"

听说老董死了，明亮想起十六岁那年，他爸陈长杰无法供应他的学费和生活费，他离开李延生的家，去了"天蓬元帅"当学徒，在饭馆碰到老董，老董跺着脚说，如果他早知道这事，就把明亮上学的事接过去了，说他虽然是个瞎子，但负担一个孩子生活和上学的能力还是有的；如果当时老董把明亮接过去，明亮也就搬到老董家，天天跟老董、老蒯和董广胜在一起了。服务员把火烧和羊杂汤端上来，明亮大口小口，也没吃出个滋味，就匆匆结账出门，去了东街老董家。

到了老董家，看到董广胜拿把扫帚，低头在打扫院子，扫起一堆堆的烧纸残灰和鞭炮的碎屑，知道这是昨天老董出殡时留下的；董广胜鬓角上，已经露出白发，胳膊上戴着黑箍。明亮喊：

"广胜。"

董广胜抬头，怔了一下，等认出是明亮，眼圈马上红了，扔下扫帚迎上来："明亮，你啥时候回来的？"

"刚刚。"

"本来不哭了，一见你，又想哭了。"

董广胜拉着明亮的手，呜呜哭起来。明亮眼圈也红了。待董广胜止住哭，他问明亮为啥回延津，明亮便把因为修高速公路，他们家迁坟的事说了；接着明亮问老董得了啥急病，这么快就走了，董广胜：

"没得啥急病，头一歪，就过去了。"

又说："死的时候，还穿着法衣，正在给人做直播。"

明亮想，老董是个瞎子，一辈子给不瞎的人算命，不知算没算出他会死得这么突然，会死在自己的工作岗位上；但他安慰董广胜：

"大爷走得突然，当然让人难受，但他说走就走了，一点罪没受，也算一辈子好修了，是个造化。"

"这几天，我只好也这么想。"

明亮接着问："广胜，大爷走了，你会不会接过大爷的事情，接着给人算命呀？"

"我想算，可没这个能力。"

"怎么可能呢？你在大爷身边待了这么长时间。"

"算命也需要慧根，跟待的时间长短没关系；别看我爸是个瞎子，这慧根他有，我没有，我要给人算命，就成骗人了。"

董广胜又说："做别的事能骗人，给人算命也骗人，就缺大德了。"

明亮感叹，看来老董算命的事，从今往后，就要在延津失传了。这时明亮突然想起，一个多月之前，西安的孙二货，想让明亮拿着他的头发，回延津一趟，让老董给他直播一下，看他下辈子是个啥人；现在老董走了，孙二货的下辈子，也就永远不知道是啥模样了。明亮又想，就算老董还活着，这回明亮到延津来，老董也给孙二货直播不了，因为明亮忘记带孙二货的头发了，孙二货的头发，还在西安明亮家孙二货的狗窝里；可见明亮并没有把孙二货的事放到心上。但由孙二货想算下辈子的事，明亮突然想起什么，问：

"广胜，大爷给别人算了一辈子命，你问没问过，他下辈子是个啥人？"

"问过，他说，他下辈子不是瞎子。"

"问没问过，他下辈子干啥？"

"问过，他说，天机不可泄露。"董广胜又说，"他只是说，下辈子某一天，我在一个火车站，还能见他一面。"

明亮突然想起，他小的时候，奶奶给他喷的空里边，有一个她爹的故事。她爹去世好多年后，她在集市上，看到过她爹的背影。明亮：

"缘分，这就是缘分。"

又问："广胜，既然你不给人算命，大爷走了，你准备干啥呢？"

董广胜："正考虑这事呢。"又问，"咱们的中学同学冯明朝你还记得吗？"

"记得，小眼，上中学的时候，他还教我吹过笛子，当年我结婚的时候，他还从郑州赶来了。"

"他过去在郑州百货大楼当采购，后来跑到上海一家日本餐厅打工，前天，他过来吊孝，看了我家的院子，说我家院子风水好，聚财，他想跟我在这里开一家日本居酒屋。"

又说："他说，好就好在，这在延津是第一家。"

又说："我想，反正这院子我爸也不用了，闲着也是闲着，正考虑呢。"

又说："你是开饭馆的，你觉得这事靠谱不靠谱？"

过去老董算命的地方，有可能马上变成日本居酒屋，这是明亮没有想到的；也不知道，这样的变化，老董生前算出来没有；生意是第一家当然好，但有时成是第一家，败也是第一家；但人家的生意还没做，明亮不好说东道西，只是说：

"可以论证啊，关键是，不知道延津人，有没有吃生鱼片的习惯。"

明亮家的祖坟上，埋着二百多口人。最上方老祖的坟，据说是清朝乾隆年间扎下的，接着子孙后代，死了都聚集到这个地方。从老祖到现在，已经历了十几代人。十几代人的后人，留在延津的还好，离开延津的，相互都不认识了，只是因为一个祖上，大家都姓陈罢了。告别董广胜，明亮去找陈长杰的堂哥，也就是他的远房伯伯陈长运。陈长运带明亮去看了迁坟的新址，背靠青山，面向黄河，风景还不错。陈长运说，不但风景不错，让人看了，风水也不错；正是因为新址的风景风水不错，加上迁坟公家有补偿，大家才愿意迁坟。下午，姓陈的一百多口子后人集中到陈长运家院子里开会，商量集体迁坟的事。陈长运说，从祖上算起，历经十几代，目前陈家已衍生出二十六支后人；迁坟时，二十六支的后人，各人负责各人的先人，这样才不乱；只有一个问题，其中一支的后人陈传奎，在甘肃玉门油田看油库，一时请不下假来，四天之后才能赶回来，我们等不等他？众人议论纷纷，陈长运：

"我的意思，得等，如果我们把各自的先人迁走了，坑坑洼洼的坟地里，就剩下他这一支，也让外人笑话。"

又说："说起来，大家都是一个祖先。"

又说："再说，如果让大家等上一两个月，有些不近情理，现在等也就是四天，大家说等不等？"

听陈长运这么说，大家纷纷说：

"既然长运说了，那就等呗。"

"等吧，也就四天。"

正因为是四天，明亮便有些为难。如果迁坟推迟十天半个月，他就回西安了；何时迁坟，他再回来；现在推迟四天，明亮走也不是，不走也不是；现在回到西安，中间过两天，又该回来了。心里举棋不定，便给马小萌打了个电话。马小萌倒说：

"不就四天吗，别来回折腾了。"

又说："这几天，店里也没什么大事。"

又说："你也趁这个工夫歇两天。"

明亮犹豫："就是中间跨个中秋节。"

马小萌："中秋节年年有，不差这一年。"

明亮觉得马小萌说得有道理。看来，阴差阳错，他只好留在延津过中秋节了。明亮挂上手机，信步往延津渡口走去。到了渡口，傍晚时分，一轮夕阳，照在黄河上，黄河水泛着金光，滚滚向东流去。明亮顺着岸堤往前走，发现过去的马记杂货铺，如今成了一家夜总会。夜总会的霓虹灯招牌，闪烁的还是英文名字：Paris Nightclub（巴黎夜总会）。这里，当年住着马小萌一家。马小萌的继父老马，是个禽兽，从马小萌十五岁起就骚扰她；正是因为他，马小萌才去学校住校，与人谈恋爱，没考上大学；后来去北京当了"鸡"；所有这些往事，细想起来跟老马都有关系。转眼二十多年过去，老马没了，马小萌她妈也没了；过去的事，也都灰飞烟灭。马小萌有一个同母异父的弟弟，在焦作矿山当司磅员；弟弟的儿子，也就是马小萌的侄子马皮特，如今在西安明亮的"天蓬元帅"打工。正想间，从夜总会走出一男一女；男的理一莫西干头，女的穿一吊带衫；女的向男的说声"拜拜"，向县城里走去，男的将身子倚到门口的石狮子上，掏出一支烟，打火点着，抽了起来；因不认识人家，明亮也没理会；谁知抽烟那人看到他，盯了半天，突然说：

"你是明亮吧？"

明亮细看，原来这人是中学时的同学司马小牛。当时两人同级，不同班。司马小牛的父亲叫司马牛，曾在明亮班上教过化学。便说：

"原来是小牛。"

又说："三十多年了，你又理了这个头型，一下没认出来。"

司马小牛："啥时候回来的？"

明亮："上午刚回来。"接着把因为修高速公路，他们家迁坟的事说了一遍。他以为司马小牛是来夜总会玩的，便说：

"天还没黑呢，你出来玩够早的。"

司马小牛："这店是我开的，还没到上客的时候，出来透透气。"

多年没见，原来他成了夜总会的老板。明亮重新打量这店，边打量边说：

"装修得够档次，生意肯定很好。"

"马马虎虎，延津的客源，不能比大城市。"

明亮又问："司马老师身体可好？"

"我爸去年已经走了。"

明亮愣了一下："真没想到，记得司马老师的身体还可以呀。"

说到这里，明亮突然想起，司马老师当年要做的一件事：延津有个花二娘，去人的梦里寻笑话，用笑话和山，压死不少人；司马老师毕生的愿望，是写一部《花二娘传》；当年在化学课上，讲到化学反应，司马老师还扯到花二娘身上，说他写这部《花二娘传》，不光为了写花二娘在延津的行状，还旨在研究因为一个笑话，花二娘与延津所起的化学反应；便问："记得司马老师要写一部《花二娘传》，不知他临走之前，这书写出来没有？"

司马小牛："一辈子，材料倒是收集了不少；材料堆起来，有谷草垛那么高，但迟迟没有动笔。"

又说："老觉得材料收集得不全；等到动笔的时候，只写了几句话，人就没了。"

明亮摇头叹息："可惜。"又问，"司马老师留下的那些材料呢？"

"他死那天，被我妈当烧纸烧了。"

明亮不解："司马老师一辈子的心血，怎么说烧就烧了？"

司马小牛："那些东西，除了我爸当个宝，没人当回事。"

又说："再说，把花二娘的材料留在家里，不是招灾吗？不是等着她老人家来梦里找笑话吗？"

明亮觉得司马小牛说得也在理，又问："你刚才说，这书司马老师也写出个开头，这开头怎么写的？"

司马小牛："全被我妈烧了，哪里知道？"

看来，司马老师的书，跟当年马小萌家的杂货铺一样，全都灰飞烟灭了。灰飞烟灭的事，说也没用，两人又寒暄两句别的，明亮便告别司马小牛，继续往前走。走着走着，到了渡口的小吃街。不到小吃街不觉得，到了小吃街，中午饭没吃好，他感到肚子饿了。看看表，已是傍晚六点多钟，也该吃晚饭了。顺着小吃街往前走，看到一家饭铺门头上插的幌子上写着：开封灌汤包，胡辣汤。一是好长时间没吃灌汤包和胡辣汤了；二是看这家饭店把桌子摆在店外，一直摆到岸边一棵大柳树下；晚风一吹，柳树下一阵凉意；明亮便在这饭店门口停住脚步。饭店门口，一对男女正在忙着包包子，往蒸笼里放。火炉上，一锅溜边溜沿的胡辣汤，正冒着气泡。明亮问那男人：

"大哥，你是延津人吗？"

男人边将一屉冒着蒸汽的笼屉从锅上卸下来边说："延津人，哪里做得出这么正宗的开封小笼包？我是开封人。"

明亮笑了，便在柳树下一张桌子前坐下，点了一笼包子，一碗胡辣汤。这时见一个中年人，满头大汗，背着行李，拿着鞭子，牵着一只猴子过来；猴子脖子里套着一个铁环，铁环上拴着一根铁链子；一看这人就是出门玩猴耍手艺的；他四处张望，最后坐在明亮身边一张桌子旁，明亮也没在意。谁知这人刚坐下，突然站起来，不由分说，开始挥鞭子抽那只猴子。猴子"吱吱"叫着，跳着，有铁环和链子牵着，又跳不远。这人越打越气，猴子头上和身上，被抽出许多血道子。明亮看不下去，便说：

"大哥，咋恁地一个劲儿打？"

这人擦着头上的汗："你不知道它多奸猾。每次耍把式，把锣敲上，让它转十圈，它偷着转八圈；让它翻二十个跟斗，它偷着翻十五个跟斗；知道的，是它奸猾；不知道的，还认为我蒙大伙呢，这不是坏我的名声吗？我气是气在这个地方。"

"它多大了？"

"到我手里，已经十五年了。"

明亮在心里算了算，按猴子的寿命，十五岁，怎么说，也猴到中年了。便说：

"也许它岁数大了，腿脚不便，跑不上了。"

"一打它，咋又跑得上了？还是奸猾。"

这人说着，又生起气来，挥鞭子抽那猴子，那猴子又"吱吱"跳着叫。明亮：

"大哥，走南闯北的人，别跟猴一般见识了，不然，连饭也吃不痛快了。"

听明亮这么说，那人也就停手不打了，把猴子拴到柳树上："回头再跟你算账。"

猴子吓得一哆嗦。喘息片刻后，开始低头舔自己身上的血道子。明亮打量这猴，屁股和脚掌上的茧子，有铜钱厚，茧子上的皮，开裂了好多层，确实不年轻了；如果是人，这猴也就是明亮现在的年龄；已经猴到中年，天天要把戏给人看，还要挨打；明亮不由得在心里叹了口气。这时明亮点的一笼包子上来了，上包子的女人问：

"大哥，胡辣汤要不要一块儿上来？"

明亮："等我吃完包子再上吧，我爱喝热汤。"

明亮夹起笼子里的包子咬了一口，包子馅果然鲜嫩可口，灌汤流到了盘子里；西安也有灌汤包，但没有这么正宗。这时看那猴子，眼睁睁盯着明亮吃包子。明亮看猴子可怜，便从笼子里拿起一个包子，递给猴子。猴子却不敢接包子，先看主人。那人说：

"人家让你吃，你就吃了吧。"

猴子才敢拿过来，低头去吃。那人又说：

"也不知道谢谢人家？"

猴子忙又仰起头，手捧包子，向明亮作了个揖。明亮忙说：

"不用谢不用谢，不就一个包子吗？"

猴子又低头捧起这包子吃。

待明亮吃完饭，起身离开，看玩猴那人还在喝酒。那中年的猴子，身子靠在柳树上，双手抱着肚子睡着了，脖子里套着铁环，铁环上拴着铁链，铁链耷拉在它身上。头上和身上一条条伤痕，还没结痂。明亮离去，它也没有醒。

第二天上午，明亮去了李延生家，看望李延生和胡小凤。虽然明亮十六岁的时候，他们让明亮退了学，去"天蓬元帅"当了学徒，但六岁到十六岁这十年，他毕竟在李延生家长大；同时，如果当初不去"天蓬元帅"当学徒，也没有现在西安的六家饭馆。又想起，他六岁的时候，李延生去武汉，还给过他二十块钱；后来奶奶去世了，他就是用这二十块钱，加上自个儿攒的压岁钱，买了火车票，从武汉回延津，无非在站台上把车坐反了。

到了李延生家，李延生家的房子，还是四十多年前的房子，比起明亮当年在这儿住的时候，显得破旧许多，也矮小许多；临大街的一面墙被打开了，安上门窗，家里成了杂货铺。明亮想起，李延生年轻的时候，曾在东街副食品门市部卖酱油醋和酱菜，还卖花椒大料和酱豆腐。来李延生家之前，明亮听人说，李延生患了骨髓炎。骨髓犯起病来，疼痛难忍。一天夜里，他的病症又发作了，他疼不过，赤身裸体从床上爬起来，挪出屋子，顺着房子一侧的楼梯，爬到房顶上，从房顶跳了下来。本来想自杀，谁知也没摔死，只把腿摔断了。明亮去时，买了四瓶酒，四条烟。明亮进了李延生家，看到杂货铺里侧，铺着一张床，李延生躺在上面。胡小凤在柜台后坐着，边扎十字绣，边照顾生意。明亮叫过"叔"和"婶"，李延生和胡小凤都愣在那里。等认出是明亮，李延生从床上折起身：

"明亮呀，你啥时候回来的？"

"昨天。"

胡小凤："来就来吧，还拿东西。"

待明亮坐下，李延生问：

"明亮，我从房上跳下来的事，你听说了吧？"

胡小凤："他见人就问：'我从房上跳下来的事，你听说了吧？'好像是他的丰功伟绩。"

李延生瞪了胡小凤一眼："嘴碎。"

胡小凤："谁嘴碎？是你先说的。"

明亮打断二人的拌嘴："叔，听说了，你不该这么做。"

李延生："真窝囊，想死，也没死成。"叹口气，"我算把自己活成了笑话。"

明亮突然想起，把自己活成笑话这话，他爸陈长杰在武汉机务段职工医院的花园里曾跟他说过。

三人说着话，明亮发现，杂货铺一侧的墙上，贴着一幅画，还是五十多年前，李延生、陈长杰和樱桃演《白蛇传》时的剧照；只是五十多年过去，画已经褪成黄色，上面斑斑点点，被虫蛀了许多洞。李延生看明亮看这剧照，指着剧照说：

"去年延津老剧院拆了，要盖商品楼；剧院仓库里，还放着一卷当年的海报，拆剧院的工头，是你婶子的侄子，她过去拿了一张。"

"叔，那时你们多年轻。"

"咋也没想到活成现在这个样子。"

胡小凤："明亮，我记得你小时候爱喝汽水，咱小卖铺里有汽水，你喝不喝？"

"婶，我现在胃不好，汽水太凉，不喝了。"

李延生："半年前，你爸的后闺女，从武汉给我打电话，问你的电话号码，说你爸身体不舒服了，想让你去武汉一趟，后来你去了没有？"

"接到她的电话，我就去了。"

"你爸的身体，后来好了没有？"

明亮不想把陈长杰的真实情况，告诉李延生；一是因为李延生让明亮十六岁去"天蓬元帅"炖猪蹄，陈长杰对李延生至今还有意见；二是如今两人都有病，谁也帮不上谁，相互关心是白关心；话说多了，等于多费口舌，多费口舌也没用；于是说：

"他当时就是得了重感冒，住院挂了几天吊瓶，也就好了。"

"好了就好，当时我还担心了好一阵子呢。"

"我爸还说，等来年春天，他准备回延津一趟。"

"该回来了。等他回来了，我还请他吃猪蹄。"李延生又说，"再不回来就晚了，剩下的老人儿没几个了。"

这天下午，明亮去了延津养老院，看望同学郭子凯的父亲郭宝臣。郭宝臣早年在延津扫大街，一辈子爱赌；老董给他算命，说他上辈子是民国的总理大臣。二十年前，郭子凯去英国留学，临行前，去宝鸡看望他一个老师，专门拐到西安看明亮。在明亮的"天蓬元帅"，两人都喝醉了。郭子凯去了英国之后，两人也没断来往。一开始是相互通信，明亮知道郭子凯博士毕业了，郭子凯在伦敦找了个工作，郭子凯娶了个英国老婆，后来生下两个孩子；待有了手机，有了微信，两人常常通微信；明亮从微信上，看到郭子凯和他老婆孩子的合影，他的英国老婆挺漂亮的。转眼二十多年过去，明亮和郭子凯，也都快五十的人了。明亮到了养老院，郭宝臣正坐在床上挠头。护工说，郭宝臣现在脑动脉硬化，人已经有些痴呆，平日不大说话，偶尔说话，还是过去在赌场上说的话："该你出牌了，快点!"

明亮坐在郭宝臣床边，郭宝臣认不出他是谁；明亮说出他和郭子凯的关系，郭宝臣也听不明白。明亮突然想起什么，拿出手机，查看手机上的世界时间，延津的下午，是伦敦的上午，便给郭子凯拨了个电话。电话通了，郭子凯在电话那头：

"没想到是你呀，过去你都是晚上打电话。"

"你猜猜我在哪儿？"

"西安那么大，我哪里猜得出来？"

"我从西安来延津了，现在在延津养老院，来看我大爷。"

郭子凯："没想到。"又说，"既然你到了养老院，咱们通个视频吧，让我看看我爸。他傻了，不会用手机，老见不着他。"

明亮打开手机的视频，将手机的镜头转向郭宝臣。明亮：

"你看，我大爷挺好的。"

又对郭宝臣说："大爷，子凯跟你说话呢。"

郭子凯在镜头里："爸，你现在怎么样啊？"

郭宝臣挥着手："少废话，出牌！"

看来话是说不成了，明亮又把镜头转向自己：

"大爷除了脑子不清楚，身体还是挺健壮的。"

"好像胖了许多，脸上的肉都耷拉了。"郭子凯又说，"你给养老院说，不能让他傻吃。"

明亮："知道了。"接着问，"你在伦敦干吗呢？"

"刚把脏衣服送到洗衣店，从洗衣店出来，正往家走呢。你看，这是泰晤士河。"

郭子凯将手机的镜头，对向泰晤士河。泰晤士河上有船驶过。郭子凯：

"我在河边坐下啊。"

郭子凯在河边坐下，又把镜头对向泰晤士河岸边，岸上，走着男男女女的英国人，和其他各国来的游客。郭子凯又把手机转了转：

"看，那是大笨钟。"

明亮："看到了，伦敦真不错。"

这时郭子凯叹口气："看到我爸这样子，明亮，我给你说句心里话，当初我不该来英国。"

明亮一愣："啥意思？我们班上，数你有出息。"

郭子凯："我最没出息了。我来英国这么多年，也没让我爸来一趟，现在想让他来，他也傻了。树欲静而风不止，子欲养而亲不待呀。"

"自古忠孝难以两全，你是为了事业。"

"和事业没关系，主要是文化差异。"

"啥意思？"

"你知道，我娶了个英国老婆，前些年我想让我爸来，她问，谁出路费？我说当然是我呀。她说，你爸想来英国，他就应当有能力出路费；又问，来英国住哪儿？我说当然住我们家呀。她说，他有能力来英国，就应该有能力住旅馆；我爹地从曼彻斯特到伦敦，就是自己买火车票，自己住旅馆。说起这事就吵架，就这么拖了下来，拖来拖去，我爸就傻了。"郭子凯又说，"如今我想回中国工作，英国又成了包袱，这里除了老婆，还有两个孩子呢，我也是进退两难。"又说，"这是家丑，我从没对人说过。原来不知道什么叫文化差异，现在有了亲身体会，就知道了。"

明亮想起陈长杰在武汉铁路职工医院花园，跟他说的"一辈子活了个'穷'字"的一番话；又想起在西安道北区开了一辈子公交车的樊有志，在女儿芙蓉的婚礼上说的一番话，便说：

"不怪你老婆，也不怪文化差异。"

"怪谁？"

"怪时间不对。"

"啥意思？"

"听老董说，我大爷上辈子是总理大臣，如果现在是上辈子，他仍是总理大臣，要去英国进行国事访问，你想出路费，还没机会呢。"

"那倒是。"

"总理大臣到了伦敦，也不住你家。"

"那倒是。"

"如果总理大臣去唐宁街十号会见英国首相，让你的英国老婆跟着去，她去不去？"

"肯定去。"

"临走时，我大爷又送她两万英镑当零花钱，她要不要？"

"肯定要。"

"文化有差异吗？"

"毬！"郭子凯禁不住说出了河南话。

两人笑了。郭子凯：

"明亮，这是今年我过得最痛快的一天。"

"我还有个体会。"

"啥体会？"

"活到这个年龄了，想起过去许多糟心事，当时桩桩件件，都觉得事情挺大，挺不过去了，现在想想，都是扯淡。"

"可不。"郭子凯又说，"说到这里，我有一句话想说。"

"你说。"

"虽然我留了学，成了博士，可你比我有学问。"

"子凯，我是个大老粗，就不要跟我开这种玩笑了。"

"我说的是真话。"

"就是好朋友在一起说说知心话，心里痛快。"明亮又说，"啥时候回国，一定到西安，我们还吃猪蹄。"

"一定，再喝他个一醉方休。"

明亮挂上手机，突然想起，他邀请郭子凯下回来西安，郭子凯却没说邀请他去伦敦的话；看来他在伦敦是真不方便。明亮不禁叹了口气。

第二天是中秋节。延津"天蓬元帅"的老板老朱，听说明亮回来了，托人捎话，让明亮中秋节晚上，到"天蓬元帅"一起吃晚饭。第二天下午，明亮在十字街头烟酒专卖店，买了六瓶好酒，六条好烟；晚上，提着礼物，去了城西"天蓬元帅"。老朱年轻时头发茂密，现在剃了个光头，在饭馆门口站着，看到明亮来了，摸着光头"嘿嘿"笑。三十多年前，明亮在"天蓬元帅"当学徒时，见了老朱不叫"老板"，要么叫"大爷"，要么叫"师父"，现在也喊：

"师父。"

老朱看明亮手里提着东西，也没说什么，只是说："来了就好，来了就好。"

接着没把明亮领进饭馆，而是绕着饭馆，到了饭馆后院。原来他在后院柳树下，摆了一张桌子。柳树上挂了一盏电灯。老朱：

"这儿说话清净，如果在饭馆里头吃饭，碰到熟人，还得跟人打招呼。"

又说："这儿还有一个好处，待会儿月亮上来了，也能赏月。"

明亮点头："师父想得周全。"

两人坐下喝茶，明亮问起当年在"天蓬元帅"的老人儿，大部分都离开了，小李走了，小赵走了，小刘也走了；当年手把手教明亮炖猪蹄的师父老黄去年也退休了，他心脏不好，安了四个支架，今年过罢春节，随他儿子去了青岛；他儿子在青岛倒腾海鲜。老朱问起明亮在西安的情况，明亮将他在西安开饭馆的状况，也一一说了。两人说着，有人开始往桌上上菜；这个上菜的人，明亮一开始没有认出来，细看，原来是当年接替明亮洗猪蹄的小魏。二十多年不见，小魏头发也花白了。等小魏再次上菜的时候，明亮：

"你不是小魏吗?咋也不说一声呢?"

小魏"嘿嘿"笑了："看你跟师父说得欢，我哪里敢插嘴?"又说，"别小魏了，成老魏了。"

老朱指着小魏说："现在，他也是饭馆的老人了，大家都喊他老魏。"又说，"十年前，我就不让他洗猪蹄了，让他学炖猪蹄，谁知他不争气，老炖煳；按说应该让他再回去洗猪蹄，我想着岁数大了，别回去洗猪蹄了，就让他当跑堂了。"

老魏笑笑："师父对我的关照，师父对我的关照。"

老朱："当年他洗猪蹄时，没少挨骂；炖猪蹄时，也没少挨骂。"

老魏笑笑："我记性不好，老忘事。"

边说，边端起托盘跑了。老朱指着老魏：

"你说骂他的事，他就跑了。"

又说："明亮，你当学徒的时候，师父也骂过你，你不记恨吧？"

"啥时候骂过，我咋不记得？"

"你看你这记性，有一回，你用沥青，把一盆猪蹄都烫煳了，我不光骂了，还上去踹了你两脚。"

"猪蹄都烫煳了，该打，该打。"明亮又说，"我在西安，徒弟办错了事，我也骂他们。"接着站起来，端起一杯酒，"师父，说到这里，我得正经敬您一杯。"

"啥意思？"

"我常想，我能有今天，全赖师父。如果不是当初在您这儿学了手艺，我如今在西安，哪里顾得住吃喝？"

老朱摆手："话不是这么说，这些年，跟我的徒弟多了，能混出像你这样有出息的，还没有第二个人。还是俗话说得好，师父领进门，修行在自身。"

聊着喝着，月亮升上来了，冰盘一样，照在柳树上，树影在地上晃动；饭馆后身是一条河，月光照在河水上，波光荡漾。二十多年前，明亮和马小萌一帮人，在这里打工，工休的时候，明亮爱到河对岸吹笛子。河对岸，现在是一望无际的玉米林。风一吹，玉米林"簌簌"作响。风一吹，明亮感到身上有些冷，忙起身将老朱搭在椅子背上的外衣，给老朱披上；接着自己也披上了外衣。明亮：

"师父，我突然想起来，你当年爱唱戏，现在还唱不唱了？"

"现在不唱了，嗓子倒了。"老朱又说，"也不是嗓子倒了，没心劲了。"又问，"记得你当年会吹笛子，现在还吹不吹了？"

明亮想想，自个儿起码十几年没吹笛子了，便说："也好多年没吹了。"又说，"师父说得对，没心劲了，总想不起来。"

这时老魏端上来一盘月饼。老朱指着老魏：

"这回把事情做对了，八月十五，应该吃块月饼。"

明亮："老魏，都不是外人，你也坐下吃块月饼，一起喝两杯吧。"

老魏"嘿嘿"笑笑，看老朱。老朱：

"明亮轻易不回来，他让你坐，你就坐吧。"

老魏又"嘿嘿"笑笑，也就坐下了。三人吃着月饼，喝

294

着酒，老朱问起明亮回延津迁坟的事，明亮又将目前迁坟的情况，一一给老朱说了。老朱：

"你奶生前是个好人。我小时候，你们家还没卖枣糕，在十字街头卖豆腐干，你爷眼神不好，我和一帮浑小子，老去偷豆腐干吃。有一次，正偷的时候，被你爷逮住了，你爷要打我，被你奶拦住，说小孩子，哪有不调皮的，我就脱过这回打。"

"师父好记性。"

"后来，你爷你奶开始在十字街头卖枣糕，那枣糕也好吃。听你奶说，枣糕里的枣，都是从你们家枣树上打下的。"

"听我奶说，那棵枣树，有两百多岁了，年年还结几麻袋大枣，枣吃不了就烂了，还是我奶想起来，做成了枣糕。后来我奶死了，那枣树也死了，你说神不神？"

"神。万事皆有因由。"

明亮："后来，那棵大枣树也不知哪里去了。"

老魏这时插言："我知道那棵树的下落。"

"支棱"一声，明亮的酒醒了："在哪儿？"

老魏："当年，树死了以后，被你们姓陈的本家刨倒，卖给了塔铺的老范家。老范把这棵树拉回家，解成板，做成了桌椅板凳。我姥娘家是塔铺的，几年前我去塔铺串亲戚，大家说起老年的事，亲耳听老范说的。"

"老范是谁?"

"是塔铺一个木匠。"

这天夜里,明亮在旅馆睡觉,梦到奶奶坐在院子里那棵大枣树下,在打枣糕;边打枣糕,边给明亮喷空;渐渐,那棵大枣树变成了桌椅板凳,奶奶又和明亮坐在凳子上,一起在桌前吃饭。吃的是烙饼,葱花炒鸡蛋。

· 六 ·

　　塔铺是延津一个镇。第二天一早，明亮打了一辆出租车，去了塔铺。到了塔铺镇上，打听着，找到了木匠老范家。老范家门口有堆秫秸秆，一个老头，倚在秫秸垛上晒太阳。

　　"这就是老范。"一街人指着那老头说。

　　明亮上前问候过，老范说：

　　"这客原来没见过，你是谁呀？"

　　"说我是谁您老也不知道，我说我爸吧，他叫陈长杰，当年在延津唱过戏。"

　　老范马上点头："他呀，当年唱过《白蛇传》，在延津是个名角。"

　　聊过这些，明亮说：

"大爷，我今天来，是想问您一件事。"

"啥事？"

"四十多年前，我奶走后，我家院子里那棵大枣树，是您老买走的？"

老范点头："是呀，当时钱还主贵，我出五十，你们本家非要七十，我俩争来争去，最后六十成的交。"

"这棵枣树，后来被您老解成板，打成了桌椅板凳？"

"是呀。"老范又说，"两百年的枣树啊，好木头。"

"如今，这些桌椅板凳还在吗？"

"啥意思？"

"如果在，我想买回去，啥价钱，您说。"

老范拍着巴掌："可惜它们都不在了。"

"它们去哪儿了？"

"它们哪儿也没去，没了。"

"啥意思？"

"我有五个儿子，三年前分的家，这些桌椅板凳，也跟着分了；这些王八羔子，嫌这些桌椅板凳样式太旧了，都当劈柴烧了。"

明亮愣在那里。

老范："你要它们干吗？"

明亮："从小，我奶对我好，想留个念想，想我奶时，可以看看它们。"

"原来是这样。"老范又说，"你是个有心人呀，可惜来
晚了。"

明亮站起，跟老范告辞。老范突然想起什么，说：

"慢着。"

明亮站住脚："大爷，啥意思？"

"我这里的木头是没了，但还有一块留了下来。"

"哪一块？"

"树心。枣木的树心，硬得赛铁，过去是可以当犁底用
的，做桌椅板凳太可惜了，我一直留着；十年前，二百块钱，
我把它卖给了汤阴县的老景，他用它雕成了一块门匾。"

明亮："门匾上雕了啥字？"

老范："那我就不知道了。"

匾上的字

　　老景是安阳汤阴人，汤阴离殷墟近，贩卖古董方便，老景二十岁起，便跟着人贩卖古董。转眼二十年过去，老景贩卖古董赚了钱，便在汤阴县城古衙边买了一块地，盖起一座院落。汤阴古衙一带，是县城最繁华的地段。院落三进三出。院落盖起，老景想在门头悬一块门匾。他看清朝和民国留下来的大宅，门头上都悬一块匾；匾上镂空雕字，要么是"荣华富贵"，要么是"吉祥如意"等。门匾在外边风吹日晒，雨淋雪打，需要一块好木头，要么是楠木，要么是檀木，要么是枣木。老景的二姑家，是延津塔铺人；年前盖好院落，年关老景到塔铺串亲，吃饭间，闻知塔铺的木匠老范，当年买了一棵两百多年的大枣树，枣树被解成板，打成了桌椅板凳，但有一块树心，还留在家里，便到老范家查看；一看这树心不俗，有年头，又坚硬似铁，便花了二百块钱，从老范手里，买走了这块树心。安阳林州，有专做木雕生意的木匠；做木雕生意的木匠，工钱比普通木匠贵三倍；在林州木雕木匠里，手艺数一数二的，是一个叫老晋的人。老景把老晋请到家，让老晋查看明亮奶奶家这块树心。老晋用手指叩了叩树心，又把树心翻来覆去查看半天，点点头：

"不错，是块好木头。"

"当得起门头？"

"当得起是当得起，关键是，想雕个啥？"

"'荣华富贵'或'吉祥如意'。"

"到底想雕啥？"

老景："门头上的字，都是一个意思，你看着办吧。"

雕一块门匾，需要八到十天的工夫，老晋便在老景家的新院子里住了下来。老景新盖的院子，老景家还没搬进来，老晋一个人先住了进去。当然屋子还是空的，只是在前院一间偏房里，给老晋搭了个床铺。老晋住进来头一天上午，将"荣华富贵"四个字从字帖拓到纸上，又将"吉祥如意"四个字从字帖拓到纸上，将两幅字摊在院子里，衡量该雕哪一款。左右衡量，拿不定主意。拿不定主意不是两幅字在含义上有什么差别，而是在计算二者的笔画；笔画稠的字雕刻起来麻烦，镂空之后，笔画与笔画间连接的木头薄，每下一刀，都要仔细思量；笔画少的，笔画和笔画之间，不用动的木头多，连接的木头厚实，雕刻起来省工省力。两者各四个字，其中都有稠字，笔画计算下来，两者数目差不多，花的工夫也差不多，所以犹豫。正犹豫间，一人踱步到院子来，背着手，打量老景家的院落；从前院踱到中院，又踱到后院，半天工夫，又回到前院。老晋一开始认为是老景的家人或亲戚，也没在意；后来看他打量院落的眼神，像是头一回进这院落，知道是一个生人，便说：

"客人看看就走吧，我也不是这里的主人，只是被人家雇来干活的，你待的时间长了，主人知道了，面皮上怕不大好看。"

那客人再打量一眼院落，问："这院落的结构，是从安阳马家大院套来的吧？"

"我只是个木匠，不是砖瓦匠，看不透房子的盖法。"

"可是，结构跟马家大院像，一砖一瓦的盖法，差池又大了。白辜负了这些砖瓦和这个地段。"

又说："看似房子的盖法有差池，区别还在于房子主人胸中有无点墨啊。"

"听客人话的意思，你是个读书人？"

"读书谈不上，爱四处走走。"客人又说，"刚去古衙参观，看这边新起一座院落，大门开着，就进来看了看，老人家，打扰了。"

说完，便向院外走。这时看到地上放着两幅字，一幅是"荣华富贵"，一幅是"吉祥如意"，又停住脚步：

"这是要干吗？"

"我是一个木匠，主人要雕一个门匾，让我从中选一幅字。"

客人笑了："不是我爱多说话，这两款字，和这房子盖得一样，都太俗。"

"我刚才犹豫，也有这方面的原因，这两款字，我雕了一辈子，也雕烦了。"老晋又问，"客人，你是读书人，你有什么好主意？"

"我有主意，你替人家干活，你也做不了主呀。"

"主人跟我交代，门匾上雕什么，由我做主。"

客人笑了："这就是胸无点墨，也有胸无点墨的好处。那我替你想一想。"

客人低头沉吟半天，仰起头说："上午在火车上，我读了一本书，其中有一个词，平日也见过，但放到这本书里，就非同一般，叫'一日三秋'，就是一日不见，如隔三秋的意思，这在人和人之间，是一句顶一万句的话呀。"

"问题是，这话放到门头上合适吗？"

"这话放到门头上，当然意思就转了，说的就不是人和人的关系，而是人和地方的关系，在这里生活一天，胜过在别处生活三年，你说合适不合适？"

老晋拊着掌说："这话有深意，而且不俗，我喜欢，我就雕这个。"

客人走后，老晋开始在枣木上雕刻"一日三秋"四个字。其实，老晋雕"一日三秋"四个字，并不是看中这四个字的深意和不俗，字意深不深俗不俗老晋并不计较，主要是"一日三秋"四个字，比"荣华富贵"或"吉祥如意"四个字，笔画少一半还多，雕刻起来少费工夫。既然老景说过让他做主，他便抛开"荣华富贵"和"吉祥如意"两幅字，直接雕了一个"一日三秋"。待雕好，请老景过来看。老景看后，愣在那里：

"你咋雕了个这，不是说好雕'荣华富贵'或'吉祥如意'吗？"

"那两款都太俗，这个不俗。"

接着，老晋将那客人对"一日三秋"的解释，向老景解释一遍。

老景："这个是不俗，得向人解释，'荣华富贵'和'吉祥如意'是俗了，但大家一看就明白。现在，等于把简单的事搞复杂了。事先，你咋不告诉我呢？"

"你不是说，让我做主吗？"

老景哭笑不得："我是说让你在'荣华富贵'和'吉祥如

意’间做主，你咋做到外边了呢？”

“既然这样，你再找块板子，我重新雕就是了。”

“罢了罢了，一块门匾，怎么挂不是挂，别再把事情搞复杂了。”老景又说，“‘一日三秋’，说起来也不是坏词。”

老晋松了一口气：“可不。”

· 七 ·

　　明亮听塔铺的老范说，这棵枣树的树心被雕成了一块匾，这匾目前在汤阴老景家，便谢过老范，又叫了一辆出租车，从塔铺去了汤阴。从塔铺到汤阴，出租车跑了三个多钟头。到了汤阴，明亮打听着，找到了老景家。但眼前并不像老范说的，是一座院落，而是一幢洋楼。一个老头，在大门口门房里看门。明亮到门房前问候，老头从门房里走出来，问明亮有什么事，明亮说他想找老景；老头说，找老景应该前年来，因为老景一家前年移民去了加拿大，把院子卖给了汤阴的老周。

　　明亮："老景盖的，不是一座院落吗?现在咋成了一栋洋房?"

306

老头："你听我说呀。"

老头说，老景盖的是一座三进三出的院落，老周在郑州做商贸生意，喜欢老景家这块地方，但不喜欢老景家的院落；把房子买到手之后，把老景家的院落扒了，盖起这栋四层洋房。老周一家前几天去海南游玩，他是老周的街坊，现在替老周家看门。明亮急忙问：

"大爷，老周买老景家院落时，大门门头上有块匾，你还记得吗？"

老头："过房的时候我倒在，门头上是有块匾。"

"这块匾雕了个啥字呢？"

"好像是'一日三秋'，听说，字是林州的老晋雕的，林州，有专门做木雕生意的木匠；做木雕生意的木匠，工钱比普通木匠贵三倍；在林州木雕木匠里，手艺数一数二的，便是老晋……"

明亮打断老头的话："咱先不说老晋，那块匾呢？"

"扒房的时候，不知被老周扔到哪里去了。"

"那可是块好匾，老周就没收起来吗？"

"他不喜欢这些坛坛罐罐和古意玩意儿，别说是一块匾，他连古香古色的院落都扒了。"老头又说，"你看，这栋楼盖的，有中国味儿没有？角角落落，全是西洋景。"

明亮打量，这楼房盖的，的确是西洋风格，像郭子凯镜头中，英国泰晤士河两岸的建筑。明亮问：

"那块匾，老周会扔到哪里去呢？"

"我估计，混到渣土里了。"

"渣土运哪儿了？"

"能用的木头和砖瓦，都被下边村里的人拉走了。"

明亮彻底失望了。只好离开过去是老景现在是老周的家。走了两步，又回到门房前，对老头说：

"大爷，那块匾老周不在乎，但对我很重要，你帮我留心打听点。"

又说："谁找着那块匾，给了我，我出十万块钱。"

接着，给老头要了一张纸，把自己在西安的地址，还有他的手机号码，写在纸上，交给了老头。

从汤阴回到延津，也是一天奔波，身子乏了，吃过晚饭，明亮便到北街澡堂洗了个澡。延津洗澡，还是比西安便宜。西安澡票四十元，搓澡五十元；延津澡票十元，搓澡十元；论起过日子，还是在延津划算。洗完澡，明亮回到旅馆，漱过口，刚倒在床上，有人敲门。开门，一女孩穿着吊带衫，涂着口红，倚在门边：

"大哥，要服务吗？"

明亮明白这女孩是个"鸡"，服务，便是跟他做那事。明亮不是不想做那事，因马小萌年轻时当过"鸡"，五年间，不知跟多少人做过那事，便对跟"鸡"做那事，有些心理障碍；
便说：

"不要。"

"为什么呀？"

"今天累了。"

"正是累了，给你解解乏。"

"那我只能说，我不是那种人。"

女孩撇了一下嘴："道德挺高尚啊。"

转身，扭着屁股走了。明亮叹口气，不是我道德高尚，
而是心里有阴影；有了心理阴影，到了床上，那事也做不成。
接着倒在床上，也就睡着了。到了半夜，有人把他推醒，睁
开眼，一个女孩，又站在他的床前。明亮以为还是那个女孩，
便说：

"你咋又来了？"

那女孩倒一愣："我来过吗？"

明亮细看，眼前的女孩，不是刚才那个女孩，面容身
材，比刚才那个女孩俊俏多了；接着发现，这女孩胳膊上还
扛个篮子，篮子里装着灯笼一样的红柿子；她笑吟吟地对明
亮说：

"别光顾睡觉，给我说个笑话呗。"

明亮突然明白，这个女孩是花二娘，自己仍在梦中；延

津人的梦境，是花二娘的天下；花二娘到了谁的梦里，谁得给她讲一个笑话；笑话讲得好，把她逗笑了，她奖赏你一个红柿子；笑话没讲好，她便让你背她去喝胡辣汤，转眼就被山压死了；前几天明亮在延津渡口碰到司马小牛，两人说起司马牛，还说到花二娘，明亮还感慨一番，没想到刚感慨过，花二娘就到了他的梦中。明亮在延津这几天，只顾忙白天的事了，没想到夜里花二娘会光顾；只顾忙人间的事了，忘了给花二娘准备笑话；也是想着延津这么大，五十多万人，他二十多年才来延津一回，咋就那么巧，能在梦里碰到花二娘呢?他曾在延津生活过二十多年，花二娘也没找过他呀；一时疏忽，便没准备笑话，现在急手现抓，哪里说得出来?顷刻间，冒出一身冷汗。也是急中生智，对花二娘说：

"二娘，您在梦里找笑话我不反对，但您老人家今天找错人了。"

"啥意思?"

"我是来延津办事的，我不是延津人。"

花二娘笑了："来你梦里之前，我已经做了调查，你不是叫陈明亮吗?你生在延津，又回延津，咋不是延津人?"又说，"在我面前，谁也别想偷奸耍滑。"

明亮："我给您看我的身份证。"

掏出自己的身份证，递给花二娘："二娘，您老人家明镜高悬。"

明亮身份证上，明明白白写着，他是西安雁塔区人。

花二娘："虽然你现在是西安人，但以前毕竟是延津人；既然是半个延津人，我在笑话上给你打对折就是了。"

"二娘，啥意思？"

"你该说笑话还说，不一定非把我说笑，把我哄开心就行了。"花二娘说，"我可以凑合一回，但你也不能让我白跑一趟呀。"

就算对折的笑话，明亮一时也想不出来。也是死到临头，急中生智，他突然想起睡觉之前，敲门想给他做服务的那个女孩；女孩是个"鸡"，马小萌年轻时也是个"鸡"；马小萌二十多年前跟他说过，她做"鸡"的时候，常遇到的一件事；便说：

"二娘，我讲这个笑话有些黄，您不介意吧？"

花二娘："笑话的颜色不重要，能不能把我哄开心，才是关键。"

"一个女孩，当了五年'鸡'，和几千个人睡过觉，但跟一半人没有办过事，你知道为什么吗？"

花二娘："这不可能啊，人家把钱白花了？"

"因为，男人中间，有一半是阳痿呀。"

花二娘想了想，"扑哧"笑了："这个，我倒没想到。"

又说："你还说你不会说笑话，这不说得挺好吗？"

接着从篮子中掏出一只红柿子："赏你一只柿子，好好吃吧。"

接着花二娘就消失了。明亮拿着柿子，身上又出了一层冷汗；多亏急中生智，不然就死在延津了；但他用老婆过去的脏事，救了自己一命，又觉得自己有些没脸，或者说有些无耻。但又想，他所以这么做，也是出于无奈。因为这事发生在延津，他又一次觉出老家的可怕。二十年前，延津把他们逼走了，二十年后他回到延津，一个笑话，又把他逼得无耻。什么叫笑话，这才是笑话呢；什么叫故乡，这就叫故乡了；不禁感叹一声，在心里说，延津，以后是不能来了。

这时看窗外，天已经麻麻亮了。

· 八 ·

　　两天之后，在玉门看油库的陈传奎回到了延津。明亮和陈家后人，将陈家坟地的二十六支先人，二百多个坟头，一起迁到了黄河边。明亮在爷爷奶奶坟头四周，单独植了几棵柏树，浇了水，又跪在坟前拜了几拜，算是了结一件事。来延津之后，明亮本来还想去妈樱桃的坟上拜一拜，或干脆将妈的坟也另迁一个称心的地方；但妈当年是上吊死的，入不得祖坟，葬在了乱坟岗上；乱坟岗原在县城城南，后来县城扩张，原来的乱坟岗被平掉了，盖起几幢高楼，妈樱桃已无葬身之地；明亮想拜，也没地方拜了；想给妈迁坟，也无从迁起；明亮只好作罢。

　　这天下午，明亮离开延津，坐高铁回到西安。到了家里，已是晚上，马小萌问了延津许多事，明亮一一给她说了。说是一一说了，有的还是没说；譬如，梦里遇见花二娘的事就没说。不过话又说回来，马小萌问的都是日间的事，并没有问到梦里的事呀。

一夜无话。第二天一早，明亮刚到"天蓬元帅"老店，孙二货的儿子来了，见面就说：

"叔，我爸让你去一趟。"

"啥事？"

"他听说你去了一趟延津，问你给他算命的事。"

明亮一愣："他咋知道我去了一趟延津？"

"我告诉他的。前几天我和朋友来吃猪蹄，店里的人给我说了。"

明亮却对去见孙二货有些犹豫。一是他去了一趟延津不假，但他到了延津，算命的老董已经去世了，并没有给孙二货算命；孙二货给他说这件事，是一个多月之前，他去延津的时候，又把这件事给忘记了，孙二货的头发，至今还在孙二货的狗窝里，这事迟迟没办，说起来明亮也有责任；另外他刚从延津回来，店里还有好多杂事需要他处理，便说：

"我刚回来，手头一大摊子事，停两天去行不行？"

"不行。你不去延津行，去了延津不行，我爸都快疯了。"

明亮只好跟着孙二货的儿子，去了孙二货的家。孙二货一见明亮就问：

"四海，你是为我的事去延津的吗？"

明亮去延津，跟孙二货的事无关，但事到如今，他只好说假话："是为你的事去的。"

"你让老董给我直播了吗？"

明亮只好顺着往下编："直播了。"

"老董咋比画的，说我下辈子是啥人？"

"老董比画的意思，你下辈子是个好人，是个大善人。"

"啥意思？"

"一辈子吃斋念佛，二十多岁就出家了。"

孙二货愣在那里："老董真这么算的？"

"千真万确。"

孙二货的头摇得像拨浪鼓："老董算得不准。"

"啥意思？"

"这不是我心头所想呀。"

"你心头想个啥？"

"下辈子，要么做个有权的人，要么做个有钱的人。"

明亮"噗嗤"笑了，孙二货看着傻了，谁知肚子里还包藏野心。明亮：

"你要权要钱干啥？"

"说话算数呀，人活得像个人呀。"孙二货抖着手说，"就说眼下吧，家里除了会飞的蚊子，就剩我一个人了；如果我有权有钱，能没人来看我吗？"

"我不是来看过你吗？"

孙二货："四海，世上有良心的人，也就是你了。"又说，"如果我是有权有钱的人，绝对亏待不了你。"

明亮又"噗嘀"笑了。这时想起郭子凯的爸郭宝臣，上辈子是民国的总理大臣，这辈子在延津扫大街；便将这故事给孙二货讲了，说：

"不有权有钱也好，这辈子有权有钱，下辈子就该扫大街了。"

"这辈子过痛快就可以了，还管下辈子？"孙二货又说，"这辈子不说下辈子的事。"

明亮想说，你现在不就是这辈子在说下辈子的事吗？但他没这么说，而是说：

"老董就是这么算的，天命难违呀。"

孙二货拍着自己的脑袋，唉声叹气："咋也没想到，下辈子是个和尚。"

这天傍晚，明亮接到南郊派出所一电话，说他的儿子陈鸿志跟人打架，把人打伤了，让他赶到派出所，听候处理。儿子小时，明亮和马小萌刚开头一家"天蓬元帅"，店铺是租别人的，住房也是租别人的；各方面没有立住脚，两人手头紧，鸿志的穿戴，就比其他西安城里的孩子差好多；到了冬天，鸿志的棉衣和棉鞋，没去商场买过，都是"天蓬元帅"打烊，马小萌在灯下，一针一线做出来的。但因为家里开着一个饭馆，鸿志嘴上并没吃亏，天天有肉吃。明亮想起自己三岁到六岁，在武汉机务段，跟爸陈长杰住单身宿舍的时候，陈长杰出车了，他一个人端着饭盒去机务段食堂打饭；当时菜分两种，菜和肉菜，没肉的菜五分，有肉的菜一毛五，那时明亮只买过没肉的菜，没买过有肉的菜。鸿志上小学时，与别的同学比穿戴，明亮往往照他屁股上踹上一脚：

"别没事找事，你比我小时候强多了。"

儿子自上初中，开始住校。这时"天蓬元帅"的生意上来了，开了几家分店，儿子的穿戴，就和城里的孩子不差上下了；甚至，比有的城里孩子还穿得好些。

明亮急忙开车赶到派出所。派出所值班室里，一个三十多岁的警察，坐在办公桌后；警察面前，一边椅子上坐着鸿志，另一边椅子上，坐着一个四十多岁的男人；见明亮进来，那个四十多岁的男人，狠狠剜了明亮一眼。警察：

"你是陈鸿志的家长吗？"

明亮点点头，指指鸿志："他怎么了？"

警察说，下午，学校进行足球赛；因为一个任意球，鸿志跟对方一个球员打起来了，打掉对方三颗门牙；对方去医院检查，还有些轻微脑震荡。警察对明亮说：

"认清后果啊，这是轻微伤啊，够上拘留了。"

又说："你们双方的家长都来了，我先给你们调解；调解不成，咱再按法律办。"

明亮明白，刚才剜他一眼的那个四十多岁的男人，是对方学生的家长。明亮忙说：

"同意调解，同意调解。"

那个四十多岁的男人："你们家孩子，打了我们家孩子，你当然同意调解了。"

明亮："打人确实不对，但事已至此，你多原谅，我们尽力去弥补。"

"怎么弥补？"

"你家孩子被打掉的牙，我们来赔，你带孩子去最好的牙科医院，把打掉的牙种上；现在种牙的技术也挺先进的；我去年种了一颗牙，直到现在，和好牙一样；还有轻微脑震荡，咱也找最好的医院和最好的医生医治；所有的药费和医疗费，我出。"

"这就完了？"

明亮："你觉得需要给多少赔偿，说个数字。"

对方家长："给十万块钱吧。"

鸿志马上站起来，要说什么，明亮把他捺到椅子上，对对方家长说："行，咱俩换个微信，我回头打给你。"

对方家长："就这，我们也吃着亏呢，三颗牙没了，脑子还不知能不能看好。"

警察向对方家长："老李，人家有这个态度，也算差不多了，高中的孩子，容易冲动，咱们也都从那时候过过，人家说赔偿就赔偿，你也别得理不让人。"

对方家长又狠狠瞪了明亮一眼："不是说你，你这孩子，真该管一管了。"

明亮忙说："我管，我管。"

双方签过调解协议，明亮和对方家长换过微信，明亮带鸿志出了派出所，鸿志跟明亮急了：

"你怎么说给他十万块钱，就给他十万块钱？这不是敲诈吗？"

明亮："敲诈就敲诈吧，你想进拘留所呀？一进拘留所，身上的污点，一辈子都擦不掉。"又说，"不是说你，打架就打架吧，怎么下手这么狠？"

"我没打他。"

"那人家的三颗门牙是自己掉的？轻微脑震荡是自己撞出来的？"

"我就用头磕了他一下。"

用头磕一下，就能把对方三颗门牙磕掉，把对方磕得轻微脑震荡，明亮愣在那里：

"你是铁头哇?"

"没想到,他那么不经磕。"

"为什么用头磕人家?"

"他们那边落后三分,他急眼了,我带球往禁区冲,他伸腿把我绊倒了;我罚任意球,他过来趴我脸上说,我妈过去当过'鸡'。"

明亮愣在那里。马小萌当过"鸡",是二十多年前的事了,正是因为这件事,他们从延津来到西安;二十多年过去,他们以为这件事已经过去了,明亮和马小萌才和老家的人恢复了来往;没想到二十多年过去,这件事又死灰复燃,从延津传到了西安,传到了儿子的中学。明亮气愤地:

"这个王八蛋,不但应该磕他,还应该撕他的嘴。"

这时鸿志问:"爸,我妈年轻时当过'鸡'吗?"

明亮忙说:"你妈十九岁,就跟我在延津'天蓬元帅'炖猪蹄,到哪里当去?"

鸿志:"以后他再这么说,我就撕他的嘴。"

明亮:"对。"接着又说,"他要再说,打一顿就行了,别真把他的嘴撕烂,那样,你真该蹲监狱了。"

马小萌当"鸡"的事死灰复燃,让明亮有些担心;但明亮又想,就算死灰复燃,跟二十多年前刚发生这事时还是不一样;当年是实事,二十多年后就是一个话题;当时有北京小广

320

告做证据，现在是空口白说；当年孙二货敢当面要挟马小萌，现在无人敢当面说这事，无非是背后嚼嚼舌头；待他们嚼得没味道了，自己也就不嚼了。于是把心又放宽一些，对鸿志说：

"这事，就别给你妈说了。"

鸿志："我知道。"

这天晚上，吃过晚饭，明亮坐在沙发上看了一阵电视，又看了一阵手机，感到困了，回到自己房间，脱衣服躺下，准备关灯，马小萌没换睡衣，突然闯了进来：

"出大事了。"

明亮以为马小萌过去的事，又传到西安，被马小萌知道了，故作镇定地说：

"不管啥事，咱都兵来将挡，水来土掩，你慢慢说。"

"你还记得香秀吗？"

明亮松了一口气，原来马小萌说的不是她的事，是别人的事；这个香秀，明亮当然记得，就是二十多年前，在延津撒马小萌在北京当"鸡"的小广告的那个人；前不久，她还想带一个烂脸的朋友，到明亮家里来；因为顾忌那个烂脸的朋友，他们拒绝了；便问："她怎么了？"

"她死了。"

明亮大吃一惊，身子一下坐了起来："死了？怎么死的？"

马小萌哆嗦着身子："三个月前，她给我打电话，说要带一个烂脸的朋友到咱们家来，我没让她来，你还记得吗？"

"记得呀，这事你跟我商量过。"

"今天我才知道，她说的那个烂脸的朋友，就是她自己；当时，她就是试探一下我，看我让不让烂脸的她来我们家。"

明亮拍了一下脑袋，也明白了香秀当初的用意；问："这么说，她现在死了，是她的病发作了？"

"她的病没发作，她在乌兰察布奶牛场上吊了。"马小萌又说，"凡是上吊的人，都是对生活无望的人，我当初不也上过吊吗？如果当时我同意她来咱们家，让她在咱们家住上几天，我们俩聊聊说说，说不定她的心就开展了，也就不会上吊了。"

明亮没有说话，因为他觉得马小萌说得也有道理；当初马小萌上吊时，多亏明亮救得及时，带马小萌来了西安。

马小萌："刚才延津我姑给我打电话，告诉我这个消息，我的第一反应就是，香秀是我杀的。"

说着说着哭了："我们俩曾经有仇，她还打电话给我，想到咱们家来，你想，她已经在世界上多无助了呀。"

又说："当时，我咋没想到这一点呢？"

又说："明亮，能说香秀是我杀的吗？"

明亮半天没有说话，因为当年他妈樱桃上吊了，他就一直责怪自己，他妈的死，跟他那天出去喝汽水有关系；在武汉机务段职工医院的花园里，陈长杰也觉得是他杀了樱桃；

如果说香秀的死跟马小萌有关系，当时香秀想来他们家，马小萌跟明亮商量过，是他们共同拒绝了香秀，说起来明亮也有责任；记得二十多年前，香秀在延津撒马小萌小广告的第二天，明亮曾去香秀家找香秀，香秀已经离开了延津，他看到墙上镜框里香秀的照片，香秀圆脸，大眼睛，对着镜头在笑，笑起来，脸蛋上还有两个酒窝。但明亮安慰马小萌：

"事已至此，埋怨自己也没用，谁让她当时不说清楚呢。"

马小萌哭着说："我心里特难受，今天我睡你这儿吧。"

明亮："睡吧，别再想这事了。"又说，"也怪我，当时没想那么多，没让你问清楚。"

马小萌在明亮身边睡着之后，明亮还睁着眼睛在那里想，世事难料，兀自又叹了一口气。

转眼两个月过去。这天下午三点多，在"天蓬元帅"吃中饭的客人陆续离开，晚上吃饭的客人，大多从五点多上来。趁着两个小时空当，店里的厨师和服务员，都跑到大雁塔附近的商业街闲逛去了。记得当年明亮和马小萌在延津"天蓬元帅"打工时，工休时间，明亮爱到饭馆后河边吹笛子。店里空了，看外边太阳还好，明亮泡了一壶茶，到饭馆门口的桌前坐下，边喝茶，边晒太阳，边看街上来来往往的人。渐渐有些发困，把身子靠到椅子背上，想打个盹，这时见一人肩扛一个编织袋，大步流星走过来。明亮以为是一个初到城里打工的乡下人，也没在意，谁知这人四处打量，趔摸到明亮饭馆跟前，看到"天蓬元帅"的招牌，把肩上的编织袋放到地上，擦着头上的汗自言自语：

"就是这里了。"

看到明亮在门口坐着，这人问：

"请问这饭店是河南陈总陈明亮开的吗？"

明亮醒过神来，也听出这人说话，是河南口音，便说：

"是呀，你有什么事？"

"我要见陈总。"

"你见他什么事？"

"大事。"

明亮禁不住"噗嗤"笑了："什么大事，你给我说就行了。"

"给你说不行，得给陈总说。"

"我就是陈明亮。"

"你可不要骗我。"

明亮换成河南口音："听我说话，是不是河南人，是不是延津口音？"

这人侧耳分辨，笑了："原来真是陈总。"

接着把编织袋打开，从里边掏出一个物件；物件用棉布包着；打开棉布，露出一宽宽厚厚的牌匾；看其破旧的程度，也上几个年头了；牌匾上，有四个镂空雕刻的大字：一日三秋。

明亮看到这匾，从椅子上跳了起来。三个月前，他去河南延津给爷爷奶奶迁坟，听说原来家里那棵大枣树，被塔铺的老范做成了桌椅板凳；他去塔铺找到老范，这些桌椅板凳都被老范的子女当劈柴烧了；接着由老范知道，那棵大树的树心，被汤阴的老景买走了，老景让人把它雕成了门匾，挂在自家的门头上；明亮去了汤阴，谁知老景又把院落卖给了老周，老周把老景家的房子扒了，盖起一栋洋房；给老周家看门的老头告诉明亮，当时的门匾上，雕刻着"一日三秋"四个字；这匾，也不知被老周扔到哪里去了；明亮给看门的老头留话说，如果谁找到当年这匾，把匾给他，他出十万块钱，并把他在西安的地址和手机号码留给了老头。没想到，三个月后，有人把这匾给送了过来。

明亮："你从哪里找到这块匾的？"

"踏破铁鞋无觅处，得来全不费工夫。"

"啥意思？"

"我家是汤阴乡下的，当年老周家扒房，我爷爷跟人去抢渣土，抢着了这块匾。前几天，听给老周家看门的老头说，你觉得这匾主贵，出高价回收，就跟老头要了你在西安的地址，把它给你送来了。"指着这匾，"你掂一掂，枣木的，沉着呢。我把它从河南背过来不容易。"

明亮掂了掂，果然很沉。

"你说过，谁把这匾找到，给你送过来，你给他十万块钱，事到如今，你可不要反悔。"

明亮看着这匾，想起奶奶家里那棵大枣树，奶奶在大枣树下打枣糕的情形，便说：

"放心，只要这匾是真的，我说话算话。"

这人急了："我从河南大老远背过来，咋会是假的呢？"

"我给汤阴的老头留的还有电话，你来西安之前，咋不给我打个电话呀？"

"实物的东西，电话里哪里说得清啊，俗话说得好，耳听为虚，眼见为实。"

明亮觉得他说得也有道理，便问："你贵姓啊？"

"免贵姓蔡，你就叫我小蔡好了。"

明亮一边请小蔡坐下喝茶，一边仔细打量这匾。左右端详，初看上去这匾是旧物，细看，觉得匾上的漆有些新；说新不是说漆新，而是能看出一个漆点子，从上往下流，擦去的痕迹。明亮拿起匾，放到鼻子上嗅，果然嗅出新漆的味道。明亮觉得事情有些不对，起身去饭馆旁边银饰铺老靳处，借了一把小电钻，回来，对着匾的一角，钻了进去。小蔡愣在那里：

"叔，你要干吗？"

忙上去阻拦："叔，别破坏文物。"

电钻已经在匾角上钻出个眼。从眼里冒出的，是新木屑。明亮把电钻拔出来，指着新木屑问小蔡：

"你自己看看，这能是文物吗？这像十年前的匾吗？这木头，能是两百多年前的树吗？"

小蔡愣在那里，半天，干笑两声，说："叔，你厉害，被你看出来了。"

明亮："我是炖猪蹄的，炖出的猪蹄，用筷子一扎，就知道有几成熟，这也是扎一扎木头。一扎，就露馅儿了吧？"又说，"到底是咋回事，说吧。"

小蔡又干笑两声："既然被你看出来了，我就实话给你说吧。"打了自己两下嘴，"实不相瞒，给老周家看门的老头，是我三舅，上个月，我去汤阴找朋友玩，路过三舅家，听三舅说了这件事，觉得是门生意，便找到林州老晋家，让老晋另找一块枣木，照猫画虎再雕一个；谁知老晋心眼轴，说什么不干，怕坏了他的名声；可他不干，他儿子小晋干，我和小晋一起，去林州山村里，买到一块枣木，小晋把木头风干，雕了一个；我俩一起，又找人做了旧。"又说，"这也是不给你打电话，直接来西安的原因，打电话怕你有思想准备，直接见人，一手交钱，一手交货，之后你发现也晚了，没想到还是被你看出来了。"

明亮觉得，虽然小蔡要骗他，但听小蔡说话，也是个老实人。明亮笑了：

"如果骗成了，你从我这儿拿到了钱，你和小晋咋分成呢？"

小蔡："事先说好了，一人一半。"

又说："叔，为这事，我从汤阴到林州，周转跑了大半个月，刻字雕花费工夫不说，找人做旧也不是一时半刻的事，我又好不容易跑到西安，既然被你看出来了，咱就不说原价了，你给个手工费和跑腿费吧。"

"你想要多少手工费和跑腿费呢？"

"说啥你也得给两万，我和小晋，一人一万。"小蔡又说，"就这，我回去以后，说不定小晋还得埋怨我，说我笨呢。"

明亮看匾上的字，雕刻的手艺，虽不能说有十成功夫，但镂空出的字和旁边的花纹，马马虎虎还看得过去；做旧的程度，不详细追究，也看不出个子丑寅卯。但说：

"你拿假货来哄我，我不把你送到派出所就算好的，你还好意思给我要钱。"指着桌上的茶壶和茶杯，"喝茶。喝完拿上东西走人。"

小蔡看明亮："一万五。"

明亮仰在椅子上不理他。

"一万。"

明亮不理他。

"八千。"

明亮不理他。

"五千。"

明亮不理他。

"三千。"

明亮坐起身："留下吧。"

小蔡："叔，你刀子下得也忒狠了，三千块钱，连工本费和路费也不够。"

又叹气："可谁让货到地头死呢，三千，也比扔了强啊。"

明亮扫了小蔡手机上的微信，给小蔡的手机上，转了三千块钱。小蔡把手机揣上，嘟嘟囔囔地走了。

小蔡走后，明亮去银饰铺还电钻，老靳问：

"刚才你在街上跟人嚷嚷什么呢？"

明亮便将这块匾的前因后果给老靳说了，又说：

"匾虽然是假的，但字雕得还行，我就是担心那块木头，不是好木头。"

老靳："把匾拿来我看。"又说，"不瞒你说，做银饰之前，我跟我二姑父学过几年木匠活儿，活儿做得好坏另说，木质还懂一些。"

明亮便回"天蓬元帅"门前，把牌匾取来，递给老靳。

老靳用手叩这匾，翻来覆去地看，又把眼睛，凑到刚才明亮在匾角上钻出的眼上看。终于看过，说：

"这块枣木不知从哪里来的，但枣木的材质还不错；按说，一般的枣木还没这么硬，它却硬得像檀木；是枣木，硬得像檀木，两个骗子花了枣木的钱，买了檀木一样的材料，还算占便宜了。"

又说："就这块匾，从木质上说，撑它个三五百年没问题。"

又说："当然，它不是跟奶奶在一起的那棵枣树上的木头，再好的东西，成了赝品，也就不值钱了。"

明亮："赝品虽然是赝品，但曲曲折折，像当年孙二货那条狗一样，自己找上门来，也算个缘分。"

老靳点头："那倒是。"

下午四点多钟，饭馆的员工陆续逛街回来了。明亮让员工把"一日三秋"的牌匾擦拭干净，挂在了"天蓬元帅"总店墙上正中。晚饭上客人了，有熟客看店里多了一块匾，便指着匾上的字问明亮：

"啥意思？"

"'天蓬元帅'的店训。"

"啥意思？"

"把猪蹄做得，一天不吃，能想三年。"

这天夜里，明亮梦见，这块匾又变成了一棵树，还是奶奶家院子里，那棵二百多年的大枣树；不过不长在奶奶家，长在延津渡口；大树仍枝繁叶茂，风一吹，树叶"簌簌"作响。一群人，坐在树下喷空。有奶奶，有爷爷，有算命的老董，有奶奶故事里的黄皮子和犟牛，还有明亮养过的那条狗孙二货，还有明亮在延津渡口遇见的那只中年猴子。平日里，明亮总会想起的那些人和动物，生活中再也见不到了，现在聚到了一起。老董生前眼瞎，现在不瞎了；孙二货这只京巴从来没去过延津，现在来到了延津；那只中年猴子，身上的血道子也已经结痂。不过不是人在喷空，而是黄皮子、犟牛、孙二货和中年猴子在喷空，喷它们一辈子遇到的人和事；你说一段，我说一段，大家时而哈哈大笑，时而热泪盈眶。看到此情此景，明亮突然想用笛子吹一首曲子；好多年没吹笛子了，没想到笛子就在手中；他想随意吹开去；过去他随意吹过妈在长江上起舞，奶奶家那棵枣树不知哪里去了，吹过他对延津的陌生；现在想吹一首"一日三秋"；一日三秋在哪里？原来在梦里，在黄皮子、牛、狗、猴子的喷空里。把笛子拿起，正要吹出第一个音，突然听到身后有人说：

"别吹了，都是假的。"

明亮扭头看，是花二娘，胳膊上扢个篮子，篮子里装着灯笼一样的红柿子；明亮有些不高兴：

"二娘，大家都是真情实意，怎说是假的？"

花二娘："树是假的，树来自'一日三秋'，'一日三秋'的匾也是假的，这喷空能是真的吗？你想吹一个虚情假意吗？"

明亮："二娘，您听我说一个道理啊，梦是假的，梦里的事又是假的，但负负为正，其中的情意不就是真的了吗？人在梦中常哭湿枕头，您说这哭是不是真的？人在梦中常笑出声来，您说这笑是不是真的？有时候这真，比生活中的哭笑还真呢。"

花二娘愣在那里，似乎被明亮的道理说住了；突然翻脸：

"我希望你也明白一个道理，我出门是来寻笑话的，不是寻道理的。"

明亮也突然醒过闷来，但说：

"二娘，您出门寻笑话没有错，但这回真不该找我。"

"又像上回一样，想说你是西安人？"

"上回我人在延津，虽是西安人，算半个延津人，这回我人在西安，是梦里回到了延津，延津对我是虚的，您不该以虚为实让我给您讲笑话，您说是不是这个道理？"

"你虽然人没回来，但梦回延津，等于魂魄回到了延津；如果你惹恼了我，我把你魂魄压到山下，让你人魂分离，看你在西安怎么活。"

花二娘又说："虚有虚的办法。"

明亮不禁在心里叹了口气，上回离开延津的时候，已发誓不再回延津，没想到梦里回来了；可谁管得住自己的魂魄呢?说起来，这也是"一日三秋"惹的祸。花二娘得意地：

"没话说了吧?谁也别想用道理糊弄我，糊弄我，等于糊弄你自己。"

明亮手中的笛子，顷刻间不见了，笛子并不能吹出笑话给花二娘听；也是大祸临头，明亮急中生智，忙说："二娘，说起道理本身，我倒有个笑话。"

"啥笑话?"

"道理当然糊弄不了您，但道理可以糊弄许多人。在生活中，许多道理也是假的，可天天有人按真的说，时间长了就成真的了；大家明明知道这道理是假的，做事还得按照假的来，装得还像真的；您说可笑不可笑?还不如梦里真呢。"

花二娘倒想明白这层道理，"噗嗤"一声笑了："你拐到这里来了。"又说，"算你说了个拧巴的笑话吧。"又说，"让道理成为笑话，总显得有些没劲，还不如你上回说的黄色笑话好玩呢。"

可上回说的黄色笑话，来自明亮一辈子的伤痛；这样的笑话多了，明亮早活不下去了；又见笑话说完，花二娘并没有赏他红柿子的意思，便说：

"二娘，我知道我笨嘴拙舌，给您老说笑话有些勉强，以后我接受教训，梦里也不回延津了。"

花二娘："你要彻底不回延津，我们也算一刀两断。"又说，"延津有五十多万人，多一个少一个，难为不住我。"

明亮："那是自然。"

明亮转身离开；走了两步，又停住说："二娘，临别之际，我想问一件事。"

"什么事？"

"我也是瞎操心，您别介意。"

"知无不言，说吧，我不介意。"

"您在延津待了三千多年，天天找笑话，延津的笑话，会不会像鱼池里的鱼一样，早晚被您捞光呢？"

花二娘笑了："你太小瞧延津了，就笑话而言，延津不是个鱼池，是条奔腾不息的大河，要不它在黄河边呢；鱼池里的水是死的，河水却流水不腐，生活不停，新产生的笑话就不停。当然，就我收集的笑话而言，绝大多数的笑话，像你刚才说的笑话一样有些水，有些勉强；但如水一样的笑话，还是川流不息呀。"

"您老在延津待了三千多年，有没有延津人，说出特别精彩的笑话？"

花二娘："偶尔还是有的，一句话，就把我逗笑了。"又说，"但不会天天有，得耐心等待。"又说，"说起来，这得感谢两种人。"

"哪两种人？"

"一种，说来没来的人，譬如讲像花二郎，我一直在延津等他，他不来，我就不敢走，这就给了我等好笑话的时间；还有一种，走了还没回来的人，譬如讲像你妈樱桃，我就想着，万一哪天她回来了，不定从外边带来什么好笑话呢。"

"二娘，这就是您的不对了，您除了感谢说来没来的人，走了还没回的人，就是不知道感谢整天给您说笑话的延津人，虽然他们说的笑话有些水；那些不会说笑话的延津人，还被您压死不少；延津自您来了之后，人人都胆战心惊啊。"

"说起来，我也是万般无奈呀。来延津之前，我是一个会说笑话的人，不需要别人给我说笑话；来到延津之后，变成一个乞丐，别的乞丐是讨饭，我是讨笑话；没有笑话喂着，就活不下去；你以为一到晚上，是我非要去大家梦里找笑话？错了，不是我，是有一个人，附到了我身上，一直附了三千多年。"

又说："是他，非要把生活活成笑话。"

又说："我想离开延津，可我已经变成了一座山。"

明亮吃了一惊："这人咋这么坏，害你不浅。"

花二娘："对我，也有好处呀。"

"啥意思?"

"跟着他，天天吃笑话，三千多年过去，我才能这么长生不老哇，你看，我是不是还是十七八岁的小姑娘模样?"

明亮愣在那里:"原来是这样。"又问，"这个人是谁?"

花二娘:"天机不敢泄露。"

又说:"泄露了，他没了，我不也就没了吗?"

又说:"他也知道，是他早年留下的病根，非用笑话才能治愈，让我陪他玩了三千多年，让延津人陪他玩了三千多年，可到现在病情也没好转，他也心里有愧呀，可他说，他也做不了主呀。"

又说:"你说，这件事本身，是不是也是个笑话?"

明亮想想，笑了。

花二娘:"你要跟延津一刀两断，我才告诉你，对延津人，我可不敢这么说。"又指着明亮，"打死，也不能说出去，不然，像你梦回延津一样，我也梦去西安，让你喝胡辣汤。"

明亮猛地惊醒，看窗外，月光如水。再想起花二娘在梦中说的话，虽然不知道这个附在花二娘身上的人是谁，但突然明白他患的什么病，吓出一身冷汗。

第四部分

精选的笑话和被忽略的笑话

其 一

延津人一句话说笑花二娘的笑话精选

一、给万里长城贴上瓷砖。

二、给飞机装上倒挡。

三、给喜马拉雅山装上滚梯。

四、给太平洋清个淤。

五、给所有人的肚子里都装上笑话机。

……

（被花二娘记到了笔记本上。）

其　二

在延津没说过的笑话精选

·一·

花二郎是如何死的

古时的西北，有几支少数民族，其中一支叫冷幽族，以说笑为生，周游列国，居无定所。族中一人笑话说得最好，叫花大爷。花大爷说笑话，听者笑，花大爷不笑，甚至问：这好笑吗?花大爷爱说的一个笑话叫"向日葵"，向日葵天天迎着太阳转，突然一天不转了，太阳停下问：怎么不转了?向日葵：脖子断了。太阳：看你脖子还可以呀。向日葵：脖子可以，里面的轴断了。太阳急了：组装的呀，假的呀?花大爷说笑话时，爱用"不在话下"四个字。花大爷：这向日葵果真是组装的，不在话下;这猴子一个筋斗，十万八千里，不在话下;这人与狐狸成亲，几年后儿女成群，不在话下;这好汉一时性起，一刀搠去，那无赖应声倒地，也不在话下。

到了宋元时期，话本中爱用"不在话下"四个字，源头就在这里。

花大爷领着族人，这天转到了活泼国。冷幽族在集市上说笑话，众人笑；进宫说笑话，国王笑，满朝文武笑；国王邀请他们到家里说笑话，王后妃子笑，王子王孙笑，其中数国王的四儿子笑得欢，笑得前仰后合。国王：

"花大爷，你看，这儿的人都活泼，爱听笑话，你们就别周游列国，在这儿住下吧。"

又说："俗话说得好，笑话好说，知音难求。"

又说："留下来，等于冷幽族也有了一个故乡。"

花大爷与族人商量："这里阳光普照，雨露滋润，政通人和，国王邀请，要不，我们就留下吧？"

大家也是奔波累了，纷纷说："听花大爷的。"

"不然一年四季在外边奔波，何时是个头哇。"

"机不可失，时不再来。"

于是冷幽族在活泼国定居下来，造屋建院，生儿育女，也不在话下。

话说十年过去，国王驾崩，四儿子继位。谁知四儿子不喜欢笑话，改国号为"严肃"。新国王登基，开宗明义：

"从此，希望大家都严肃起来。"

又说："让嬉皮笑脸见鬼去吧。"

这时有大臣出班上奏："现国内有一冷幽族，整日挑唆大家嘻嘻哈哈，怎么处置？"

新国王："嘻嘻哈哈败坏民风，嘻嘻哈哈败坏人心。"

又说："这是深仇国和大恨国蓄谋已久的阴谋，这是他们派遣的第五纵队。"

下令屠族。官军连夜围封冷幽族，该族男女老少一百多口子，如砍瓜剁菜一般，脑袋都被剁了下来。花大爷临受刑之前说：

"谁能想得到哇，当年给老国王说笑话时，数他笑得欢。"指的是新国王了。

"原来是装的，全天下数他会装。"

"这是老国王也没有想到的。"

"我说了一辈子笑话，这才是最大的笑话。"

冷幽族被屠，只有一男一女两个人逃了出来。被屠那天晚上，他们两个没在家中，跑到野外野合去了。野合完回城，听到街上议论纷纷，冷幽族已经被屠，二人哭都没敢哭，商议：我们逃吧。女的问，逃到哪里呢？男的说，前几天在集上，我碰到一说书人，颇懂说笑，老家是延津的，要不我们去延津吧。正说间，街上人喊马叫，官军在搜捕冷幽族的余党，把两人也冲散了。冲散之前男的喊：

"延津渡口见。"

女的："知道了。"

这男的十八岁，叫花二郎；女的十七岁，本名叫柳莺莺，从这天起，改名花二娘。

花开两朵，各表一枝，不说花二娘如何历经艰难曲折去的延津，单说花二郎一路向东，历经战乱、霍乱、疟疾和荨麻疹，三年五个月零二十三天，终于也来到延津。到延津时，已是傍晚。来到渡口，花二娘已回车马店歇息，那时没有手机，花二郎不知道花二娘是否到达延津，三年多之中，路途上是否遇到闪失；看着滚滚东去的黄河水，心中烦闷。这时感到肚子饿了，踱进岸边一家饭馆。店老板坐在柜台后，手支着头，正看酒缸前两只花猫打架；花二郎：

"大哥，店里有什么好吃的？"

店老板："既然到了黄河边，当然得吃一条黄河大鲤鱼。"

便带花二郎去后院鱼池旁挑鱼。鱼池里，十几条大鲤鱼在水里游动，还有一条翻起白肚，已经死了。花二郎：

"别人都在游，它怎么死了？"指的是那条死鱼。

"气的。"

"因为什么？"

"在池子里待了半个月，没人相得中，没人买它。"

三年五个月零二十三天，花二郎头一次笑了。

花二郎就着泡饼吃鱼间，又进来几拨顾客。渡口沼泽地多，蚊子也多，旁边桌前一个顾客，啪的一声，打死一只蚊子：朋友，见不着你妈妈了。另一只蚊子急忙飞走了。这人：给它妈报丧去了。花二郎又笑了。知道他来延津来对了，这里的人，像当年的活泼国一样，爱讲笑话。这时又进来一人，邻桌的人问那人：又是吃过来的?又是不喝酒?花二郎知道是朋友间说笑，但对这来言如何应答，他是冷幽族的后人，也想不出好的去语；没想到进来那人悠悠地说：吃过昨天的了，不喝假酒。花二郎佩服之余，拊掌大笑；没想到他忘了正在吃鱼，一根三叉鱼刺，卡在喉咙里，吐吐不出来，吞吞不进去；一时三刻，竟被这根鱼刺给卡死了。或者，竟被一个笑话给卡死了。众人施救不及，饭馆老板也慌了手脚，虽然花二郎是被鱼刺卡死的，但人死在他的饭馆里，他对这死也脱不了干系。刚才听口音，花二郎像是外地人，老板便对众人说，事不宜迟，我带他去看郎中。扛起花二郎，便往外走。走出一里多地，看看左右没人，来到黄河边，说：大哥，既然你是被笑话卡死的，趁着刚才笑话的热乎气，到极乐世界去吧。"扑通"一声，把花二郎扔到了黄河里。

　　三千多年来，花二娘一直以为，或许因为战乱，花二郎死在了延津之外；三千多年来，花二娘立足延津，望延津之外；或立足延津，忘延津之外；其实，这个该望和忘的人，就在延津；当然，也不在延津，随着黄河水滚滚东去，去了东海。

　　三千多年来，许多延津人知道这事，但没有一个人敢对花二娘讲。特别是，不敢在梦里当笑话讲。

　　这才是延津最大的笑话。

· 二 ·

樱桃在何处登了岸

江西九江有许多渔户，祖祖辈辈，在长江上打鱼为生。清晨出江，傍晚归来，将捕到的鱼虾，卖给集市上的鱼贩。渔户之中，有一姓陈的汉子，人称陈二哥，这天傍晚正要收船，看到船头江水涌动，泛起白浪，以为遇到一群顺江归海的鱼群，大喊一声：惭愧，该我捞着。对着白浪，又撒了一网。收网时，觉得这网比平日沉重，心中暗喜，原来是些大鱼。奋力将网拽起，大吃一惊，网中网起的不是鱼，而是一个俊俏的小媳妇。小媳妇打量陈二哥的衣帽穿戴，抹了一把脸上的江水：

"大哥，你们这是哪朝哪代呀？"

"宋朝哇。"陈二哥答。接着问："你是谁呀？"

"我叫樱桃。"樱桃知道自己顺着流水回到了宋朝。

"为何要跳江呀？"陈二哥问。

"一言难尽。"

岸边有一酒家，店主姓宋，老宋的浑家叫老马。陈二哥把船摇到岸边，将樱桃领到店里。老马见陈二哥领进一浑身湿漉漉的小媳妇，便问：

"陈二哥，从哪里拐来个小媳妇？"

陈二哥："不是拐来的，是从江里捞上来的。"

历朝历代，不想活的人都大有人在，在长江边生活的人，对跳江这事也就见怪不怪，老马便说："既然救上来了，赶紧向火。"

"向火"，在宋朝，就是去炭火盆前"烤火"的意思。"向火"之前，老马又拿出自己的一身衣服，让樱桃去里间换上；樱桃从里间出来，赶忙施了一礼：

"多谢大嫂。"

向火间，老马问樱桃：

"听口音，你是外地人呀？"

"不远万里，来到此地，还望大嫂多多关照。"

"好一个俊俏的小媳妇，在这里给你找个婆家可好？"

"全凭大嫂主张。"

"那你不想家吗？"

"如果想家，我就不会到这儿来了。"

"为何不想家呢？"

"一言难尽。"

"你家在哪里？"

"不说为好。"

老马知道这小媳妇有难言之隐；没有难言之隐，谁会跳江呢？便不再问；突然想起什么：

"事到如今，你吃饭没有哇？"

樱桃："跳江之前，没有吃饭。"

老马吩咐伙计："去捉一条活鱼，给小娘子熬个鱼汤，让她先暖和暖和身子再说。"

樱桃又赶忙施礼："多谢大嫂。"

伙计便去后院鱼池捞鱼。这时一人头戴方巾，迈着四方步，进店里来。一个书童，捧着笔墨纸砚，跟在他的身后。这人是老马的表弟，九江一个秀才，老宋老马都不识字，春节之前，表弟来给表姐家书写春联。捉鱼的伙计，捧着一条活鱼，从后门进来，不偏不倚，撞到书童身上，鱼也不偏不倚，跳到书童脸上，书童"哎呀"一声，把手中一方砚台，砸在樱桃前胸上。樱桃"哎哟"一声，倒在地上。老马一边埋怨伙计：

"你这后生，好生莽撞。"

又埋怨书童："你一读书人，也恁地毛手毛脚。"

一边将樱桃搀起："小娘子，砸得要紧不要紧？"

樱桃是平胸，捂着胸口："大嫂，不妨事，就是心口有些痛。"

老马便将樱桃搀扶到里间，让她躺在床上歇息。

樱桃歇息间，听到外间那书生和几个渔夫，在分析刚才砚台砸到樱桃前胸上的后果。大家七嘴八舌，说，砚台砸在平胸上，会出现三种情况：一、胸被砸得更平了；二、胸被砸凹下去了；三、胸被砸得还能肿起来点儿。

樱桃不由得生起气来，老娘被砸成这样，你们还拿老娘开涮，是何道理？宋朝人也忒不讲究——要冲出去与他们理论；但转念一想，这倒是一个连环笑话，而且连环之中，又是一句一个笑话。又想起，按阎罗的规矩，一个一句一个的笑话，顶五十个普通笑话；现在连环中皆是一句一个笑话，连环套连环，又顶五十个一句话笑话了。樱桃转怒为喜，便把这笑话记在心中，想着回头学给阎罗，她人也就转生了。被人开涮和转生比起来，还是转生重要啊。爷，我逃不出您的手心，但我会给您讲笑话。接着不由得感叹，小娘子从延津辗转到武汉，又到九江，历经波折，风风雨雨，没想到重生却在这里；也没想到，最后救她的，竟是宋朝人。

这也不在话下。

第五部分

《花二娘传》的开头

作者　司马牛

这是本笑书，也是本哭书，归根结底，是本血书。多少人用命堆出的笑话，还不是血书吗?……

　　（以下无）

附　录

刘震云作品中文版目录

《故乡天下黄花》（长篇小说）	中国青年出版社	1991 年 8 月
《故乡天下黄花》（长篇小说）	作家出版社	2009 年 6 月
《故乡天下黄花》（长篇小说）	台湾九歌出版社	2010 年 6 月
《故乡相处流传》（长篇小说）	华艺出版社	1993 年 3 月
《故乡面和花朵》（长篇小说 四卷）	华艺出版社	1998 年 9 月
《一腔废话》（长篇小说）	中国工人出版社	2002 年 1 月
《手机》（长篇小说）	长江文艺出版社	2003 年 12 月
《手机》（长篇小说）	台湾九歌出版社	2004 年 4 月
《手机》（长篇小说）	作家出版社	2009 年 7 月
《我叫刘跃进》（长篇小说）	长江文艺出版社	2007 年 11 月
《我叫刘跃进》（长篇小说）	台湾九歌出版社	2008 年 3 月
《我叫刘跃进》（长篇小说）	作家出版社	2009 年 6 月
《一句顶一万句》（长篇小说）	长江文艺出版社	2009 年 3 月
《一句顶一万句》（长篇小说）	台湾九歌出版社	2009 年 8 月
《一句顶一万句》（长篇小说）	香港明报出版社	2010 年 1 月
《我不是潘金莲》（长篇小说）	长江文艺出版社	2012 年 8 月
《我不是潘金莲》（长篇小说）	台湾九歌出版社	2012 年 8 月

《我不是潘金莲》（长篇小说）	香港天地图书出版社	2013 年 2 月
《吃瓜时代的儿女们》（长篇小说）	长江文艺出版社	2017 年 11 月
《吃瓜时代的儿女们》（长篇小说）	台湾九歌出版社	2018 年 4 月
《吃瓜时代的儿女们》（长篇小说）	香港天地图书出版社	2018 年 4 月
《一日三秋》（长篇小说）	花城出版社	2021 年 7 月
《一日三秋》（长篇小说）	台湾九歌出版社	2023 年 5 月
《一日三秋》（长篇小说）	香港三联书店	2023 年 6 月
《温故一九四二》（中篇小说）	长江文艺出版社	2012 年 11 月
《塔铺》（小说集）	作家出版社	1989 年 1 月
《官场》（小说集）	华艺出版社	1992 年 5 月
《一地鸡毛》（小说集）	中国青年出版社	1992 年 6 月
《官人》（小说集）	长江文艺出版社	1992 年 12 月
《刘震云》（小说集）	香港明报出版社	1999 年 11 月
《刘震云》（小说集）	人民文学出版社	2000 年 9 月
《刘震云》（小说集）	文化艺术出版社	2001 年 9 月
《一地鸡毛》（小说集）	长江文艺出版社	2004 年 3 月
《那些微小又巨大的人》（小说集）	台湾九歌出版社	2005 年 4 月
《刘震云》（小说集）	现代出版社	2005 年 8 月
《一地鸡毛》（小说集）	人民文学出版社	2006 年 1 月
《刘震云精选集》（小说集）	北京燕山出版社	2009 年 6 月
《一地鸡毛》（小说集）	台湾九歌出版社	2008 年 3 月
《温故一九四二》（小说集）	台湾九歌出版社	2013 年 4 月
《刘震云文集》（四卷）	江苏文艺出版社	1996 年 5 月
《刘震云文集》（十卷）	人民文学出版社	2009 年 3 月
《刘震云作品典藏版》（十二卷）	长江文艺出版社	2016 年 8 月